力水

瑠奈璃亜

超難関ダンジョンで10万年修行した結果、世界最強に

〜最弱無能の下剋上〜

2

モンスター文庫

「ほら、口の周りが汚れてるよ」
「人間臭くて酔ったのである……」
カイ・ハイネマン
ミア・カンパネルラ

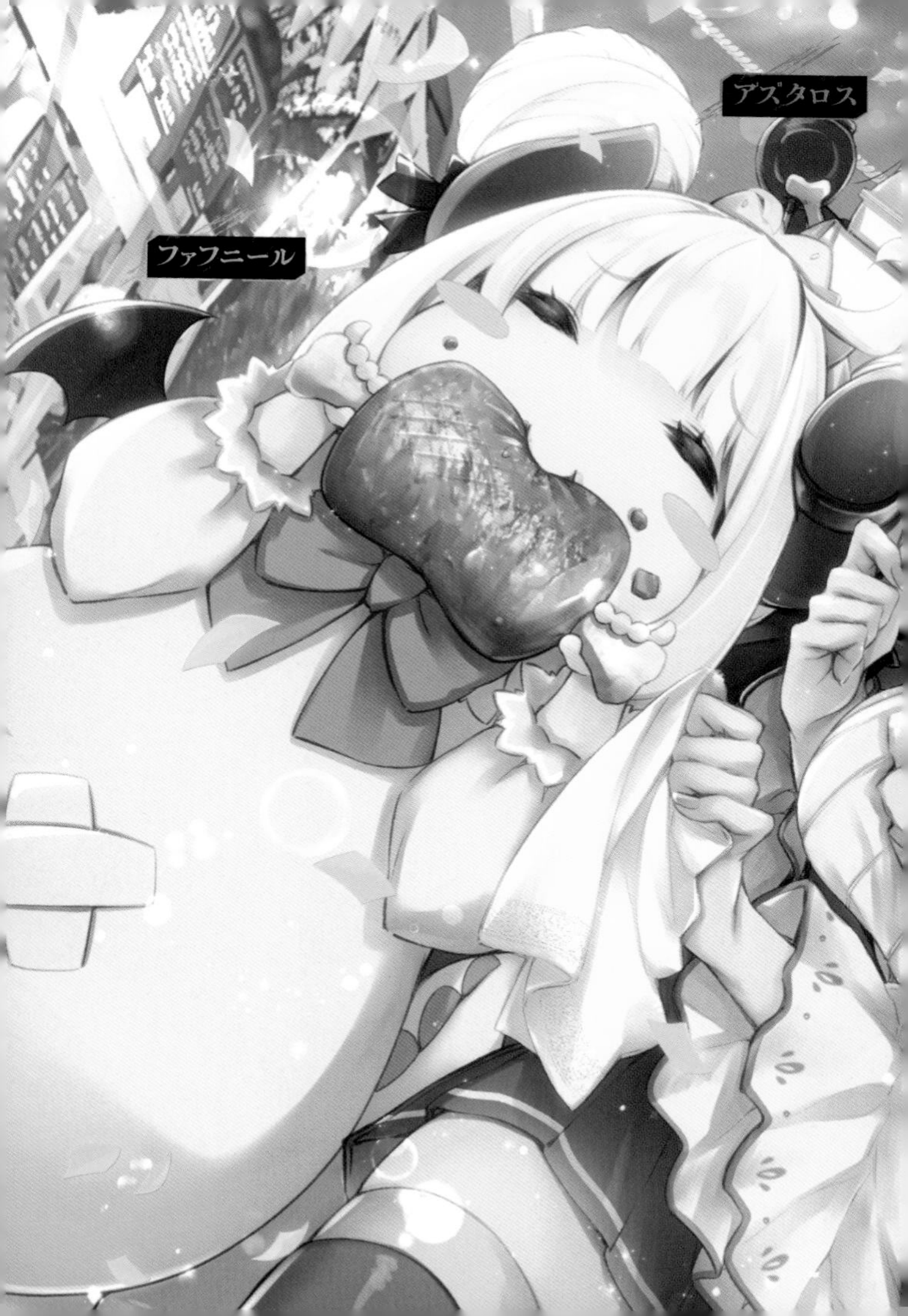
アズタロス
ファフニール

「くひっ！　くはははははッ！
やった！　やったのねッ！

ティアマト
妾も現界したのねッ！」

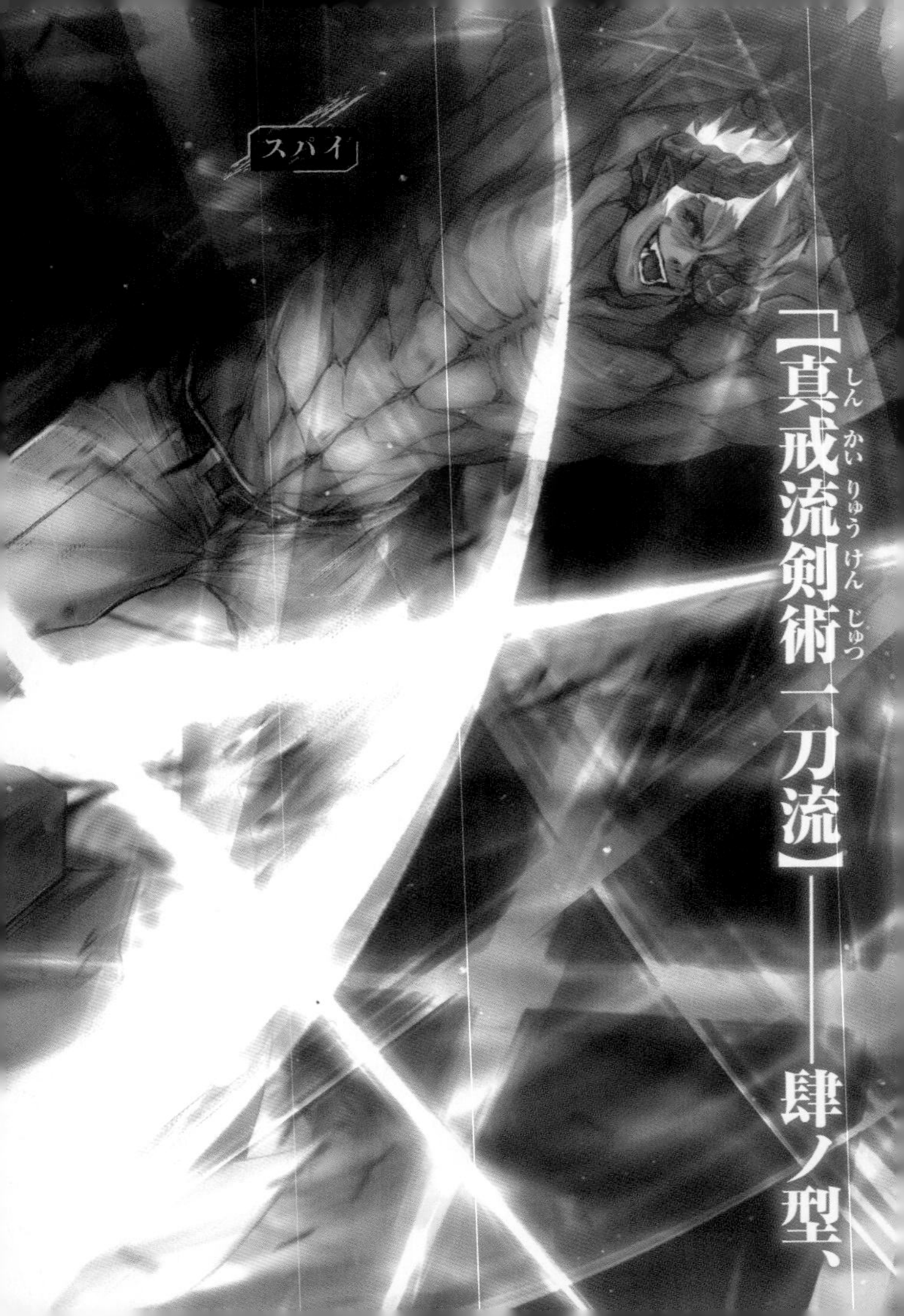
スパイ
「【真戒流剣術一刀流】――肆ノ型、

毒蜘蛛(アラクネ)の巣」

CONTENTS

超難関ダンジョンで10万年修行した結果、世界最強に～最弱無能の下剋上～②

力水

プロローグ

——ゴーストタウン、ペスパールの領主の館

地下室の扉が軋み音を上げて開き、その中から出てくる丸眼鏡を装着した大柄な男。その男が身に纏う真っ白の白衣と同じく白色の手袋の至る所に、真っ赤な血液が付着していた。

「チリ、どう、吐いたかぁ？」

目つきが鋭く肌の露出度の高い黒色の衣服を着た女が、右手でツインテールにした金色の髪を鬱陶しそうにかきあげながら、白衣に丸眼鏡の男チリに尋ねる。

「エエ、聞きたい情報は全て聞き出しマシタ」

チリは顎を引き、右手に持つ血の付いた紙束をテーブルに放り投げると近くの椅子に座って果実酒を木製の容器に注いでクピクピと飲み始める。

白色スーツを着こなす隻眼の男がテーブルに近づくと、紙を読み始める。そして——。

「カイ・ハイネマン」

ただそう呟き、紙をテーブルに置く。

ターバンを巻いた長身の美青年がその紙を一読し、

「おいおい、たかが十五そこらの人間の餓鬼がジルマを殺したってのか？　しかも、資料ではこいつ、『この世で一番の無能』とかいうギフトホルダー。この国でも最弱と称される餓鬼だ

素っ頓狂な声でチリを見ながら、そんな疑問を口にする。

「少なくとも、さっきの玩具はそう考えていたようデス」

もう微塵も興味がないのだろう。チリはターバンの美青年に視線すらも向けず、そっけなく答える。

白色スーツに隻眼の男は、目つきの鋭い金髪の女に眼球だけ向けると、

「ヴィネガー、カイ・ハイネマンを調べ上げろ。癖、ほくろの数まで徹底的にだ」

指示を出した。一瞬にしてざわつく室内。当然だ。世界最強の戦闘結社を自負する『凶』ならば、そんな十五歳の、しかも最弱の子供など調べ上げる必要もなく抹殺一択のはずだから。

「隊長、まさか、あんた、そのカイとかいう餓鬼が俺たちを脅かすほどの存在だとでも考えてんのか？」

ターバンの美青年が難しい顔で隻眼の『凶』の隊長に問いかけると、

「あくまで俺の勘だがな」

『凶』の隊長は軽く頷く。

「隊長の勘って、それ絶対ヤベーってことじゃねぇか」

『凶』の隊長はターバンの男から目つきの鋭い金髪の女、ヴィネガーに視線を移す。

「了解ぃ。その代わり、今回の仕事しっかり報酬はもらうぜぇ」

ヴィネガーは恭しく隊長に一礼して部屋を退出する。

「で？　ペッパー、遺跡の方はどうだった？」

隊長は部屋の隅のテーブルで酒を飲んでいる小柄で猫背、両眼にゴーグルのようなものをかけている男、ペッパーに問いかける。

「さあな、オイも見たこともねぇ多重式の術式だった。相当念入りに編まれたもので、発動すればその場にいる全ての供物を食らっちまう代物だ」

「ほう、あの魔族の情報もあながち嘘じゃなかったわけか」

ターバンの美青年が歓喜の声を上げると、

「魔族の信じる神デスカ。おそらく上位の精神生命体だろうから、取り込めばいまだかつてない力を得られるかもしれマセンネェ」

先ほどまで我関せずに座っていたチリがスキンヘッドにした頭を摩りながら、ぼんやりと呟く。

「そうだ。誰が取り込むかはあとくされのないように、このダイスで決める。ソルト、お前は贄になりそうな奴を唆して、その術式を起動させろ！」

隊長はターバンの美青年に命じる。

「おうよ。任せろ！」

ターバンの美青年、ソルトが即答すると、

「シュガー、ペッパー、お前らはパプラとかいう街を消せ」

隊長は両眼にゴーグルをした男、ペッパーと青色の髪を左が長く右が短いアシンメトリーにした優男シュガーに殺戮の指示を出す。

「相変わらず隊長は怖いねぇ」

しみじみとソルトが感想を述べる中、

「わかったわぁん。でも、高く売れそうなのは残しておいていいかしらぁ?」

シュガーが了解を求めると、

「おい、隊長は全部処分しろと言ったんだ――」

ペッパーが額に太い青筋を張らせて叫ぶが、

「過程はお前たちに任せる。ただし――」

隊長はハットを掴むとシュガーを凝視する。

「りょ、了解よぉ。金さえもらったらきっちり殺すわ」

頬を引き攣らせながら、声を震わせる。

「俺たちは『凶』だ! 逆らったものは一匹たりと生かしておくな!」

隊長はそう叫ぶと建物の入口へ歩き出し、他のメンバーもそれに倣って動き出した。

薄暗い部屋の中、闇の魔王アシュメディアの側近の一人、ネイルは部下の報告を受けて両手で顔を覆う。

「あのトウテツをもってしても勇者に勝てなかったか……」

部下に監視を含めた一切の関与を禁じたのは他ならないネイルだ。だから、詳細の一切は不明だ。だが、トウテツが近隣の都市パプラに向かい、どうやら討伐されてしまったらしい。

トウテツなら少なくとも人間の都市、このバルセを壊滅させられる。そうなれば勇者が出て来ざるを得ない。ネイルたちの目的はあくまで魔族が信じる神の顕現。勇者チームに少しでも損害が出ればいい。それだけでネイルたちは神の顕現のために動きやすくなる、そう考えていた。それが、バルセどころか、碌な戦力もなさそうな小規模都市パプラすらも落とせず、事実上、人間どもに損害はゼロ。どう考えてもネイルたち魔族にとって最悪の結果だ。

「№33はまだ戻らないの？」

ネイルの部隊に組み込まれる際に、魔族たちは名前を捨てて番号で呼ばれるようになる。これは人間共の勢力範囲内での斥候がとてつもない危険を伴う任務だからだ。駒に過ぎない兵隊の生き死に一々動揺していたのでは目的を達成するなど夢のまた夢。部隊の指揮官には何を犠牲にしても目的を達成するという不退転の決意が必要なのだ。

「はい。音信不通です。おそらく人間に捕縛されたのかと……」

側近の報告の言葉には、どうしようもない悔しさが滲み出ていた。

「そうか……ではもう……」

ダメだ。一兵隊の駒に過ぎない。そう何度も自身に言い聞かせてきたが、堪えようのない悲しみ、絶望、怒りなどの強い負の感情が沸き上がり、ネイルの心を粉々に砕く。

（すまない。すまない……）

右手で胸を掻きむしり、何度も何度も謝罪の言葉を述べる。

本当に嫌になるくらい思い知った。ネイルは人の上に立つような器ではない。本来、指揮官なら一兵の死にここまで心を乱されたりしない。

（何が不退転の覚悟だ！　結局、そんな覚悟、全くできちゃいないじゃないか！）

魔族の中でも強者であるという自覚ゆえに、今まで他者を従えるのが当然と考えていたが、その頼みの綱の強さも勇者という怪物には無力に等しい。内心を独白すれば、このまま他者にこの重責を押し付けて逃げ出したい。

（できるわけないか……）

ネイルには守りたいものがある。どんなに辛くても、この任務はやり遂げねばならないのだ。

（黄泉で見ていて。やり遂げたら、すぐに私もお前たちの後を追う）

ネイルは大きく息を吐き出すと、

「すぐにあの遺跡の贄の候補を探すのよ」

もし、魔族とあの御方を救ってもらえるなら、この命いくらでも捧げてやる。しかし、どうやら、あの遺跡の術式を発動するための贄となりうるのは人間の血をひく者だけのようなのだ。

「「「ハッ！」」」

片膝を突いて了承すると、部下たちは部屋から次々に姿を消す。

「アシュ様、絶対に私が貴方をお救いしてみせます！」

ネイルは下唇を痛いくらい噛みしめながら、そう言葉を絞り出したのだった。

悪軍バビロン系神族――バビロン宮殿

黒色の石造りの宮殿の王座で踏ん反り返っている屈曲した大きな二つの角を生やし、透き通るような水色の髪をツインテールにした幼くも可愛らしい容姿の少女。少女は黒色のニーソックスを穿き、黒一色の服にマントを羽織っていた。

『ティアマト様、このパズズ、ご報告したき儀がございます！』

その少女に跪き、一柱(ひとり)の男が声を張り上げる。

それは自らをパズズと名乗った青髭を生やした巨躯の緑髪の男。彼は真っ赤なビキニブリーフにマントをした様相であり、ライオンにも見えなくもないその顔一面に塗りたくられた白粉と頭に載る軍帽は、その異様さを特に引き立てていた。

「どうしたのね？　妾、とってもとっても眠いのね」

声は決して大きくはないはずなのに、大気すらも震わせるほどの圧迫感に室内の軍服を着た歴戦の神々たちは思わず息を飲む。

この王座に座っている女神の癇癪(かんしゃく)で最悪再起不能になりかねない。この場はそんな、綱渡りのような危険な場所。一同、それが嫌というほどわかっている。

そんな火事場のような状況に動じもせず、

『この度のゲーム版が判明いたしました』

パズズは噛みしめるように伝える。

刹那、ティアマトの眠たそうな両眼が初めて見開かれて、

「それってマジなのね？」

有無を言わせぬ口調で尋ね返す。

『はい。以前報告していた当該遺跡の分析が完了し、指定された遺跡は我ら悪軍のためのゲートであることが判明いたしました。つまり――』

「その世界がゲーム版ってことなのねッ⁉」

ティアマトは玉座から身を乗り出して、弾んだ声で疑問を口にする。

『はい。しかも、つい先ほどゲートのエリアに侵入した者のカルマは相当なもの。あれならばティアマト様の現界すらも可能ではないかと』

「よくやったのねっ！」

ティアマトは玉座から勢いよく立ち上がり、声を張り上げた。たったそれだけで、玉座の至る所に、亀裂が走る。

『既に種は仕込みました。まずはこの私が現界した上で、ティアマト様のためのゲートを開きましょう』

「うんうん、早くしてなのねッ！　長くは待てないのねっ！」

『ハッ！　我らが崇敬の中将殿の御心のままに！』

パズズは跪いたまま首を深く垂れると、その姿を消失させる。

ティアマトは両腕を広げて空を仰ぐと、

「やっとなのね！　やっと、楽しい楽しいゲームが始まるのねっ！　現界したらどんな遊びをしようなのねッ‼」

未来の悦楽の日々を思い描き、その幼い顔を恍惚に染めながら、歓喜の声を上げたのだった。

第一章　受付嬢誘拐事件

私たちがバルセに滞在して三日が過ぎた。フラクトンの謀反の件で王都でのローゼの身に危険が及びそうな輩の排除は概ね完了したらしく、約二週間後に王都への帰還が許可されることになる。つまり、二週間このバルセに滞在を強いられたわけだが、私としてもバルセには大いに興味があったから、好都合とも言えるわけだ。

バルセの中央に延びる四つの大通りを北進していくと、その通りの交わる中心に四階建ての巨大な建物が荘厳にも存在した。

「ほう、あれがバルセのハンターギルドか」

このバルセは世界でも有数のハンターのための都市。近隣の密林地帯であるシルケ樹海に生息する高レベルの魔物から取れる素材はここだけにしかない極めて希少なものも多く、世界中のハンターが一攫千金を求めてこのバルセを訪れている。だから、ここではハンターの仕事に事欠かない。

これから私は、この世界で生きていかねばならない。そのためには金は必須。その金を稼ぐ最も手っ取り早い方法は、ハンターとなっていくつかのクエストを受けることだ。

将来、世界中への気ままな旅を渇望している私にとって、ハンターの資格獲得はある意味必然と言える。それに、あのダンジョンに飲み込まれる前はハンターに対して強烈な憧れのようなものを持っていたし、いずれにせよ登録はしようと思っていた。

建物に到着して中に入る。入口から建物の左半分が酒場兼食堂、右半分がクエストなどの掲示板のあるゾーンとなっている。

真っ直ぐカウンターまで行き、長いブラウン色の髪を後ろで一本縛りにした受付の女性に、

「ハンターになりたいのだが、可能かね？」

単刀直入に目的を尋ねてみた。女性は暫し、私の全身を不躾にも注視していたが、

「登録検査料として一万オールになります」

営業スマイルで返答する。

一万オール。一か月の平民の平均収入が八千オールくらいだからかなりの大金だ。餞別(せんべつ)の代わりに、祖父から帝都での活動資金として十万オールを渡されているが、パプラでも結構使ったし、このまま散財すればいずれ底をつくだろう。やはり、早急な金銭の獲得手段は必要だと思う。

「一万オールだな。了解だ」

アイテムボックスから鞄を取り出し、金銭の入った巾着を探っていると――。

「それってアイテムボックスですか⁉」

受付嬢が、血相を変えて尋ねてくる。マズったな。そういえばアイテムボックスは一般には貴重だった。普段革製の鞄でカムフラージュするのだが、考え事をしていてそのまま出してしまった。ただでさえ、面倒なロイヤルガードなる役職を押しつけられているんだ。これ以上、

目立って無駄な面倒を背負いこむのは御免被(こうむ)る。

「違うぞ。この鞄は――えー、腰から取り外したんだ」

「で、でもさっき何もないところから――」

「それは、君の見間違いじゃないのかね？　私にそんなスキルはない。調べてもらえば分かる。何より、私自身、隠すメリットに欠ける。違うかね？」

「それはそうかもしれませんが……」

　うむうむ、一応納得してくれたようだ。そうだ。人間、素直が一番だぞ。

「一万オールだ。受け取ってくれたまえ」

「一万オール。確かにお預かりいたします。では恩恵(ギフト)とステータスを調べさせていただきます」

　これは神殿で触れた水晶だな。恩恵(ギフト)は自己申請制にすると偽る者が多数出るからだろう。妥当な措置だし、これ以上面倒ごとを押しつけられたくはない私にとっては、無能と真実を公表してもらう方がより好ましいと言える。

　問題は、この水晶による恩恵(ギフト)判定の後にあるステータスの鑑定についてか。

　この世界は弱者と強者の差が激しい。ダンジョンに入る前と現在の知識を総合すると、【封神の手袋】を使用しない状態の私の最大の強さは、世界では一応上位に属するのだろう。改めて考えてみれば、いくら天賦の才能があるとはいえ、あのアッシュバーンが剣帝の名を中堅程度の実力しかない剣士に与えるはずもないだろうしな。凡(おおよ)そ信じられんが、現在の剣帝の実力でもこの世界では十分強者に属するのだと思う。

もっとも、だからといってこの世界が雑魚ばかりとは思わない。何せ伝説の勇者に、四大魔王、最強種である龍種たち、他にもまだまだ強者は溢れている……はずだ。正確な情報が欠落している今、楽観視するのは危険だろう。

だとすると、ステータス平均100の立ち位置が不明だな。というか、私の鑑定と同じかも判然としない。だが、あの自称精霊王の悪霊が100で結構やるとか言っていたし……。

だとすると、私の恩恵(ギフト)との整合性の観点から、ステータスは低くした方が吉か。ならば【封神の手袋】でステータスをいっそのこと、10台前半程度まで引き下げてみるか。これなら新米に毛が生えた程度なはずだし、そこまで違和感がないはず。そうだな、それでいこう。

【封神の手袋】でステータスを平均12に合わせる。そして水晶に触れる。

「こ、この世で一番の無能⁉」

部屋中に、受付嬢の素っ頓狂な声が響き渡る。

「あっ！」

受付嬢は、慌てて口元を押さえて周囲を確認すると、周囲のハンターから好奇心たっぷりの視線が集中していた。

そして、ハンターたちから、ヒソヒソと囁かれる言葉。奴らが何を話しているのかなど一目瞭然だが。

「ご、ごめんなさい‼」

頭を深く下げてくる受付嬢に、問題ないと返答しようとした時――。

「おい、聞いたかよ！　この餓鬼の恩恵、【この世で一番の無能】だってさ！」

目元がキツイ金髪長身の男が私に近づき、その背後から水晶を覗き込んで叫ぶと、仲間と思しき者たちから嘲笑が飛ぶ。

男は赤と白の動きやすそうな上下の衣服に背中には大剣を担いでいる。見たところ、私同様、剣士のようだな。

「ちょっと――ライガ君っ‼」

受付嬢が目を尖らせて激高するが、私は右手でそれを制する。

「いや、かまわんよ」

ダンジョンに吸い込まれる前ならば、きっと多少のショックくらい受けていただろう。だが、流石の私も、十万歳近くも年下の若造の言動に、腹などたたんさ。

「ライガ君、今度、同じことしたら、支部長に報告しますよ！」

「わーたよ。たーく、ミアちゃんって本当まじめすぎるよなぁ。そんな背信者の肩を持つなんてよぉ」

不貞腐れたように口を尖らせて仲間の下へ戻っていく。

なるほどな。どうやら、あのライガという若者は、ミア嬢に惚れてでもいるのだろう。

青臭い若者同士の恋愛ってやつか。うーん、全く興味がわかないな。心底どうでもいい。

ともかく、あのライガという若者のお陰で、すっかり彼らは私を無能扱いしてくれたようだ。

いいね。いいんじゃないか。この調子で私の恩恵(ギフト)を公表していき、あとは、ローゼのロイヤルガードになりそうな奴を見繕えば、周囲が私の希望する道を勝手に作ってくれることだろう。

「公表しちゃって、本当にごめんなさい」

ションボリと、謝罪の言葉を繰り返すミアに、

「いや、いいさ。むしろ、どんどんやってくれ」

ドヤ顔で親指を立てて突き出す。そんな私をミアは、暫し目を白黒させて眺めていたが、

「君ってなじられるのに快感を覚える人？」

そんな人聞きの悪いことを言いやがった。

受付嬢を促してハンター登録手続きを進める。

黒色のローブを着た担当職員が、私に手形のついた青色の直方体の石に触れるよう指示してきた。私が、右の掌を青石の所定の位置に乗せると、その石に幾多の緑色の線が入る。

担当職員は、その青石の左隣に付属した小さな赤色の玉に右手で触れ、同時に左の掌を紙に当てる。職員が左手をかざした紙に、次々に文字やら数字が浮き上がっていく。

ほう、あれは鑑定と魔法の組み合わせだ。スキル鑑定で思考化し、それを魔法により紙に念写している。中々面白い技術を使うものだ。

興味津々でいる私を尻目に、紙に目を通すと二人は硬直化してしまう。

「う、嘘、強度値12……」

絞り出すようなミアの声に、一瞬で騒めきがギルド中に波及していく。

どうやら、私の鑑定によるステータスの平均値が強度値となるようだな。ただ、たまたま同じだったってこともある。あくまで、今の段階ではそう評価すべきであろう。

それにしてもステータス平均12程度で皆、相当驚いているようなんだが？

あー、そうか、しまったな。私の恩恵（ギフト）はこの世で一番の無能。しかもハンターになりたてホヤホヤの素人同然の新米だ。その私が、新米に毛の生えた程度の能力値なら、奇異に覚えるのも仕方ない。現に当初の鑑定の結果は確か0・1だったはず。

だとすると、0・1に戻して再度判定させるか？　いやそれだと、逆に悪目立ちするし、下手をすればハンター資格すらも認められなくなる危険性が高い。やはり、1に戻してもう一度、再測定させることにしよう。

即座に、自身の能力値を1に戻して、

「すまない、間違いだった。能力をブーストするアイテムを装備していたんだ」

アイテムボックスから、何の変哲もない指輪を左の人差し指に顕現させた上で、皆の前で左手の手袋を外す。そして、部屋の全員に見えるように、その指輪を外して見せると、

「もう一度、やってくれ」

手袋をはめて再度の測定を促す。

「の、能力ブースト……」

頬を引き攣らせているミアとさらに騒がしくなる室内。一体何なんだ、こいつら？

「早くしてほしい。私も暇ではないのでね」

「わ、分かった」

鑑定士らしき黒ローブの男は、再度鑑定を実施、私を強度値1と認定してようやく納得したようだった。

それから必要事項を記入し、ハンターの説明を簡単に受ける。もっとも、ほとんどが既知の事実ばかりだったわけだが。唯一の新情報は、ハンターランクの昇級について。

ここでハンターにはE〈新米〉、D〈中堅〉、C〈ベテラン〉、B〈プロフェッショナル〉、A〈達人〉、S〈超人〉という六種類のランクがあり、日々の魔物の討伐数やクエストクリアなどを考慮し、評価の点数が加算されていく。そして、その評価の点数が規定値を超えると昇格の裁定をギルドに求められるようになる。さらにCランク――ベテラン以上への昇格は、それぞれのランクにより、特定の条件を加えて満たさねばならない。

まあ、その特定の条件とやらも尋ねてみたが、極秘事項らしく教えてはくれなかった。情報の収集は、ハンターにとって最重要基礎事項。それも含めて昇格試験なのだと思う。

このように、上位クラスのハンターになるのは極めて難解であるが、一度上位ランクになれば様々な恩恵が得られる。具体的には、ハンターギルド加盟国での全国の宿、商店での割引を受けることができたり、色々な公共施設への出入りが無料で許可されたり、自分の武術道場を開いたりなどもできる。

さらに、ハンターには特殊魔物討伐系や、遺跡探索系、食材探索系など様々な分野が存在し、それに応じて特定の特権、特典、表彰などが与えられるようだ。

　まあ、私としては、そんな特権など全くいらない。むしろ、大きな特権には同じく大きな義務もついてくるのが常。Eランクのままで十分なわけだが。

　それにしてもそそられるよな。未知への探索。魔物の核である魔石を売却したり、クエストをクリアしたりして金銭を稼ぐ。まさに未知への探索。かなり、自由で面白そうだ。とっとと、ローゼのロイヤルガードを見つけて、ハンターとして世界漫遊の旅に出るのもいいな。

　カードを受け取る際、彼女は神妙な顔で私の耳元で、

（カイ君、その指輪、あまり人前で見せない方がいいと思います）

　小声で囁いてくる。

（なぜだ？　流石に、天下のハンターが盗賊紛いのことをするとは思えんのだがね？）

　ミアは言いづらそうに下唇を噛むと、

（最近は飢饉や干ばつ、魔族との戦争での出兵回避の目的から、ハンターになる人たちも多く、そうとも限らないんです）

　うーむ、さっそく幻滅するような現実か。現実は理想のようにはいかぬもの。それはこの十万年で嫌というほど思い知っている。それもまたいい。

（肝に銘じておこう）

　再度ミアに礼を言うとギルドを出る。

　どうやら、つけられているな。しかも、バレバレだ。というより隠す気があまりないらしい。

ならば、奴らに手を出させたくするだけだ。私は薄暗い裏路地へと入っていく。ここなら、暴れられる程度に広い。荒事には最適だ。

「私に何か用かね？」

ニヤケ顔で、私を取り囲む屈強な鎧の男たち。この手の犯罪行為、もし初めてなら、多少なりとも緊張しているはず。だが、この者たちにその様子は見受けられない。つまり、普段から私のようなカモを脅して、金品を巻き上げていたということ。ならば少し過激な調教をしても問題あるまい。

なーに、この程度で殺しはしないさ。殺しはな。それに、どうやらさっきからこいつらとは別にずっと覗き見られているようだし。

「能力ブーストの指輪をこちらによこせ！」

「あーあ、これね」

右のポケット内に、アイテムボックスから指輪を取り出して、それを奴らの前に示す。

「よ、よこせ！」

濃厚な欲望を顔中に張り付けながら、私の右手に持つ指輪に飛びつこうとする黒色短髪のゴツイ男。重心を僅かに動かしてそれを避けつつ、黒色短髪の男の足を払う。男は空中で数回転すると、顔面から地面に衝突する。私は、後頭部を踏みつけたまま奴らをグルリと見渡し、

「さあ、小僧ども、指輪はここだ。奪ってみせよ」

笑顔でそう言い放つ。

「気を付けろ！　こいつ、既にブーストの魔道具を使ってるっ！」

先ほどまでの余裕の表情から一転、全員、厳粛した顔で腰の剣を抜いて私に向けてきた。

「いんや、今の私の力はステータス平均1。きっと君らよりも低いよ。だがな、武術は身体能力だけで勝てるほど、甘い世界じゃないんだ」

私はゆっくりと歩き、正面の金髪坊主の男の懐に飛びこむ。

「はれ？」

素っ頓狂な声とともに金髪坊主の男は空を舞い、受け身も取れず背中から叩きつけられて悶絶してしまう。

「くそがぁッ‼」

背後の一人が私に向けて突進し、私の左肩目掛けて垂直に剣を振り下ろしてくる。それを振り返らずに左手で受けて逸らし、身体をコマのように回して間合いを詰める。

「ひっ⁉」

小さな悲鳴を上げるスキンヘッドの男の顎を左手で弾くと、白目を剥き全身を脱力して地面へと横たわった。

「な、何なんだ！　何なんだよっ！　お前、無能じゃなかったのかよっ‼」

あっという間に制圧されてしまった三人に、残されたリーダーと思しき青色の髪に無精髭を生やした男が、震える剣先を私に向けて声を張り上げる。

「その通り。私の恩恵(ギフト)は、【この世で一番の無能】。お前の見立ては間違いじゃない。さあ、こい、小僧。その腐った根性、叩きなおしてやる」

奇声を上げて突進してくる無精髭を蓄えた青髪の男を、私は徹底的に叩きのめした。

バルセの街を中心に活動するBクラスのハンター——イルザ・ハーニッシュが、いつものように魔物討伐の帰りに魔石を換金しようとギルドに立ち寄った時、ジョンソンから呼び止められる。そして、個室に押し込められて奇妙な依頼を持ちかけられた。

「はあ？　なぜこの私がそんな坊やの尾行なんてしなきゃならないんです？」

いや、理由は分かっている。目の前の男ジョンソンが監視対象として指定してきたのは、【この世で一番の無能】という最悪とも言える恩恵(ギフト)を有する少年。この少年はあの伝説のA級ハンター、マリア・ハイネマンの一人息子。マリア・ハイネマンは、限りなくSランクに近いハンター。本人がSランクの昇級を固辞したからAランクに留まっているとのもっぱらの噂だ。ジョンソンはマリア・ハイネマンと過去にパーティーを組んでいたことがある。おそらく、生きるレジェンドの息子の保護をさせるつもりなんだろう。

「理由はきっと今私が話しても信じない。だから、お前のその目で見て判断しろ」

ジョンソンは意味ありげな台詞を吐くと、個室を出て行ってしまう。要するに、依頼とは名ばかりの強制というやつだ。ジョンソンには過去に大分世話になった。今更、突っぱねるわけにもいかない。

「報酬だけはたんまりもらわないと、割に合わない」

口を尖らせて愚痴を言いながら、部屋を出ると丁度、ギルドの受付嬢ミアの場違いな声が聞こえてきた。そして、そのミアが口にしたのが、【この世で一番の無能】の言葉。咄嗟に視線を移すと、アッシュグレーの髪のこれといって特徴のない少年が視界に入る。

あれが今回の保護対象であるカイ・ハイネマンだろう。

きっと、彼がハンターの登録に来た際にミアがあの不遇の恩恵（ギフト）を目にして、つい口走ってしまった。そんなところだと思う。確かに恩恵（ギフト）だけでハンターの将来は決まることはないが、流石に限度というものがある。そんな使い物にならないクズギフトではハンターとして大成するのは難しい。実に不憫な少年だ。

その後、少年が能力ブーストのアイテムを持っていたと自ら暴露し、ギルド内は喧噪に包まれる。能力自体をブーストするアイテムなど聞いたこともない。おそらく、マリア・ハイネマンからもらったものだろうが、下手をすれば国宝級の値打ちがつく。居合わせたハンターたちは、その少年についてそれぞれ好き勝手に話をし始める。

その内容は入手先やアイテムの効能などについての興味が6割、残りの4割は新入りがそんな大層なものを持つことへの嫉妬だった。そして僅かだが、その瞳に貪欲な欲望を漲らせている者たちを認識する。

「なるほど、ジョンソンさんがあの子の保護を命じたのはそういうわけか」

理由はおそらく、あの指輪だ。確かにそんな国宝級の指輪をド素人が持っていれば、十中八九狙われる。特にこのバルセのハンターチームの中には盗賊まがいの輩もおり、ギルドに多数の被害届が出され、バルセのハンターギルドの上層部が対策に乗り出したところだったのだ。

さらに問題を複雑化させているのが、その盗賊まがいのチームの裏にいる者たち。奴らが絡んでいれば、カイ・ハイネマンが殺されてあの指輪を強奪されたとしても、有耶無耶のまま迷宮入りという危険性すらある。

(やっぱりね……)

案の定、少年がギルドを出た時、ミアが駆け寄ってくると、当分の間気にかけてあげて欲しいと頼まれる。

(どのみち、断れなかったわね)

ミアは責任感が強い。このまま少年が襲われれば、恩恵を人前で暴露してしまった自分のせいだと考えるはず。ミアには普段から何かと便宜を図ってもらっている。たとえ、ジョンソンの命がなくても、ミアから彼の保護を頼まれれば許諾せざるを得ない。

暫し気配を消しつつ遠くから少年を眺めていたらミアの危惧通り、少年の後をつけるゴロツキたちがいた。

近道でもするつもりなのだろう。少年はよりにもよって、人気のない裏路地へと入っていってしまう。予想通り、ゴロツキ共に囲まれている少年。即座に助けに入ろうとするが、逆に少年により、ゴロツキ共はあっさりと叩きのめされてしまう。

「な、なんなの……」

イルザは、すっかりカラカラになった喉でその言葉を絞り出す。

「あれは……武術？」

　きっと武術なのだろう。だが、それは、あまりにイルザの知るものとは違いすぎた。一切読めない挙動。決して素早いわけではない。そのはずなのに、気が付くとゴロツキ共は宙を舞い、地に伏してしまっていた。むしろ、理解できないという点で魔法と言われた方が、よほど納得がいったと思う。ただ一つ分かっていること。それは何度あの少年に挑み戦っても、決して勝てぬということだけ。それに――。

「あれって絶対、アタイに気付いてたよね？」

　イルザの恩恵（ギフト）は、【エージェント】。諜報活動に特化したスキルを多数覚える特級クラスの恩恵（ギフト）。今は幼い頃からの夢である遺跡発掘系トレジャーハンターとして修業をつむべくこのバルセで活動しているが、バベル卒業後数年は、この能力を買われて、調査部としてジョンソンの下で働いていたことがあるくらいだ。この【エージェント】の気配消失の能力には一定の自負があった。なのに、あの時少年はイルザをしっかりと見据えていた。まるでお前はかかってこないのかと言わんばかりに。気配消失のスキルが正常に発動していた以上、イルザを捕えたのは、彼の第六感のようなものだと思う。そして、それはイルザでは想像もつかないような修羅場をくぐってきた者のみ至れる高み。

「なーにが、剣聖の最大の汚点よ！　真正の化け物じゃないっ！」

あの戦闘を目にしても彼を無能で力のない新米ハンターとみなすのは、死線を一度も経験したことのないルーキーくらいだ。おそらく、あの少年は、能力ブーストのアイテムなんて端から所持していまい。むしろ、逆だ。あれだけの神懸かった戦闘技術を持っていて、強度値が1など不自然すぎる。最初の中堅ハンターの平均である強度値12の方が、まだ信頼性がある。だが、少年を測りなおすと、強度値は1となる。つまり、少年は能力を自在に調節できるということ。これがアイテムか、それとも能力による効果なのかは分からないが、間違いなくあの少年の恩恵(ギフト)は『無能』なんかじゃない。もっと常軌を逸した何かだ。

「私が言った意味を理解したか？」

振り返ると、ジョンソンが不敵な笑みを浮かべて佇んでいた。もう、ジョンソンのやろうとしていることなど容易に想像がつく。

「ええ、彼にこのバルセの膿を吐き出させるおつもりですね？」

今も気絶して横たわるゴロツキを見下ろしながら、その意思を確認する。

「カイとあれらは因縁があるし、このままでは引き下がるまい。十中八九、あれも動く。そうなれば、まず確実に衝突する」

ジョンソンのこの余裕、カイ・ハイネマンが敗北するとは夢にも思っちゃいまい。きっと、ジョンソンには彼が奴らに勝利するという確信があるんだ。仮にも昔の上司だし、ジョンソンがそこまで薄情ではないことは知っている。

「アタイは彼の反感を買うのは御免ですよ」

「分かっているさ。そうならないための今回の任務だ」

「それはどういう意味です？」

　ジョンソンは話し始める。これはイルザが登場人物の一人として、この世で最も悪質で邪悪な怪物が紡ぐ物語に参加した瞬間だった。

　そこはバルセのとある高級住宅街の応接室。

　暴魔牛の高級革製のソファーには二メルを優に超える熊のような外観の髭面の大男が座り、武装した男たちに囲まれるように四人のゴロツキが真っ赤な絨毯に正座していた。

　この熊のような外見の男こそが、勇者マシロの四聖ギルドの一つ『カード』のリーダー、マー・ヒグである。

「で？　そんな無能の餓鬼に貴様らは好きなようにぶちのめされて、逃げ帰ってきたってわけか？」

　熊のような大男マー・ヒグは、興味がなさそうにゴロツキ共のリーダーである青色の髪に無精髭を生やした男に尋ねる。

「へ、へい！　奴の能力向上の指輪がマジでヤバイ性能で――」

　必死に弁解をしようとするが、ソファーの脇に置いてあった大斧を掴むと、

「みっともねぇ、言い訳すんじゃねぇ！」

怒声とともに放り投げる。

「ぐひっ！」

斧は回転しながら、ゴロツキのリーダーである青髪の男の脳天に突き刺さり、床に力なく横たわる。

「ひぃぃぃっ⁉」

血飛沫が上がる中、一斉に悲鳴を上げるゴロツキ共をマー・ヒグは鬱陶しそうに追い払う仕草をする。包囲していた武装した男たちが軽く頷き、一斉にゴロツキどもの首を切り落とす。

「カイ・ハイネマンね。聞いたこと、あるか？」

マー・ヒグは背後の黒髪をオールバックにした青年に尋ねる。

「ええ。今巻(ちまた)で噂になっているパプラ事件、ご存じですよね？」

「当たり前だ！『コイン』がヘマをやったせいで、絶好の取引先を失ったんだからな！『コイン』の野郎！あっさり捕まりやがって！お陰で俺たちにまで飛び火しそうでえらい迷惑だっ！」

マー・ヒグは吐き捨てるように叫ぶ。

「ま、同じ四聖とはいっても、我ら『カード』とはあらゆる意味で天と地ほどの差がありますからね」

部屋中のいたるところから、『コイン』への罵倒の声が飛ぶ。

「それで、そのカイ・ハイネマンとあの事件、どんな関わりがあるってんだ？」

マー・ヒグが机に置いてあった木製のカップを手に取り口に含みながら問う。

「なんでも、事実上、あのパプラ事件を解決したのが、カイ・ハイネマンらしいのです」

オールバックの男の返答に、マー・ヒグの右手に持っていた木製のグラスがバラバラに砕け散る。

「つまり、そのカイとかいう雑魚餓鬼に、俺たち『カード』の取引先の一つを潰されたってわけか？」

額に太い青筋を張らせながらマー・ヒグは、背後を肩越しに振り返ってオールバックの男を睨みつける。

「その通りです。公衆の面前で『コイン』のサイダーは子供扱いされ、そのあと、無理矢理、世界四大魔獣の一体トウテツとの戦闘をカイ・ハイネマンに強いられたとか」

今度こそ、室内は喧噪に包まれた。それもそうだ。世界四大魔獣トウテツといえば世界レベルの厄災。勇者マシロの出動案件となり、『カード』たちにも声がかかるはず。しかし――。

「はっ！　馬鹿馬鹿しい！　『コイン』ごときにトウテツの討伐など無理に決まってんだろ！　仮にそれが真実なら、なぜ俺たちはこうして今ここで呑気に酒を飲んでいる？」

「公には魔獣トウテツはパプラの獣人族が討伐したとされています。ですが実のところ、魔獣トウテツを倒したのは、そのカイ・ハイネマンらしいのです」

「どうにも信じられんなぁ。それってどこの情報だ？」

「城壁の上から一部始終を目撃していた衛兵が語った情報ですが、あの様子ではおそらく真実でしょう」

いつも冷静なオールバックの側近の男に浮かぶ無数の冷や汗に、洒落でも冗談でもなく本気で口にしていることを実感し、部屋中が押し黙る。

「そのカイ・ハイネマンの恩恵(ギフト)は【この世で一番の無能】なんだよな？」

「はい。それは間違いないかと」

「だとすると、その強さの秘密はその能力向上の指輪か？」

ギラギラとした濃厚な欲望を隠そうともせず、マー・ヒグが問いかけると、

「それ以外に考えられません。ギルドでの測定では、強度値12だったようですが、それでトウテツを倒せるとは思えませんし、その指輪は能力値を一定の範囲で自在に向上させる指輪ではないかと」

オールバックの男は噛みしめるようにそう答える。

暫し俯いていたマー・ヒグの口から洩れるのは歓喜の笑い声。それらは大きくなっていき、マーは立ち上がると、グルリと部屋中の『カード』のメンバーを眺めまわして、

「世界四大魔獣を無能が倒せるだけの指輪。それらをこの俺様が手に入れたら、一体どうなっちまうんだろうなっ！　あの上から目線のいけ好かねぇ勇者共さえも超える！　違うかぁ⁉」

欲望たっぷりの疑問を口にする。

「でも、マーさん、そんなトウテツさえも倒せる指輪を持った奴にどうやって勝つつもり

だ？」

　不安たっぷりの部下の疑問にマー・ヒグは口端を上げると、

「お前なら良い策があるんだろ？」

　オールバックの男に尋ねかける。

「ええ、この数日で既に十分な情報は収集しております。奴は最近頻繁にギルドの受付嬢と会っている様子。それを利用すれば最良の結果が得られるかと」

「いいねぇ！　いいぜぇ！　馬鹿で愚かな無能の餓鬼から全て奪い取って踏みつぶしてやる！」

　マーは歓喜の声を上げて、四聖ギルドの一つ『カード』は自ら破滅への道を進んでいく。

　今日はバルセでの年に一度の祭り、『仮装祭』。
　一年に一回、一日中バルセの住人が仮装して生活するバルセ独特の祭りだ。一説では討伐した魔物の魂を供養するための儀式が祭りに変質したとされている。
「ご主人様、ミア、早く、早く、早くなのですっ！」
　モフモフの着ぐるみを着たテンションＭａｘのファフが、クルクル回りながら人ごみの中を掻き分けて次の露店へ向けて突撃していく。

ちなみに、この着ぐるみはアンナが夜なべして今日のファフのために作ったようだ。あの娘、基本子供好きで面倒見がよい。子供は素直だ。アンナの内心を分かったからか、今やすっかりファフも懐いてしまっている。

「ファフちゃん、よそ見して走ると危ないよ！」

憂わしげな表情で受付嬢のミア嬢がファフに注意を喚起する。

おそらく、私の恩恵(ギフト)を人前で公言したことを未だに気にしているんだろう。あれから、ことあるごとに彼女から同行を申し出られている。責任感の強い彼女のことだ。断ると彼女への非礼にあたる。今日もファフの子守という建前で協力してもらっているところだ。

「ふぁい、なのです！」

私の渡した金銭で串肉のようなものを購入。露店の主人から串肉を渡されると豪快に食べながら、ファフは右手を挙げて返答する。多分、食べるのに夢中でとりあえず頷いているにすぎないだろうが。

「人間臭くて酔ったのである……」

アスタが顔を顰(しか)めながら、悪態をつく。人ごみのせいか、アスタの奴、さっきから機嫌がすこぶる悪い。だったら部屋に閉じこもっていればよいのに、今日はなぜか進んで同行している。ま、不機嫌な理由はあれだろうけども。それとなく背後に視線を向けて確認すると、ハンターらしき男たちが私たちの様子を窺っていた。

「ほら、口の周りが汚れてるよ」

ミア嬢は肉のタレでべったりと汚したファフの口の周りを、ポケットから取り出したハンカチでそっと拭く。ファフは右手に持つ串肉を暫し、名残惜しそうに眺めていたが、

「ありがとうなのです！　ミアにもあげるのです！」

ミア嬢に渡す。

「ありがとう、ファフちゃん」

ミアがその小さな頭をそっと撫でると、

「へへ～」

ファフはどこか照れたように笑みを浮かべる。

ほう、食いしん坊のファフが食事を渡すか。これは私たち以外には決してしない行動だ。どうやらファフはミア嬢を相当気に入ったようだな。

数時間後、ファフが遊び疲れて私の背中で眠ってしまったので、今日のところはお開きとすることとした。

「ミア嬢、今日はファフと遊んでくれてありがとう。感謝するよ」

「いえ、私もファフちゃんと遊べて楽しかったですよ」

「それは良かった。ファフはなにぶん、人見知りなものでね。また遊んでやってくれ」

実際は人見知りというよりは、人というものを知らないだけなわけだが、そこまで説明する必要はあるまい。

「……」

ミア嬢が私の顔をマジマジと凝視してくるので、

「ん？　どうかしたのかね？」

問いかける。

「いえ、ただ、カイさんと話しているとどうしても年下と話しているとは思えなくて」

それはそうだろうな。なにせ、十万歳だし。

「そうかい。だが、申告通り、この世界では十五歳なのは間違いないぞ」

「……そうですね。そうですよね。じゃあ、また！」

いつもの温かな笑顔でファフの頭を一撫ですると、軽く右手を挙げて走り去っていく。

「随分と上機嫌であるな」

「まあな。若者の善意を見るのはよいものだろう？」

アスタが私を半眼で眺めていたが、大きなため息を吐いて、

「その善意が別の方向に向かいつつあるわけであるが、この唐変木が気付くわけもなし。実に不憫な娘である」

ミア嬢が消えた人混みに向けて両手を合わせる。

「それで、気付いたよな？」

「あー、あの吾輩らを監視しているつもりのお猿さんどもであるか？」

「そうだ。一応、保険はかけておくとするか。白雪（しらゆき）」

「お呼びでしょうか？」

私の言葉に全身白装束に白色のフードを深く被り、白色のマスクで顔の大半を隠した女が出現すると、私に軽く一礼する。

こいつは白雪。諜報活動に特化している討伐図鑑の住人であり、私の直属の指揮下にある。独断で無茶することも多いが、この上なく優秀な奴だ。

「あいつらの所在、目的を調べ上げろ。できる限り詳細にだ。もちろん、無理はするなよ」

「御意！」

白雪の姿が消えるのを確認して、私たちも歩き出す。

宿に戻って爆睡中のファフを自室のベッドに寝かした後、部屋の椅子に座り、迷宮で発掘された本を読んでいると、白雪が戻ってきたので報告を受ける。概要を聞くと、『コイン』の時と同様、アメリア王国内部の痴態であるようなため、ローゼ、アンナ、アルノルトを叩き起こして、現在進行中の事態の説明をする。

「また、四聖ギルドですか……なんでこんなタイミングで王国内部の問題が噴出するんでしょうか……」

頭を抱えて、そんな私が尋ねたい疑問を口にするローゼに、

「婦女子を攫おうとは騎士の風上にも置けん奴らだ！」

アンナがそんな的外れな感想を口にする。そもそも、四聖ギルドはハンターであり、騎士で

はないんだがね。

「それで、白雪、奴らが人質として攫おうとしているのは誰だ?」

「昼間、御方様と会っていたミア・カンパネルラです」

彼女か、盲点だったな。人質というのだ、もっと私と近しい者を狙うと思っていた。まさか、知り合って数日の女を標的とするとは。だが、これで奴らの行き先は決定した。

「非力な人質を使ってこの私を脅迫するか。それだけの自信があるのか。それとも、ただの身の程知らずの馬鹿か」

我ながらぞっとする声が口から滑り出す。途端、白雪が頬を引き攣らせ、アルノルトが生唾を飲み込む。アンナが小さい悲鳴を上げながら立ち上がるとローゼの首筋に抱き着いた。ローゼも真っ青に血の気の引いた顔で私の顔を凝視して微動だにしない。

「なんだ? どうかしたのか?」

同席者の不可思議な態度に目を細めて隣のアスタに尋ねると、

「悪鬼羅刹でも裸足で逃げ出す顔をしているのであるから当然である」

肩を竦めてそんな人聞きの悪いことを口走る。まあ、こいつらの奇行などいつものことか。それよりも今はミア嬢の件だ。

「で? 指をくわえて見ていたわけじゃないんだろう?」

私の知り合いを黙って攫わせるほど、部下たちは無能ではない。聞くまでもない、この私の問いに答えたのは白雪ではなく、

「既に私たちの派閥が保護についておりますので、ご心配には及びません」

彼女の背後に出現した真っ赤な水の球体だった。その赤色の球体は一瞬で人の形をとる。そこには肌の露出度が著しい赤色の衣服に身を包んだ長身の美女が片膝を突いていた。

こいつは、ネメシス。討伐図鑑の中のメガミ連合という超武闘派の派閥のツートップの一人。性格にやや難があるが、図鑑の中でも一、二を争う有能な奴だ。

「ご苦労さん。今回の件は私が処理する。あとはまかせろ」

ともあれ、ミア嬢の保護がされているなら、あとは潰すだけ。この点、相手は一流のハンターらしいからな。私の部下でも手に負えない可能性もある。私が直々に相手をするのが最良。

「心得ております。ですが、奴らは女の敵。奴らの所業、私共も許せるものではありません。もしお許しいただけるのならば、奴らの破滅のシナリオをご用意させていただきたく存じます」

メガミ連合は独特の理屈で動く。おそらく、奴らの振る舞いが彼女たちのタブーに触れたのだろう。

「私は必要ないと思います」

白雪が脇から口を挟んでくる。珍しいな。過去の経緯もあって基本白雪はメガミ連合の連中には頭が上がらないはず。このような真っ向から否定の意見を言うなど初めて目にした。

「しら――ゆきぃ〜〜」

ネメシスが笑顔を白雪に向けると、慌てて背ける。もっとも、そっぽを向いて頬を膨らませており、その破滅のシナリオとやらに全く納得はしちゃいないんだと思う。

ま、相手を地獄に落とせるならどうでもいいか。

「私は構わんぞ。で、そのシナリオというのは？」

「もうじき届くはずです」

ネメシスがそう言葉を発した直後、女中が食堂に入ってくると、

「カイさんにお届け物です」

私に巻物（スクロール）を渡してくる。

なるほど、これがそのシナリオのトリガーってやつか。ともかく、中身を確認するとしよう。

私が巻物（スクロール）の中身を開き一読する。

『カイ・ハイネマン。ミア・カンパネルラを預かった。直ちにバルセの南東の廃墟となった教会まで来られたし。なお、能力向上の指輪は必ず外し、一切の抵抗はするな。さもなければ、ミア・カンパネルラの命は保証しない』

能力向上の指輪？　あーあ、何の効果もないガラクタのことか。まさか、一流のハンターがそんな基本的な目利きができぬなどありえるのか？

いや、ローゼの言が真実ならば今回の『カード』のボス、マー・ヒグは、Bランクのハンターだが、品行方正であればAランクになってもおかしくないレベルらしい。まさか、あの『コイン』のような体たらくはないだろうさ。だとすると、私を油断させる罠か。奴らにとって私は最弱の存在のはず。その私にわざわざ罠を張るか。中々期待させてくれる。

「ネメシス、私は指定された場所に行くが、それで構わんな?」

「もちろんでございますわ」

ネメシスは両手を平行にして顔を隠すと、大きく顎を引く。

なら話は簡単だ。相手は実質的なAランクのハンター。久々の強者との命を賭けたせめぎ合いになるのは間違いあるまい。

奴らは私を本気で怒らせた。奴らがいかなる強者だろうと、きっちり、始末は付けてやる。

私は指定された戦場へと走り出す。

それはミア・カンパネルラがカイたちと別れた直後に遡る。

ミアは人混みを離れて近くの広場へ入り、寂しく放置してある木箱に腰を下ろした。

ハンターギルドの宿舎に戻るまでに、この胸の奥の熱さを冷ましておきたかった。

理由は漠然とだが分かっている。あのカイ・ハイネマンという不思議な少年だ。守ってあげたくなるような儚く幼さが残る容姿に、それとは全く異なる大人びた言動。そのギャップにきっとミアは完璧にやられてしまったんだと思う。

「あんな年下に私、なにやってるのよ」

自嘲気味にそう呟くと急に強烈な羞恥心が襲ってきて、思わず両手で顔を押さえて悶えていた。

ミアも今年で二十歳。恋愛の一つや二つは経験しているが、全て片思いのような淡く甘いものであり、これほど強烈な想いは生まれて初めてのことだった。

おそらく、姉が昔言っていた本気でクリーンヒットしたってやつなんだと思う。

「でも、結構悪くないかも……」

自分が五歳も年下の子供に熱を上げるなど、少し前までのミアなら到底信じなかっただろうし、きっと否定的な感情が湧いていた。なのに、今はこの強烈な想いが非常に心地よい。

「これって絶対、職権乱用だよね」

当初は純粋に自分の失態の責任感からの行動だった。それが日を追うごとにミアの目的は全く別のものへとすり替わってしまっていた。今日はそれを明確に自覚してしまったのである。

「このままじゃあ、だめ……」

そうだ。これ以上はハンターギルドの職員としての職権を明らかに逸脱する。今後、会うのは止めるべきだ。彼を守る方法など他に沢山あるのだから。

「そうだね。明日は、イルザに頼もう」

そう口にしてみたものの、どうしてもその気が湧かなかった。

「ホント、どうしちゃったのよ、私……」

流石に、ここまで自分自身が制御できないとは思ってもいなかった。

木箱の上にゴロンと横になるとうんざりするくらい綺麗な夜空が視界に入る。

「もう会えないのは――嫌だなぁ……」

ミアがそう呟いた時、突然生じた複数の気配を察知して立ち上がる。

黒装束の男たちにミアは完璧に包囲されてしまっていた。

「ミア・カンパネルラ、我らと一緒に来てもらう」

リーダーらしき長身の男が前に一歩進み出ると、有無を言わさぬ口調でそう口にする。

「それは任意かしら？」

退路を確認しながら後退ろうとするが、

「もちろん、強制ですよ」

その言葉を最後に腹部に強い衝撃を感じ、ミアの意識は失われた。

床に転がされた衝撃でミアの意識は覚醒していく。

瞼を開けると腐った床板が見える。身体を動かそうともがくも、縄で両手首と足首を縛られているようで起き上がることはできなかった。唯一自由な顔を上げると、ボロボロの祭壇が視界に入る。ここは、おそらく南東にある今は使われていない教会だ。ガラの悪いゴロツキたちのたまり場になっていると苦情が多く寄せられ、一度昼間に視察に来たことがあるから間違いない。

その時、闇夜からミアに向けられている多数の視線に気付く。

(囲まれている⁉)

視線は、ミアを包囲するように向けられていた。

得体の知れない集団に拉致されてしまったのだ。普通に考えて何の理由もなくこの者たちがミアを攫うわけがない。

(冗談じゃないわッ!)

ようやく自身の甘くも暖かな気持ちに気付いた矢先に貞操や命を奪われる？　そんなの、絶対にいやだ！

窒息しそうな張り詰めた不安の中、

「起きたようだな」

野太い声が聞こえる。その音源に顔を向けて両眼を細めると、熊のような外観の髭面の大男が祭壇へ延びる階段に腰を下ろして薄気味の悪い笑みを浮かべながらミアを眺めていた。

「マーさんっ！」

その衝撃的な事実に裏返った声で叫んでいた。当たり前だ。彼はマー・ヒグ。勇者マシロに選定されたハンターギルド『四聖』の一つ『カード』の長(ボス)。だとすると、彼らは『カード』のハンター？　問題はどんな理由でミアを拉致したかだが、思いあたる節はある。だが、流石にこんな盗賊まがいなことを天下の『カード』がするとは考えたくはない。

「どういうおつもりですか？」

押し潰されそうな不安を全力で抑えながら、マーを見据えてそう尋ねていた。

「お前を拉致したことか？　もちろん、分不相応なアイテムを持つ餓鬼への制裁のためだ」

最悪だ。ハンターが盗賊まがいのことをすれば、ただでは済まない。四聖ギルドだろうが、間違いなく破滅する。マーがミアに話したのはそもそもこの件を公にしない自信があるから。その時ミアにあったのは、当然考えるべき自身の危険ではなく、

（マズイ！　マズイ！　絶対にマズイ！　カイ君っ！）

今も心の多くを占有している少年のことだった。

「私とあの人とは最近知り合った関係です。たとえ私を人質にしても来やしませんよ」

ハンターとギルドの一受付スタッフ。悲しいがそれがミアと彼との関係だ。普通に考えればミアの名を出しても、彼は命の危険を冒してまでこの場に来やしない。でも、なぜだろう。彼はこの場に来てしまうような気がしていた。

「ハッタリを言っても無駄です。君とカイ・ハイネマンとの関係の調べは付いている。現在恋仲で来月に結婚の約束をしていることもね」

黒髪をオールバックにした男は、勝ち誇ったようにそう口にする。

「……」

この人は何を言っているんだ？　無論、ミアと彼がそんな仲のわけがない。あの超絶美人のアスタさんの方が何万倍もその可能性が高いと思うし、通常ならそう考える。少なくともまだ知り合って間もないミアと彼が、来月に結婚の予定など信じる方がどうかしている。

「図星ですかねぇ。全く君にも同情しますよ。あんな無能の餓鬼に惚れたせいで、こんな目に遭うんですから」

黒髪をオールバックにした男が指をパチンと鳴らすと、今までニヤケ顔で遠巻きに眺めていた頬がこけた刈り上げの男が軽く頷き、ミアにゆっくりと近づくと覆いかぶさってくる。

触れただけで、強烈な悪寒が全身を走り抜けて、

「い、いやっ！　放してっーー！」

必死だった。拒絶の言葉を喉が潰れんばかりに張り上げながら、必死の抵抗を試みる。

両手両足を縛られている上に、抵抗する相手は屈強なハンター。非力なミアに抗えるはずもない。忽ち両手を押さえつけられてしまう。

「まあまあどうせ死ぬんだし、お前も最後くらい楽しめよ。たっぷり可愛がってやるからよぉ」

ミアを馬乗りになって押さえつけている頬がこけたハンターは、欲望たっぷりな顔でそう語ってくる。

「下種っ！」

懸命に身を捻って拘束を逃れようとするがびくともしない。

「いいぜ！　いいぜぇっ！　俺は抵抗する女を無理矢理服従させるのが一番興奮するんだぁ」

顔を恍惚に染めるとミアの上着を引きちぎる。

「ッ⁉」

寒い夜空に晒される自身の肌。

悔しい。もちろん、こんな最低な奴らに貞操が奪われることも悔しい。だが、それ以上に許

せないのは、自分のせいであの優しい人を危険に巻き込んでしまったこと。それが、ただひたすら悔しかった。だから――。

「私に触れるなぁっ！」

涙で視界がぼやける中、動かせる頭部を奴の鼻先にぶち当てる。

頭部に鈍い痛みが走ると同時に、グシャッと潰れる感触。

「ぐがっ！」

ミアに覆いかぶさった頬のこけた男は、折れた鼻を押さえながら暫し悶えていたが、蟀谷(こめかみ)にいくつもの太い青筋を張らせると、

「このクソアマぁっ！」

右のひじを振りかぶり、岩のような右拳を力任せにミアの脳天に振り下ろす。

（あーこれは終わったかも）

どこかゆっくりと流れる時間の中、そんな呑気なことを考えながら、ぼんやりと迫る右拳を見ていると、それはミアの目と鼻の先でつかみ取られてしまう。

今まで一度も見たこともない怒りの形相で頬のこけた男の右手首を握る人物を目にした時、ミアは強い絶望と同時に強い幸福感のようなものを感じてしまっていた。そう、それはミアが今一番会いたいが、最もこの場に来てはならない人だったのだから。

「死ね」

カイさんがそう吐き捨てた時、頬のこけた男の姿が歪み、大きな爆発音が起きて建物が大き

く振動する。教会の天井には大穴があり、そこから真っ赤な雨とともにパラパラと破壊された細かなレンガの破片が落下してきていた。

「その女を捕えろ！」

焦燥たっぷりのマー・ヒグの命が飛ぶが、

「……」

誰ひとりとして指先一つ動かすことは叶わず、ただ無言で佇むのみ。

おそらく時間稼ぎのつもりだろう。マー・ヒグは舌打ちをすると大斧の先をカイさんに向けて、

「小僧、どうやってここに入った？」

後ずさりながらも、そんな疑問を吐く。

カイさんは、まるでマー・ヒグなど眼中にもないかのように視線すら向けず、ミアに近づくとどこからか白色のローブを取り出すと、ミアの身体にかける。そして、

「遅くなってすまない。もう大丈夫だ。少し休んでいなさい」

いつもの優しい表情でミアの頭を一撫ですると、立ち上がり背を向ける。

不思議と大きく見えるカイさんの背中を見つめながら、ゆっくりとミアの意識は薄れていく。

指定されたバルセの南東の廃墟となった教会前に到着し、建物の中へと潜入する。

「このクソアマぁっ！」

気配を消した状態で教会内を見渡すと、頬のこけた男がミア嬢の顔面を右拳で殴打しようとしているところだった。ミア嬢はどう見ても戦闘の素人。全く鍛えていない彼女の頭部を本気で殴れば大怪我をするし、打ちどころが悪ければ死さえありえる。周囲の男たちもヘラヘラとして傍観していることからも、その事実を許容しているのは明らかだ。

私は頬がこけた男の右手首を掴むと、

「死ね」

自身でも寒気がする低い声とともに、上へ力任せに放り投げた。頬がこけた男は教会の天井に一直線に吹っ飛んで衝突、粉々に破裂する。

砕け散った頬がこけた男の血肉と教会の瓦礫が降り注ぐ中、

「その女を捕えろ！」

熊のような男が指示を飛ばす。白雪の情報とも合致する。こいつが、『カード』のリーダー、マー・ヒグだろう。

グルリと取り囲む『カード』のハンター共を睨みつけただけで、奴らは息を飲むと真っ青な顔で微動だにしなくなる。

ただの威圧でこのざまか。つまらぬ連中だ。この程度なら『カード』もたかが知れている。

どこまでも私を不快にさせる奴らだ。

マー・ヒグは何か言っていたが、無視してミア嬢に近づくとアイテムボックスから、白色のローブを取り出してかけてやる。そして——。

「遅くなってすまない。もう大丈夫だ。少し休んでいなさい」

そっとその頭を撫でながら、安心させる。彼女にかけたローブ、『反響王』は所持登録者への一定限度の物理、魔力的攻撃を感知して反射する効果を有する。今登録したから、もうそのローブは彼女のもの。彼女が死ぬまで一定の距離を保ちながら守り続ける。

おそらく『反響王』の登録が開始されたからだろう。彼女は気を失う。

「すまないな。私のごたごたに巻き込むつもりはなかったんだ」

素人を危険な世界に巻き込んでしまったんだ。謝って済む問題だとは思っちゃいない。誠意は尽くすさ。それよりも、今はこのクズ共の処理だ。どうやら一人で逃げるつもりだったのだろう。マー・ヒグは教会の入口まで退避していた。

私は地面を軽く蹴り、奴の背後まで移動するとその肩を掴み、

「まさか、ここまで私を不快にさせておいて、逃げられる。そう思っているのか？」

だとしたら、随分と舐められたものだ。それにしても、こいつ本当にマー・ヒグか？　今の私のステータスは平均100程度に設定している。おそらくBランクのハンターならば100は軽く超えているはず。今の緩慢な動きに全く反応できぬなどおよそ考えられぬ。

それとも、この後に及んで私をはめようとでもしているのだろうか？

「うおぁッ!?」

裏返った奇声を上げつつもマー・ヒグは無様に転がりながらミア嬢の傍まで行くと、気を失った彼女を左腕で抱え、腰から短剣を取り出してその喉首に当てる。そして――。

「形勢逆転だなっ！　おら、その能力向上の指輪を外して俺によこせ！」

勝ち誇った顔で私にそう指図してくる。もしかして、人質でも取っているつもりなんだろうか？　私がミア嬢から離れたのは、二つ。一つは彼女への鉄壁の守りを確信しているから。もう一つは既に私の射程の中だから。いわばいつでも殺せる自信があるからに他ならない。

それにしても、能力向上の指輪ね。まさか、仮にもBランクのハンターがこんな素人同然の目利きとはな。まあ、いいさ。ハンターによってはアイテムに疎い輩がいてもおかしくはない。

「早く、その両手の手袋を外して嵌めている全ての指輪を渡せ！」

「そうだ！　渡さねばその女を殺すぞ！」

他の『カード』のハンターたちも、マー・ヒグに従って次々に叫ぶ。本当に萎える奴らだな。お望みなら渡してやるさ。

「分かった。でも、ひどく後悔するかもしれんが構わんか？」

私の意図を読み取ったアスタが、突如姿を現すと頬を引き攣らせながら、

「や、止めるのである！　そんなことしたら――」

私に制止の声を上げるが、それを左手で制する。

「早くしろ！　この女を殺すぞっ！」

マー・ヒグが怒声を上げる。

「じ、実に愚かな、蛆虫どもである！」

悲鳴のような声をあげると、アスタは全力でこの場を離脱する。相変わらず、大げさな奴だ。

だが、能力制限をとるのは久しぶりだし、退避くらいさせた方が吉だろうな。

「ネメシス、ミア嬢を保護して退避していろ」

「ハッ！」

ネメシスのその声とともに、ミア嬢は教会の床に生じた黒色の円形の染みに沈み込んでしまう。

「へ⁉　くそっ！」

捕縛していたはずのミア嬢の消失に、マー・ヒグは血相を変えて立ちあがると、斧の先を私に向けて構える。

「……」

やはりな。さっきの斧を持った時の佇まいから予想はしていたが、改めて見ると酷いものだ。というか、ただの素人。これなら、形くらいはまともだった『コイン』のサイダーの方が幾分マシというものだ。要はこいつも、勇者マシロのコネで高位ランクに上り詰めた口。基本実力主義のハンターの世界にまで、コネを用いるか。本当にアメリア王国の勇者って奴は度し難い。

「ふ、伏兵がいるとは、卑怯だぞっ！」

マー・ヒグが裏返った声を上げる。

「それをお前が言うかね？　というか、無力な女を人質にしなければ無能の私とすら戦えぬ臆病者に言われたくはないな」

「それは貴様がその反則的な能力向上の指輪を持つから仕方なくだっ！　貴様も戦士なら正々堂々と戦え！」

「話にもならんが、このガラクタがそんなに欲しいならくれてやる」

私は両手の【封神の手袋】を外すと、マー・ヒグに指輪を放り投げた。

手袋を外した直後、私から可視化できる濃厚な魔力が濁流のように溢れ出す。

それを尻目にマー・ヒグは指輪を指先にはめると、

「やったぞっ！　これが能力向上の指輪かっ！　無能の雑魚餓鬼をあれほど強化するんだっ！これを装備した俺は王国最強、いや、世界最強だぁぁっ！」

両腕を広げて歓喜の声を上げる。

「御託はいい。殺してやるからさっさとかかってこい」

どこまでもイラつかせる奴らだ。戦闘技術が拙いのはまだ仕方ない。だが、たかがアイテムを保持したくらいで世界最強になどなれるわけがあるまい。こいつらはそもそも戦人として最も大切な志を欠いている。まだ、剣すら握ったことがない新米ハンターの方が遥かに戦人だろうさ。

「生意気な餓鬼だぁ！　能力向上の指輪を失った貴様など全く怖くねぇ！　お前ら、その餓鬼を殺せぇ！」

余裕の表情で私を取り囲み、武器を構えてくる『カード』のハンター共。

本当に全てド素人。見るべきものは何一つない雑魚中の雑魚。本当に最近、こんなのばっかりだ。

「きぇえっ！」

奇声を上げながら背後のハンターが私に切りかかってくる。愚か者が。わざわざ掛け声を上げるなら、取り囲んでいる意味などなくなってしまうだろうに。

私は身を捻ると左手で剣の軌道を僅かに変えてやる。

「くけッ⁉」

速度を増した剣により、私を取り囲むハンターの喉に突き刺さり、あっさり絶命する。

「……」

静まり返る教会内。先ほどのやり取りで、身動き一つできなくなるハンター共。

「どうした？　来ないのか？　なら私からいくぞ？」

「ちょ、ちょっと待――」

雷切を鞘ごとアイテムボックスから取り出すと抜き放ち、一歩踏み込んで慌てて逃げ出そうとする小太りのハンターの一人を脳天から一刀両断する。真っ二つに縦断されて床に倒れる仲間のハンターに、

「ひいッ⁉」

騒々しく金切り声を上げる坊主頭のハンターへ一歩踏み込み、雷切の剣先で喉を一突きにする。血反吐を吐いて仰向けに倒れる坊主頭のハンターを目にして、今度こそ私を取り囲むハン

ター共は悲鳴を上げて逃げ出そうとする。

「に、逃げるんじゃねぇ！　そいつは無能の餓鬼だぞっ！」

マー・ヒグの不安たっぷりの制止の声もむなしく、雪崩のごとく入口に殺到するハンター共を、

「【真戒流剣術一刀流】、壱ノ型、死線」

死線によりバラバラに分解する。瞬きをする間に、黄泉へ旅立った仲間たちにオールバックの男は泡を吹いて気絶してしまう。

「これ、能力向上の指輪じゃねぇじゃねぇかっ！　騙したなぁっ！」

右手で斧を構えながら、左手の人差し指に装着した指を私に示しながら吠えるマー・ヒグに、

「私は最初から、それはガラクタだと言ったはずだ。それに、そんなものあろうがなかろうが、お前のようなド素人に負けるほど私は弱くはないよ」

たとえこいつが私の数千倍、数万倍の身体能力があろうが、敗北する気が全くしない。武術とはそんな甘い道ではないのだ。私が雷切の剣先を向けると、

「ま、待ってくれ！　俺と組まねぇかっ！」

「お前と組む？」

「そうだ！　俺は四聖ギルドの長！　勇者の庇護下にある。俺と組めばこのアメリア王国でいい思いができる！　いい女も、いい酒も、絢爛豪華な財もほしいままだ！　将来貴族の娘を嫁にとり、この国を牛耳ることもできるっ！」

「微塵も興味がないな。それよりも、さっさとかかってこい。もし、この私にカスリでもしたら、その時は無難に殺してやる」

マー・ヒグは恐怖に顔を引き攣らせると、

「いやだぁぁぁっーーー」

己の武器たる戦斧すらも放り投げて、私に背中を見せて逃げ出してしまう。

「クズが」

どこまでも根性の腐った奴だ。せめて最後くらい立ち向かってくれば、あの者たちと同様、首を刎ねてやったものを。

私は雷切を上段に構えて魔力を込め始める。私の魔力により雷切がビリビリと震え始め、私はそれを振り下ろした。

四方八方に閃光が走り、一呼吸遅れて轟音と地響きが響き渡る。

教会は建物ごと綺麗さっぱり消滅して更地と化し、その中心には大穴が開いている。そして、丁度その穴の傍にはマー・ヒグが身体の半分を蒸発させながらも、瀕死の魚のごとく口をパクパクさせていた。

「ベルゼッ！　そのクズを癒して地獄を味わわせろ！　徹底的にだ！　その後ハンターギルドに送り届けてやれ！　それで構いませんね？」

ミア嬢を抱えたネメシスとジョンソン、色黒の露出度の高い女が姿を現す。

「ああ、ギルドはそれでいい。どのみち、此度の件でカードは解体。マー・ヒグは絞首刑になる」

　私が頷き、ベルゼに視線を向けると、

『承りまちたぁ』

　きしゃきしゃと忙しなく口を動かし、右手の杖を向ける。刹那、マー・ヒグと難を逃れていたオールバックの男が空中に浮き上がり、黒色の霧により運ばれていく。

　終わったな。【封神の手袋】をアイテムボックスから出すと装着し、今も溢れる魔力を抑え、跪くネメシスに向き直る。一呼吸遅れてメガミ連合の幹部たちも次々に姿を現し一斉に跪く。

「で、此度の件につき、説明を求めるが？」

　ネメシスに有無を言わせぬ口調で問い詰めると、メガミ連合の他の幹部たちは生唾をゴクリと飲み込んだ。

「この筋書（ストーリー）は彼女の渇望です。私（わたくし）たちは、それの御膳立てをしたまで」

「はあ？　こんなクズ共に襲われることがか？」

「いえ、違います。御方様に助けていただくことがです」

「益々分からぬ。私に助けられてミア嬢にどんなメリットがあるというんだ？」

　私の素朴な疑問の言葉に、

「だから、この朴念仁に解いても無駄だと言ったのである」

　いつの間にか傍にいたアスタが心底呆れたようにそんな感想を述べる。

　色黒の肌の女が一歩前に出ると、

「カイ・ハイネマン君、君はミアに借りがある。そうだね？」

私に人差し指を向けると、そう叫ぶ。

「その通りだ」

「だったら、ミアをギルドの裏にある彼女の寮まで送って行ってよ！」

「私は構わんが、それは君らギルドがした方がより適切ではないかね？」

彼女の寮がギルドの裏にあるなら、私よりもギルドの関係者が送り届けた方がよりスムーズだろうし。

「アタイたちは今からそこでのびている『カード』の尋問と現場検証がある。それに彼女を今回の事件に巻き込んでしまったのは君。送るのは君の義務！　違うかい？」

外で見張りをしていて生き残った『カード』の残党に、親指を指しながら口にする。

「釈然とせんのも確かだが、まあ概ね君らの言う通りだな」

彼女を巻き込んだことには私に否がある。私が送り届けるべきだろうさ。

ミア嬢の寮の場所を聞くと彼女を背におぶさり、歩き出す。

ミア嬢の寮が目と鼻の先に迫った時、

「カイさん……」

背から聞こえる彼女の声。丁度良かった。どうやら目を覚ましたようだ。

「起きたか。怖い思いをさせてすまなかったな」

「いえ、私こそ助けに来てくれてありがとう」

ミア嬢は私の背中の服を握りしめると、そう小さな声で呟く。

「いや、礼は不要だ。そもそも巻き込んでしまったのは私だからな」

「もう、そういう意味でお礼を言ったわけじゃありません」

私の頬をつねると、非難の言葉を口にする。

「そうか。すまんな」

幼馴染のレーナやライラと同じリアクションをしてくる。このような時は謝るに限るのだ。

「私、とっても嬉しかったんですよ」

「うん？　何がだ？」

「私のために来てくれたことがです」

「ふむ。そうかね。当然だと思うのだがね」

彼女は私をぎゅーと強く抱きしめて、顔を背に押し付けていたが、

「もう、ここで大丈夫です！」

いつもの快活な口調で叫ぶ。

私がミア嬢を下ろして彼女に向き直ると、抱き着かれてしまう。暫し、彼女は私の胸に顔を埋めていたが、

「じゃあ、また明日！」

すぐに耳元まで紅潮させながら右手を振って走り去っていく。

「ああ、お休み」

　私も彼女の奇行に目を白黒させていたが、気を取り直して帰路につく。

　カイが雷切を振り下ろし、教会の床に大穴を開けた瞬間を目にし、

「あれが本気の御方様……」

　女神連合のツートップの一柱、ネメシスは恍惚の表情でそう言葉を絞り出す。

　それはネメシス一柱のみ。周囲の女神連合の幹部たちは皆、真っ青な顔で主人が大地に開けた大穴を茫然と眺めていた。

「あれは全くマスターの本気ではないのである。ただ、己にかけられた幾重もの枷を解いただけ。おそらく本当の自力の0・01%すらも出していないのである」

　アスタが額を流れる汗を拭いながら、神妙な顔で返答する。ネメシスは少しの間、大きく目を見開いていたが、

「あれで0・01%も出していないッ!?　アハッ!　アスタ、貴方の仰ることが今ならはっきり分かりますわ!　この世に御方の敵は事実上存在しない!」

　右の掌を額に当てると堰を切ったように笑いだす。

「その通りである。マスターは吾輩のかつての主によく似ている。なんでもいい。闘争以外で

マスターをこの世界に留めておく理由が必要なのである」

「理解していますわ。今だに納得はしておりませんけど」

ネメシスが両腕で抱きかかえているミアを見下ろして複雑な表情で呟くと、他の女神連合の戦女神たちからも強烈な感情がミアへ向けられる。

「あ、貴方がたは一体、何者なんでしょうかッ⁉」

隣でカタカタと小刻みに震えながら、ショートカットの色黒の肌の女、アマゾネスのイルザ・ハーニッシュが決死の表情でそんな疑問を尋ねた。

「矮小な人の身で、それは知らぬが仏というものである」

「そうですわね。私たちはあの御方と生涯の運命を共にするもの。だから、心配しないで。あの御方が守ろうとする者を傷つけるつもりは微塵もない」

「それは……貴方がたを見ていれば分かります」

ネメシスたちからは、ミアやイルザに対する敵意が全く感じられなかった。

「ほら、そろそろ、終わりがきたのである」

アスタが顎をしゃくると、

「そのようですわね。では彼女を届けると致しましょう」

ネメシスも大きく頷き、姿を消失させると、他の戦女神もまるで最初から存在しなかったかのように周囲に姿を溶け込ませる。アスタもその場からいなくなっていた。

「ハンターの膿を除去するためにカイを頼ったわけだが、藪をつついたつもりが蛇が出てきた気分なんだが……」

　ジョンソンが肩を竦めながらぼんやりと呟くが、イルザも苦笑しながら、

「でも、アタイはカイさんやあの方々がどうしても悪い存在には思えません。少なくともあの人たちはミアを助けてくれました」

「カイについては強く同意する。何せ、カイは親友の息子で昔から知っている。いくら変わってもあいつの心根は大して変わっちゃいないし」

「そうですね。ミアが襲われそうになったと知って本気で怒っていましたし。まあ、茶番とは分かっていたとはいえ、私もあのクズ共には殺意を覚えましたけど」

「あの面子にマー・ヒグごときが太刀打ちできるわけもなし。というか、瞬殺だろうし、確かに茶番だな」

「ええ、ミアも少しは素直になればいいんですが、あの子、妙に頑固なところがあるから」

「おっさんの私には、その手の惚れた腫れたはよく分からんよ。それより、我らも行くとしよう」

「そうですね」

　ジョンソンに促され、イルザも既に面影の欠片もない教会跡地へ向けて歩き出す。

『カード』はアメリア王国の指定する四聖ギルドの一つ。ハンターギルドによる此度の『カード』の粛清により、例のごとく王国政府の監査が入ることになる。ローゼとジョンソンとの間で何らかの裏取引でもなされたのだろう。私の関与は一切伏せられ、『カード』を鎮圧したのはアルノルトということになり、王国政府から再度この件につき事後処理を命じられる。護衛役のアルノルト不在の状況で国王がローゼの王都への帰還を認めるわけもなく、再度私たちはこのバルセの街に足止めとなったのである。

「撤回しろ！」

宿の一階の食堂のテーブルを両手で叩くと勢いよく立ち上がり、怒鳴り声を上げる。

ローゼの相談という名の一問一答に返答していると、傍に控えていたアンナがすごい剣幕で怒りだしたのだ。

「この国の誤った政策により、近隣諸国に悲劇を生み出し、自国民ですらも貧困にあえいでいるのは事実だろう？　違うか？」

「その責任がなぜ、国王陛下とローゼ様方にあると言うんだっ⁉」

やっぱりな。一応、アンナはこの国の矛盾に気が付いている。この会話で他のローゼ派の騎士が怒るとしたら、そもそも国の政策が誤っている点にだろう。アンナが認められないのはあくまで主人である国王やローゼにこの王国内の悲劇の責任があるという点について。

「あのな、国王やローゼはこの国の為政者だ。何より、この国の民を正しい道に導かねばならない。それが全くできていない以上、無能のそしりは免れんよ」

「む、無能だとっ！」

　私につかみかかろうとするアンナに、

「アンナ！　やめなさい！」

　ローゼが制止の声を張り上げる。

「で、でも、ローゼ様っ！」

「私はカイに政（まつりごと）の指導をしてもらっているのです。邪魔をするなら、この場からの退出を命じます！」

　ローゼのいつにない強い口調の指示に、アンナは悔しそうに下唇を噛みしめながら、軽く一礼すると退出してしまう。

「いいのか？」

「ええ、アンナとは昔からの付き合いですし、あの程度のやり取りは昔から日常茶飯事です」

「お前がそれでいいなら、私は構わんがね」

　どうにも釈然としないが、まだこのバルセに反ローゼ派がいないとも限らない。あの無謀娘は……まず真っ先に狙われるだろうな。一応、護衛は付けておくとするか。

ローゼは頬杖をついて私を面白そうに眺めていたが、

「少し疲れましたし、お茶にしましょう。今からお菓子を作りますよ」

私の隣でウトウトしていたファフに視線を向けながら席から立ち上がる。

「お菓子です⁉」

ファフは眠そうな目をパッチリ開いて身を乗り出して問いかける。

「はい、今から作りますね。何が食べたいですか？」

「ファフ、くっきぃが食べたいです！」

「クッキーですね。そうでした、今お茶を切らしていますので、カイ、もしよろしければ買ってくるようにアンナに伝えていただけませんか？」

意味ありげな笑みを浮かべつつも、私に軽く頭を下げてくる。

要するに、和睦のための機会の提供ってやつだろう。まあ、確かに私も少々大人気なかったし、あの無謀娘を放っておくのも危なっかしい。最近、アンナにはファフと遊んでもらったりしているし、御守くらいしてやるさ。

「ああ、分かったよ」

私はアンナを探すべく、バルセの街へ歩き出した。

当たり前のようについてくるアスタと共に、アンナが訪れそうな場所を探索するが一向に見つからない。比較的、治安が悪い南東部への大通りを歩いていると、広場の大きなテントの前に人だかりができていることに気付く。そして聞こえてくる男女が争う声。

「こんな子供に暴力を振るうなんて、一体何を考えているっ⁉」

「あのね、これは売り物なの。ようは獣よ。獣は調教するものでしょ？」

「獣ぉ⁉　ふざけるなッ！　獣人族の子供ではないかっ⁉」

「うーん、そうよぉ。でもぉ、獣人族を理性の乏しい獣って認定しているのは、貴方たち王国の方じゃなーい？　違うかしらぁ？」

この女の声、聞いたことがあるぞ。というか、今探索中の人物だろう。人混みをかき分けて前面に出ると、一人はナヨナヨした化粧の男、もう一人は白色のワンピースの赤髪の女だった。

あれはアンナだ。何をもめてるんだ、あいつは？

「違う！　獣人族を理性のない獣などと認定はしていないっ！　我が国が主張しているのは、恩恵による区別であって差別ではない！」

「なーに、それ？　区別は差別よ。あなた、頭大丈夫？」

あの女言葉の男に同意するね。アメリア王国政府は、獣人族など、大多数が恩恵を保有しない種族を背信者と認定し、長い年月敵対してきた。あの獣人の少女のように、戦争のどさくさで、この国に無理矢理、奴隷として連れて来られるなど日常茶飯事。その仕組みを作っているのはローゼたち王国の王侯貴族だ。端からこの女言葉の男を責めるのはお門違いというものだろうさ。まあ、子供に暴力を振るうようなクズは私も嫌いだがね。

「貴様、この私を愚弄するのか⁉」

アンナが剣の柄に手を当てると、女言葉の男の部下の黒服たちが、その前を遮る。

まったく、この女、どこまでも面倒な奴だ。だが、幼子が鞭で打たれるのを黙っていられなかったのだろう。ならば、今も傍観している周囲のカス共よりはよほどましだ。

「やめろ、これはお前が悪い」

アンナを軽く叱咤し、女言葉の男に向き直ると、

「この女は少々、世間知らずなんだ。許してやってほしい」

心が微塵も籠っていない謝罪の言葉を述べる。

「少しは話が分かる子が出てきたようねぇ」

女言葉の男が小さなため息を吐き、右手を上げると、黒服の男たちも戦闘態勢を解いた。

アンナの衣服には国章の刺繍がある。王国政府の関係者なのは一目瞭然だ。奴隷商共も無用な争いは、好みやしないのだろう。

「カイ、貴様ぁ――!!」

鬱陶しく喚くアンナを無視し、腰の鞄から私の今あるほぼ全財産の八万オールの入った布袋を取り出し、女言葉の男に放り投げる。

女言葉の男は、布袋を受け取ると中を覗き見て眉を顰め、

「なーに、八万オールしかないじゃない。こんなんじゃ、身請けなんてできやしないわよぉ」

そう吐き捨てるように、予想通りの言葉を呟いた。

「じゃあ、いくらだ?」

「銀色の毛並みの獣人の子供は珍しいからねぇ、二百万オールよ」

「了解した。それは前金だ。あとで必ず払う。だからそれまでその童を丁重に扱え」

「三十日以内に払えなければ、この前金もらうわよ。それでもいい？」

「構わんさ」

どの道、いつまでもこの街に留まれるわけではあるまい。その期間内に払うことができなければ、いずれにせよ私の負けだ。

「商談成立。はーい、行くわよ。その子に、服と料理を与えなさい！　客人として丁重にね！」

「は！」

黒服たちは先ほどとは一転、まるで貴族の娘でも扱うかのように恭しく、獣人の少女を連れて行く。少女は、何度も私たちの方を振り返っていたが、テントの中に姿を消した。

「どういうつもりだっ⁉」

両手で私の胸倉を掴んで叫ぶアンナに、隣のアスタが肩を落とすと小さなため息を吐く。また、面倒ごとを抱え込みすぎだ、とでも言いたいんだろう。

それはそうとして、このアスタのいかにも呆れ果てた様子、何か腹立つな。

「理解力が足らんようだな。分からんか？　あの童を奴らから購入するのだ」

「購入だと⁉　人を金で買うというのかっ⁉」

「ああ、そうだ。それが一番手っ取り早い」

「誉れ高き王国騎士が、人の売買など許されるものかっ‼」

アンナは貴族の娘らしいが、他の貴族共とは異なり獣人を人扱いしている。パプラで獣人族が貴族共に陥れられた際には、その非道に本気で憤っていたし、私たちと倫理観はそう異なっていない。私に対する態度は相変わらずだが、ファフに対してはまるで姉のように優しく可愛がってくれている。だからこそ、今、こうしてアンナを探しにきているわけだが。

「許されるさ。というか、アメリア王国政府は奴隷の売買を合法として認めている。購入することに障害はないんだ」

「奴隷の売買など、国王陛下は認めていない！　ただ、法で禁止を徹底できていないだけだ！」

「阿呆、それを世間一般には合法というのだ。そして合法である以上、力ずくであの子供を奪えば、我らはお尋ね者となる。そうなればローゼの立場を危うくするぞ。それでもいいのか？」

「それは――困る……」

下唇を噛み締め、悔し涙を浮かべながらもアンナは小さく呟く。

「だったら、この王国のルールに沿ってあの子供を保護するしかない。それには、身請けが一番手っ取り早い。どうだ、理解したか？」

「……」

ようやく掴んでいた私の胸倉を離すと、小さく顎を引く。

「ならば、早急に金を工面しなければならん。一度宿に戻って検討するとしよう」

「分かった」

まだ納得は微塵もいっていないのだろう。アンナは口を真一文字に結ぶと速足で歩いていく。

「私たちもいくぞ」

やる気なく欠伸をしているアスタを促して、私たちも宿に向けて歩き出す。

この件は奴隷の購入という、ローゼの悪評にもつながりかねないこと。ローゼに黙っておくわけにもいくまい。そう考えて、ローゼとアルノルトに相談するべく、宿の一階にある食堂で夕飯をとりつつ、その話をしたところだ。

ただでさえ、ローゼは今最も外聞を気にしなければならない時だ。奴隷の購入という面倒ごとを持ってきたのだし、てっきり小言の一つくらい言われると思っていたわけだが……。

「その子の身請けは、私も賛成です」

その予想は大きく外れ、ローゼは心底ご満悦であるという表情で賛同の意を示した。

「お前にはマゾヒズムの性癖でもあるのか？」

私の素朴な感想に、ローゼは真っ赤になった頬を大きく膨らませて、

「あるわけありません！」

大声で否定した。

「マゾヒズムって何ですか？」

アンナがキョトンとした顔でそんな天然の質問をローゼにするので、

「それは――」

「んんッ！」

答えようとするが、凄まじい形相で私を睨みつけながら咳払いをしてけん制してくる。よく分からんが、図星だったせいだろう。この話題に触れてほしくないようだ。

「了解した。黙っておくとしよう」

「なんかその言い方、釈然としないんですが……」

「そうかね。それで、三十日そこらで大金を稼ぐ方法だが、ローゼ、お前に妙案はあるか？」

もちろん、王室の一員であるローゼが、金を出すのは論外だろう。王族の金はいわば、国民の税によって成り立っている。それを奴隷の購入になど使えば、下手をすれば、奴隷制を王家が積極的に推奨している、ともとられかねない。少なくともローゼには取れない選択だ。一方、三十日程度で商会を起こして金を稼ぐのも非現実的。第一、事業を起こすにも金が要る。やろうと思っても、今の私たちには不可能だ。

「もちろん、とびっきりのが」

「私ができる事にも、限りがあるぞ？」

ローゼは、私を買いかぶりすぎている傾向がある。できぬことを提示されて、タイムオーバーというパターンが、今は一番避けたいところだ。

「大丈夫です。貴方の力なら造作もないことです」

「で、それは？」

「ルーザハルの都市で開かれている神聖武道会ですよ。この大会で決勝トーナメントに進出できれば目的金額は簡単に達成できます」

神聖武道会って確か、四年に一度開かれるアメリア王国最大の武術の大会だったよな。この大会の優勝者には、道場設立権や一代限りの貴族の称号である名誉貴族、騎士（ナイト）の称号が与えられる。故に出願者は毎回数千人にも及ぶとされている。

現在の私の力がこの世界でも上位に属すると分かった今、決勝トーナメント進出程度なら確かに可能かもしれん。

だが、仮にもアメリア王国最大の武道会だ。もし進出すれば確実に悪目立ちする。極力目立ちたくはない私にとって、それは考えられる上で最悪の選択だな。是非とも避けたいところだ。

それに――試合はあくまでお遊び。命の取り合いで負けるつもりは微塵もないが、それが審判という人が介在する試合というお遊戯なら話は別。ルールいかんによっては敗退の可能性もそれなりにあるし、何より、誤って人を殺せばまず失格だろう。ようは、確実性にやや難があるのだ。

「私は試合形式が苦手だ。お遊び（試合）である以上、確実に勝てるとも限らぬぞ？」

なにせ、相手がどれほどの力で砕けるのかもまだ把握していない状態なのだ。もし、試合のルールか何かで、この【封神の手袋】を脱がねばならない状況になったら、上手く力をコントロールできるかは不明だ。そうなれば、誤って殺してしまうことも十分懸念し得る。

「では、逆にお聞きしますが、短時間で莫大な金銭を得る方法が他にあると思いですか?」

「うーむ……ないな」

そもそも、大金を稼ぐ手段がないからこそ、こうして頭を悩ませているわけだし。

「ご心配いりません。まずありえませんが、もし貴方が予選敗退の状況になったら、私がこれを売却して金銭に変えます」

指輪をテーブルの上に置く。

「少し借りるぞ」

手にとって鑑定をかける。

◇◇◇

★【復活の指輪】:三度に限り即死の傷をも復活させる指輪。
・残り――3/3
・アイテムランク:上級

◇◇◇

復活の指輪か。回数制限はあるが、きっとこれって相当貴重なものだよな? なにせ、即死の傷さえも回復させる超高性能ポーションを三回使用したのと同じ効能だし。

「その指輪は、ハンターでもあった死んだ叔父が、私の誕生日にプレゼントしてくれたものです。もちろん、彼自身が迷宮から手に入れた物なので、国民の税によるものではありません」

「そういう問題じゃない。叔父の形見を担保にするってお前、正気か？」

これほど貴重な指輪をローゼに与えた意義など、鈍い私にだって分かる。きっと、その叔父とやらは、ローゼが親類の王族に命を狙われるのを予測していたんだ。だから、この指輪を命懸けで手に入れた。こいつの行為は、その叔父の願いに唾を吐く行為だ。

「もちろんです。だって貴方は負けませんから」

この表情、ローゼは本気だ。こいつ本当に私が勝つと確信して、こんな暴挙に及んでいる。

「根拠もない信頼など迷惑なだけなんだがね」

言いようのない憤りから私が席から立ち上がると、

「では、明日の早朝にでも、ルーザハルに向かいます。アンナ、直ちに馬車と食料の手配を！」

ローゼも席を立ち上がり、アンナに指示を出す。

「はい！」

神妙な顔で騎士式の敬礼をすると、アンナは宿を出て行った。

「私もカイたちに同行します。アルノルト、『カード』の件はよろしく」

「お任せを！」

アルノルトも席を立ちあがり胸に手を当てて、やはり騎士式の敬礼をする。

こいつはいつもこんな一か八かの賭けをしているのか？　どうりで、ローゼの叔父が、こんな貴重なものを与えるはずだ。私は死者の想いを踏みにじるほど堕ちてはいない。仮に敗退してもその指輪を売るのは論外だ。だが、一方で確かにこれが最もローリスクな方法かもな。何せ、決勝トーナメントに進出すればいいだけだし。ま、何とかなるだろう。敗退したら、その時また考えればいい。

「やれやれだ」

私は大きなため息を吐くと、

「じゃあ、丁度クッキーが焼けましたし、皆で食べましょう」

ローゼが席を立ちあがり、食堂の中へ姿を消す。

「くっきぃ！　くっきぃ！　くっきぃなのですっ！」

私は兎のようにピョンピョンとはしゃぎ回るファフの頭を、そっと撫でたのだった。

アンナ・グラーツはバルセの街中を一人歩いていた。アンナの今の気持ちに呼応するかのように肩は次第に落ちていく。

今、アンナが沈んでいる主な理由は、ローゼ様に出て行けと言われたことではない。アンナのグラーツ家は、代々王族に仕える由緒正しい聖騎士の家系であり、アメリア王国貴族の末席として、ローゼ様のお傍に仕えることが許されていた。歳も比較的近いこともあり、アンナとローゼ様は、姉妹のように育っている。だから、口喧嘩など日常茶飯事であり、その程度のことを言われたくらいでいつまでも落ち込んでいない。

　アンナが今も落ち込んでいる理由は、カイの傍で生活するようになって日を追うごとに彼の言葉に妙な説得力を感じてしまっていたから。カイはアメリア王国の王侯貴族を、民に寄生する寄生虫だと言い放った。当初はなんて無礼な奴だと憤ったものだが、パプラの件、そして、カードの件を経て、カイの言葉にどこか同意してしまっている自分がいた。

　アメリア王国では主神である聖武神アレスからの贈り物である恩恵（ギフト）により、人の徳を判断する傾向がある。恩恵（ギフト）の質が高ければ、その者はアルス神に愛されており、低ければ、アルス神から敬遠されるような徳しかない人物なのだと。

　この判断基準は、この国において就職、婚姻、交友関係にいたるまで多岐に採用されている。特にアンナのグラーツ家は伝統ある聖騎士の家系。その考えを幼い頃から徹底的に教え込まれてきた。そしてその判断基準からすれば、基本恩恵（ギフト）を持たない獣人族は徳のない種族であり、特の高い人間族に管理されなければならないとされてきた。しかし、アンナは王国貴族の中で当然とされるこの考え方に、昔から強い疑問を持っていた。いや、この考え方自体に強烈な嫌悪感を覚えると言ったらよいか。故に、ずっと今の今まで吐き気がするような会話にさも当然のごとく頷いてきたのだ。

　しかし、その薄っぺらな虚勢はカイの言葉と行動により、いとも簡単に剥がされていく。今やカイの言葉に素直に頷いてしまっている自分がいた。質が悪いことにそんな自分自身に一切嫌悪感を覚えていない。それが、とっても恐ろしく、絶対に認めるわけにはいかなかった。だって、それは先ほどカイがローゼ様を否定したことさえも肯定しかねないことだから。

(私、何やってんだろ……)

今どうしてもカイと顔を合わせたくはなかった。そのためだけに、今このバルセの街を歩いている。自分でも説明不能な子供の癇癪のような感情からの行いに、アンナは強い情けなさを覚えていた。

気が付くと人流の波の種類が変わっている。ここはバルセでも比較的治安の悪い普段足を踏み入れることのない南東区。戻ろうとした時、突如、聞こえてくる男の怒鳴り声。

「早く歩け!」

「ご、ごめんなさい……」

音源に視線を向けると、黒色の服を着た大男が、銀髪の少女を鞭で打ち付けていた。

あの子は獣人族だ。多分、どこぞの恥知らずな兵士が、戦争のどさくさで、無理やり連れて来て、奴隷商に売り払ったのだろう。アンナは奴隷が嫌いだ。奴隷そのものが嫌いというよりは、人を物や家畜のごとく売り買いする、その行為に強烈な吐き気を覚えている。

いくら嫌いだと言っても、少し前までのアンナなら憤りつつも見て見ぬふりをしていたことだろう。でも——。

(あいつなら——)

カイを知ってしまったアンナには以前のように見捨てることはできなかった。きっと今のアンナは王国の騎士として失格なんだと思う。でも、なぜだろう。それに全く後悔はなく、逆にとっても清々しく感じていたんだ。

衝動のままに奴らに食って掛かり口論の末、アンナのストレスが頂点に達し、剣の柄に手をかけた時、アイツが現れて勝手に話をまとめてしまった。

三十日以内に、二百万オールという大金で銀髪の獣人の少女を購入することを約束してしまう。奴隷を購入する。その事実には強烈な忌避感が湧くが、冷静に考えてみればそれしか方法はない。むしろ、本来なら誰にも迷惑をかけずに、アンナの希望を叶えたアイツに感謝すべきこと。だけど、それはアンナの性格からして、絶対にできないこと。

アイツは最初、見ててイライラするような軟弱な性格をしていたが、あの事件以来、態度はもちろん口調までも激変し、このように我が物顔で振舞うようになる。一方でそのアイツの態度や行動に、怒りは覚えても嫌悪感が湧かない。むしろ、あいつならどうすると、無意識に己の行動指針にしてしまっていた。

ローゼ様が待つ宿に向かう途中、アイツは不意に思い出したように立ち止まると、アンナに向き直り、

「そうそう、アンナ、よくやったな」

いつもの不敵な笑みを浮かべながら、そう口にする。アイツに初めて名前を呼ばれたこと、そして初めて褒めてもらったことが、なぜかとても心地よくて、

「早くローゼ様の下へいくよ！」

緩む口元を必死で抑えてアンナはアイツに叫び、速足に歩き出したのだった。

——武闘都市ルーザハル

バルセを南に馬車で二日ばかり走らせた距離にルーザハルはある。バルセがハンターの楽園ならば、ルーザハルはアメリア王国最大の武闘都市。都市内には百を超える幾種類もの武術の道場が構え、大通り沿いには幾多もの有名武具店が立ち並ぶ。そんな武術家たちの夢の都市。それがルーザハルだ。

「大会開催直前だけあって相変わらず、すごい人だな」

以前、祖父に連れられてきた時の過去の記憶を思い返して素朴な感想を述べていると、

「カイは過去に、この都市に来たことがあるのですか？」

隣のローゼが興味深そうに、私の顔を覗き込みながらも尋ねてくる。

「まあな」

体感としては十万年前、記憶としては数年前という不思議な感覚なわけだが。

「私は今から大会にエントリーしてくる」

「分かりました。それでは、ファフちゃんを連れて先に宿へ行っていますね」

「ファフもご主人様と行くのですっ！」

私にしがみ付くファフの頭をいつものように優しく撫でて、

「今、アスタが宿をとっている。それまで、お前はこの二人を守ってやってくれ」

懇願の言葉を紡ぐ。

「うー、分かったのです！　ファフ、頑張るのですっ！」

元気一杯、右拳を突き上げる。うむうむ、ファフはいつも素直でいい子だな。

「じゃあ、あとは頼むぞ！」

「ええ、任せてください」

頷くローゼに私は背を向けて、受付へ歩き出す。

受付の若い女に名前と流派、恩恵を告げる。ローゼ曰く、ここで虚偽の事実を述べると、失格となったり、罰金を要求されたりと、後々面倒らしいから正確に述べた。ま、【この世で一番の無能】の恩恵（ギフト）を伝えると、憐憫の表情を向けられたわけだが。

ちなみに、流派はもちろん『真戒流剣術』だ。ハイネマン流剣術はもはや私の剣術ではないからな。ローゼから借りた三万オールを払うと、大会のパンフレットのようなものを渡される。

アスタとの待ち合わせ場所である宿へと向かおうとすると、

「おい、無能！　なぜお前がここにいるっ⁉」

濁声を背中に受ける。

振り返ると顎の割れている坊主に巨躯の男。背後には数人の少年少女が私に侮蔑の表情を向けていた。全員記憶にある。ハイネマン流道場の師範代と門下生だ。大方、この少年少女が大会に出場するんだろう。王国最大の大会だしな。若くして予選の決勝まで勝ち抜くだけで、相当な実力者と認定され、道場の名は上がる。この場にいても、何ら奇異はないさ。

「君らが知る通り、私はもうハイネマン家を離れた。故に、私がどこで何をしようと、私の勝手だ。君らには私の行動を遮る権利はない。違うかね？」

「ふざけるなっ！　お前が、少し前までハイネマン家にいたことは周知の事実。ハイネマン家を出たという事実すら、知らぬ者がほとんどだ。そのお前が、無様な姿を晒すだけで、どれほどハイネマン流剣術の看板に泥を塗ることになるかっ！　直ちに、この街から立ち去れッ！」

ピーピー五月蠅い小僧だ。さて、どうするかね。

「シガ先生、大丈夫だよ。僕たちもハイネマン流。僕たちが予選の決勝まで残れば、道場の名に傷などつかないさぁ。逆に、そいつがハイネマン流では例外の無能な奴だと理解するだけじゃん」

金髪のイケメン少年が、師範代のシガに進言し、他の少年少女たちも同意する。

そういや、私の恩恵(ギフト)が無能と知って真っ先に掌を返したのがこの師範代シガとこの金髪の少年リクだったな。まっ、今の私にとって心底どうでもいい事実ではあるのだが。

「リク、お前なら、確実に予選の決勝には進めそうか」

師範代シガは、リクを眺めながら数回頷くと、

「いいか！　極力、ハイネマンの名を騙るなよっ！」

そんな捨て台詞を吐くと、去っていく。

さて、どうでもいい連中は去った。宿に戻るとしよう。足を踏み出そうとした時――。

「ほう」

今も私に向けられている肌のヒリつく感じ。これは殺気か。まあ、強度は大したことがなく、私にとっては微風なわけだが。

「お前、強いな」

殺気を放った相手は、私の前まで歩いてくると見下ろしてきた。

二メルはある筋骨隆々の体躯に、野性的な風貌。無数の拳ダコに、ゴツゴツした岩のような手。肉体を極限まで酷使する武道家という奴なんだろう。

「そうかね」

この手の威圧は、ダンジョン内でも相当受けた。特に真の獣の王、真獣王を自称する獣人ネメアは、当初はこんなふうに好戦的だったっけ。

「お前、名は？」

「カイ・ハイネマン」

「俺はザック、B組だ？　お前は？」

B組？　あーあ、予選トーナメントの組み分けの話ね。鉄製のエントリーカードの裏を見ると、D組と刻まれている。

「私はD組のようだな」

「そうか、なら決勝トーナメントで会うな」

両拳をぶつけると、悪質な笑みを浮かべてくる。うーん、この自身の武に絶対の自信を持つ態度といい戦闘狂的性格といい、こいつ益々、当初のネメアにそっくりだぞ。案外、気が合うんじゃないか?

「お互い、そうなるといいな」

「なるさ。俺たちならな」

右拳を上げるとザックは人混みに消えていく。

私も肩を竦めると、今度こそ待ち合わせ場所の宿へと向かった。

バルセから馬車で南西に三日ばかり進んだ場所に、誰も近づかないゴーストタウン――ペスパールがある。ここは過去に鉱山都市として栄えたが、主力であった金、銀、銅が枯渇したこととその付近に凶悪な巨大毒蜘蛛の魔物が巣を作ったことも相まって、閉鎖されたという曰く付きの都市である。

凶はその生息していた巨大毒蜘蛛を駆逐し、このゴーストタウンを世界に点在するアジトの一つとして利用している。そして、その本来の主人を失ったペスパールの領主の屋敷の中には、現在、凶のメンバー数人が集まっていた。

「カイ・ハイネマンについて調べてみたけど、ちぐはぐすぎてよく分からなかったぜぇ」

目つきが鋭く露出度の高い黒色の衣服を着た女、ヴィネガーは古ぼけた木製のテーブルに紙束を放り投げると、肩を竦めて見せる。

「お前のストーキングでも理解できなかったたってのか？」

ターバンを巻いた長身の美青年、ソルトが眉根を寄せてヴィネガーに尋ねる。

「ストーキング言うなっ！　ともかく、普段はバルセのハンターに毛が生えた程度だ」

「ただの雑魚じゃねぇか！　なぜそれで、ちぐはぐすぎてよく分からねぇんだよ⁉」

「だから、普段って言っただろうが！　カードとかいうハンター共との戦闘で手袋のようなものを脱いだら……」

珍しく言葉に詰まるヴィネガーに、

「強くなったってわけでデスカ？」

スキンヘッドの大男、チリが丸眼鏡のフレームを中指で押しながら、ヴィネガーに尋ねる。

「いんや、逆だぜ。以後、女子供以上に強さが感じられなくなった」

「はっ！　要するにカイ・ハイネマンは元来超絶雑魚で、カードという原住民に敗北したってことじゃねぇか！　珍しく隊長の予想が外れてよかったぜぇ」

今も一心不乱に資料を読みふけってる白色スーツを着た隊長を尻目に、ソルトはボロボロのソファーにゴロンと横になる。

「いや、カイ・ハイネマンはカードに勝利している。なぜ、この資料には詳細が書いていな

い？」

隊長に鷹のような視線を向けられヴィネガーは慌てたように両手を振ると、

「オ、オレはちゃんと監視していたんだぜ！　ただ、カイ・ハイネマンが手袋をとってすぐにオレの遠視がジャミングされたんだ！」

必死な形相で説明する。

「教会が跡形もなく吹き飛び、地面に大穴が開くほどの戦闘。四聖ギルド、カードの敗北。しかし、手袋を脱ぐ前は雑魚、脱いだ後は女子供以上に強さが感じられなくなる。おまけに、ヴィネガーの遠視をジャミングする異能かアイテム……くはっ！　確かにちぐはぐすぎるなっ！」

突然笑い出す隊長に皆が奇異の視線を向ける。それはそうだ。隊長がこうしてはっきりと感情を表に見せることなど滅多になかったのだから。

「で？　隊長、結局どうすんだよ？」

ソルトが当惑気味に尋ねると、

「おそらく、カイ・ハイネマンは俺側の存在だ」

噛みしめるように隊長は言い放つ。

「「「……」」」

その独特な言い回しに、皆が息を飲む中、

「まずは、カイ・ハイネマンのアキレス腱を切る。話はそれからだ」

ヴィネガーはテーブルに置いてあった皿からナイフを手に取ると、その資料に突き立てる。

そのナイフが突き刺さった資料には、二人の少年少女の情報が書かれていた。

大会登録の二日後、大会の第一次予選が始まった。

第一次予選は、A~G組をさらに十個に分けて、百人程度のまとまりにする。そして、その中で、右腕に巻き付けた赤色の腕章を三人分奪い取った者が、第一次予選通過となるというシンプルなもの。

ゴングが鳴る。私は動かず、暫し動向を見守っていたが、それはある意味、私を驚愕させるに足りるものだった。

威勢よく掛け声だけを上げて動かないもの、珍妙な奇声を上げて木刀をやたらめったら振り回すもの、魔法をひたすらブチかますもの、もはや無茶苦茶だった。

「ここは、初等部の初めてのお披露目会かね」

形容しがたい光景を、なんとか口にしてはみたが、どうにも上手い表現だとは思わない。正直、初等部でも、もっとまともじゃないだろうか。

「いたぞ!」

私を取り囲むハイネマン流の三人の少年少女。私一人なら組みやすい、との判断なんだろうが、まだ動いていない私の持つ腕章は一つ。三人で囲む意味があるか？　しかも、奴らの認識からすると、私は無能な最弱者なのだろう？　こいつら、どこまで臆病なのだ。

「もう、逃げられねぇぜ？」

セミロングにした少年が私に木刀の剣先を向けてくる。構えも無茶苦茶だし、重心の置き方もなっちゃいない。まさに素人そのものだ。この者たちってこんなに未熟だったっけ？　確かに、体感として十万年前の事実なのだ。それは誤謬もあるだろうよ。

ともかく、未熟な童に剣を向ける気にもならん。この退屈なお遊戯は、とっとと終わらせるに限る。

「私からいくわ！」

「ざけんな、俺からだ！」

対戦相手の前で滑稽にも言い争う三人にゆっくりと近づく。

「なっ⁉」

奴らの目と鼻の先で両方の掌を叩き、その隙に三人の腕にある赤色の腕章を奪い取り、円武台から場外へ出る。

「あ、あの無能野郎、棄権しやがった！」

「卑怯だぞっ！」

「そうよ、敵前逃亡とは、なんて恥知らずな奴っ！」

既に己が敗北したことにも気付かない滑稽な道化を無視し、私は会場の隅のテントにいる係

「6032番のカイ・ハイネマンだ。これでクリアだろ？」

自身の勝利につき尋ねる。

「……」

係員は私と会場を相互に見て目を白黒させていたが、

「合格だ」

すぐに名簿に記入をし始める。

さて、終わったことだし、さっさとローゼたちの下へ戻るとしよう。

現在、D組の一次予選が開始されたところだ。
「全て小ぶりじゃな」
アメリア王国内で、ハイネマン流と双璧を成す流派であるカイエン流の宗主アーロンは、今も滑稽に甲高く叫びながら、敵に突っ込んでいく己の流派の若手を見ながら、深いため息を吐いた。あれなら、まだライバルのハイネマン流の三人の方がマシ。少なくとも剣術にはなっている。もっとも、慎重なのか臆病なのか、まだまともに剣を合わせてはいないようだが。
三人はほどなく一人の小柄な少年を囲む。この第一次予選は戦術を見る試験。このようなチーム戦も原則禁止されてはいない。だが、体格に差がありすぎる。しかも、あれはハイネマン流の無能、カイ・ハイネマンだな。何度かエルムに連れられて、会ったことがある。予選に勝利するために、同じ流派の、しかも最も弱き者を取り囲むか。もはや実力以前の問題だな。滑稽にも、戦いの優先権で口論にまでなっている様子。これでは三対一の意味すらない。

（エルムの奴も儂同様、後継者には難儀しておるようじゃな）

この調子なら、噂の槍王も恩恵（ギフト）だけに任せた坊ちゃん戦士の可能性が高い。少なくとも直弟子であるアルノルトを超えることはありえまい。そんな感想を覚えていた時、それは起こる。カイ・ハイネマンがゆっくりと踏み込み、三人の懐に飛び込むと、両方の掌を合わせる。ビクッと硬直する三人から腕章を取って、円武台から離脱してしまった。

「い、今の見ましたかっ⁉」

直弟子の悲鳴じみた声にも、アーロンは目をカッと見開いたまま微動だにできない。

「な、なんじゃ、あの動き？」

カラカラに渇いた喉で、どうにか疑問の言葉を絞り出した。

弟子に指摘されんでも分かっている。先ほどのあの一切の無駄をそぎ落としたかのような挙動。あれは、アーロンら達人の領域に足を踏み入れた者のみに許された動きだ。しかも極上の――。

「偶然でしょうか？」

「でも、あんないい動きをする若手なんていましたっけ？」
住人となっている。
武術に偶然などありえぬ。あれをできている時点で、カイ・ハイネマンは我らと同じ領域の
「馬鹿を言うなっ！」

師範代の疑問に、

「カイ・ハイネマン。エルムの孫じゃ」

そう吐き捨てる。

「ちょ、ちょっと待ってください！　カイ・ハイネマンの恩恵(ギフト)って無能だったんじゃ⁉」

「ぬしらには、あれが無能に見えたか？」

もし、見えたのなら、あまりに才能がなさすぎる。すぐにでも武術以外の道を勧めている。

「いえ、でもあれがカイ・ハイネマンなら、どういうことです？」

「大方、エルムの奴が偽りの情報を流しておったのじゃろう」

どうにも怒りが抑えられない。何が無能な剣聖の孫だ！　若くしてあの領域に達している者が、無能のわけがあるか！　天賦の剣の才のある者に、幼少期の頃から、剣聖自ら実践という名の剣術を叩きこんだに決まっている。そうでなければ、あの動きの辻褄が合わぬ。そうする理由は、大方、他組織のスカウトの排除のため。だが、エルムの奴は己の孫が、そのせいでどれほど蔑まれているか分かっているんだろうか？　いや、分かっていなければ、そんなむごいことはできん。そしてそれは――。

「エルムめぇ、やって良いことと悪いことの区別もつかんのか！」

それは天賦の才を持つ者を、己の流派存続のために、使い潰すことに等しい。剣の師として、決して許されることではない暴挙。

「でも、カイ・ハイネマンって、ハイネマン家を離れたって、噂になってますけど」

「エルムがあれを手放したと？」

「はぁ、ご丁寧にこのルーザハルでハイネマン流の師範代が吹聴しておりました。嘘偽りを述べた様子もありませんでしたので、真実ではないかと」

あれほどの腕の者を放出した？　孫だから気付かなかった？　いや、流石にあれは、一定以上の実戦を経験した者なら、その異様性に気付く類のものだ。エルムが気付かなかったとは考えにくい。なら、あれほどの人材をあえて放出するエルムの意図は？　わからん！　全く理解できん！

「もしかして、恩恵（ギフト）で無能って出たのは、本当なんじゃないんスかね。ただ、例外的に表示されない、もう一つの隠れ恩恵（ギフト）があったとか。ほら、あのハイネマン流のあるラムールって、なんでも恩恵（ギフト）で決めたがる傾向が強いじゃないっスか」

確かに師範代の一人のこの台詞が最も説得力があるか。

神から与えられる恩恵（ギフト）は一つだけ。確かにそう言われてはいる。だが、二つ所持する者がこの世に存在しないことも、証明されてはいないのだ。

少なくとも、あの達人級の振舞いを見せる者が、ただの無能などという与太話よりは、ダブルギフトホルダーの存在の方が、よほど信じるに値する。

「だとすれば、本当に間の抜けた話じゃな」

「ええ、まったくで」

いずれにせよ、カイ・ハイネマンには、この大会後、早急に会わねばなるまい。

もし、あれを我が流派が手に入れれば、次期王のロイヤルガードはほぼ確定だ。そうなれば、二代連続でカイエン流は、アメリア王国の筆頭剣術となる。

「まったく、こんな時に、あやつの試合をゆっくり見られんとはな」

生憎、今から隣町で外せぬ会合がある。どの道、この大会はカイエン流の仕切りだ。すぐに用を済ませて戻ってくれば、決勝トーナメントを特等席で見ることもできよう。それまでの辛抱だ。

「いくぞ！」

はやる気持ちを全力で抑えつけながら、おつきの師範代たちを促し、アーロンは大会競技場を後にした。

――バルセの街酒場
「気に入らねぇ！」

D級ハンター、ライガ・イースターは葡萄酒の入った木製のコップをテーブルに叩きつけた。

「ミアちゃんのあの様子からいって、かなりカイ・ハイネマンにご執心だな」

親友であり、参謀でもあるフックが葡萄酒を喉に流し込み、今も怒りで震えるライガを見据えると、そう口にしてくる。

「ざけんなっ！　奴は無能の雑魚だぞっ！」

ライガの故郷のラムールでは、特に神から賜るとされる恩恵で、人の価値の序列を決めるのが通常だ。その基準からすれば、【この世で一番の無能】の恩恵を持つカイ・ハイネマンは、この世で最も無能な男。将来性皆無の後ろ指を指されるような最底辺の奴に、女がなびくわけがないんだ。

「お前な……そんなの大した障害になるわけねぇだろ」

長年の相棒のフックは呆れたような口調で、そんなライガの主張を完全否定する。

「認めねぇ！　俺は絶対に認めねぇぞぉっ！」

ミアに他に惚れた奴がいるのは別にいい。ライガも恋愛の一つもしたことがない尻の青いガキじゃない。だが、あんな何の才もない無能に言い寄られたくらいで簡単にミアがなびくとはどうしても信じられなかった。

「現実逃避は結構だが、あの二人が仲良さそうに歩いているのを、この前見たぞ」

「くそぉっ！」

葡萄酒の入った木製のコップをテーブルに叩きつけると、周囲から奇異な視線が集中する。

「何を見てやがるっ！」

　ライガが吠えると、

「あッ⁉」

　数人のベテランハンターが、蟀谷に太い青筋をたてて立ち上がろうとする。

「ライガ、いい加減にしろ！　俺の連れが不快にさせてすまない。許してほしい」

　フックは席から立ち上がると周囲のハンターたちに、神妙な顔で深く頭を下げると、舌打ちをしながらも、ベテランハンターたちも席に座り酒盛りを再開した。

「フック、てめぇ――――！」

　相棒であるフックにライガの憤りの理由を全く理解してもらえぬという事実に、得も言われぬ怒りが湧きあがり、その胸倉を掴もうとするが、

「お前は少し、頭を冷やせ」

　フックはその手を振り払うとテーブルにコインを乱暴に置く。そして、ライガに背を向けてその場を去ってしまった。

「フックの野郎！」

　悪態をついた時、

「兄ちゃん、荒れてるねぇ。これでも飲んで鎮めなぁ」

　頭にターバンをした美青年がライガの対面の席に座ると、なみなみと注がれた酒を差し出してくる。

「誰だ、お前？」

ドスの利いた声で尋ねるが、

「俺は最近このバルセに来たばかりのハンター、ソル。お前さんたちのことは聞いている。なんでも、現在バルセで最も有望なチームなんだってなぁ？」

「まあな」

やっぱり、ライガたちの価値は分かる奴には分かるってものだ。

「よかったら、愚痴でも話してみねぇか？　モヤついている時は結構吐き出すと、すっきりするもんだぜ」

普段なら初対面の奴と酒など飲まない。だが、このときフックからの納得いかない態度に憤っていたからだろう。自然に勧められたグラスを手に取り、酒を喉に流し込む。

「あの【この世で一番の無能】のカイ・ハイネマンの件だっ！」

そして、ライガが今一番許せぬ事柄を話し始めたのだった。

「なるほど、そのカイ・ハイネマンという無能がミア嬢に言い寄って誑し込んでいるのが、兄ちゃんは気に入らねぇってわけだな？」

「まあ……そうだ」

「カイ・ハイネマンはマジで大したことねぇんだろ？」

「当たり前だっ！　奴は【この世で一番の無能】のギフトホルダーだぞっ！　ミアちゃんは絶

対に騙されてんだっ！」

「だったら、話は簡単だ。そのミア嬢の目を覚まさせてやればいいのさ」

「それができたら、世話がねぇんだよ！」

「未だ誰もが未到達と言われる、シルケ樹海の最奥にあると言われる『太古の神殿』に眠るお宝の一つでも贈れば、女なんて一発だぜぇ！」

「『太古の神殿』？　そんなの無理に決まってんだろっ！」

『太古の神殿』が存在するシルケ樹海の深域には超強力な魔物がうじゃうじゃ徘徊している。本来、Aランク以上のハンターがチームを組んで挑むクエストだ。才能があろうが、まだDランクに過ぎないライガたちには無理な話だ。

「できるさ。これがあればな」

ソルはテーブルに真っ赤な宝石が埋め込まれたペンダントを置く。

「それは？」

「これはそのペンダントに触れた者を八人に限り、その気配、姿が他から一切認識できなくなるアイテムだ。それがあれば、魔物に認識されることなくお宝の眠る場所まで到達できる。本当は仲間を集めて俺がやろうと思っていたんだが、その役、兄ちゃんに譲ろう。興味があるなら、そのペンダント貸してやるが、どうだ？」

「気配、姿が他から一切認識できなくなるアイテムねぇ……」

そんなものがあれば、一財産だ。会ったばかりのライガに簡単に貸すと言われても到底信じられない。

「信じられねぇよなぁ。まあ、見てな」

ソルはペンダントの宝石部分に触れると首にかける。途端、ソルの姿は跡形もなく消失していた。

「マジかよ……」

「どうだ？　信じるかい？」

実際にこの目で見たのだ。信じるしかない。そして、『太古の神殿』の到達。それは長年のトレジャーハンターの夢。

ハンターはなわばり意識が強い。通常、遺跡の探索はトレジャーハンターの専売特許。高ランクのハンターになるほど、他の領域を侵害することはない。

Sランクのハンターにトレジャーハンターがいなかったこともあり、ずっと『太古の神殿』は未到達だったのだ。ライガたちはまだDランク。専門分野が定まるのはあくまでCランクから。もし、『太古の神殿』に到達した功績を上げれば、Bランクに昇格することも夢ではない。そして、『太古の神殿』で発掘したジュエリーを贈れば、きっとミアも……。

「ああ、恩に着るよ！」

ライガは最悪の道への言葉を紡ぐ。こうしてライガたちの絶望への行進が始まった。

「あの野郎ッ！」

　ハイネマン流剣術の師範代シガは、激情のままに自室の木製の椅子を蹴り上げる。

　第一次予選でシガの教え子の三人は敗退した。シガの指示に従い三人がカイ・ハイネマンを取り囲んだ直後、奴は円武台から離脱してしまう。通常なら三人に恐れをなしたカイ・ハイネマンが敗者で、三人が勝者であるべきだ。

　しかし、カイ・ハイネマンは第一次予選を通過し、教え子三人は腕章を取られて敗退してしまう。シガは同時に行われていた有望株のリクの試合を観戦しており、実際には見ていないが、状況から言ってカイ・ハイネマンが何かやったのだろう。

「無能めッ！　どんな手を使ったッ⁉」

　カイ・ハイネマンは最弱の無能。教え子たちに勝利できるとは思えない。だとすると、特級クラスのアイテムでも用いたのだろう。奴の母親は超一流のハンターであり、カイを必要以上に溺愛している。息子の幸の薄い将来を憂いて姑息な手段に出たとしても何ら不思議ではない。この大会で勝利することには、それだけの価値があるのだ。もちろん、試合の結果を聞いてすぐに審判にカイ・ハイネマンの不正を訴えたが、相手にされなかった。

「汚い手で負けただなんて、シガ先生、私たち、悔しいですっ！」

女生徒が涙ぐみながらも声を張り上げる。

「あの無能の背信者めッ！　俺たちの努力に泥を塗りやがって！」

「許せねぇ！　ぶっ殺してやるッ！」

生徒の一人が額に太い青筋を張らせつつ、部屋に立てかけてあった木刀を握ると、他の二人の生徒たちもそれに倣う。そして、揃って部屋を出て行こうとするが、

「待ちなよ」

金色の髪の美少年リクが制止の声を上げた。

「リク、止めるなよ！　これは俺たちハイネマン流のケジメの問題だっ！」

生徒の一人が血走った眼でリクを睨みつけながらも、声を絞り出す。

「そうよ！　すっこんでなさい！」

女生徒が金切り声を上げる。彼女はリクに好意があり、普段このような敵対的な態度をとることなど絶対にない。それほどあの無能者に敗北したことは、生徒たちの心をグシャグシャに打ちのめしたのだろう。

「――」

シガが諫めようと口を開きかけた時、

「次の予選の決勝で僕があの背信者とあたる。そのとき、奴を公衆の面前で徹底的にぶちのめす。そして、勝利後に大々的に奴の不正の事実を告発するつもりさ。奴が無能の弱者であることが一般に明らかになれば、大会の運営側も奴の不正を認めざるを得ない。そうだろう？」

確かに、あの無能の背信者が無様にリクに敗北する様を観客全員が目撃すれば、世論はこちらに味方する。観客を味方につければ、きっと大会運営も奴の不正の事実を無視できない。少なくともカイを半殺しにして後々問題となるよりよほどいい。

「そうだな。俺もリクの意見に賛成だ」

「先生ッ!」

生徒の一人が声を荒らげて翻意を促してくるが、

「お前らが試合外で暴れれば、それこそハイネマン流の名に傷がつく。お前たちには何らかのペナルティーが科せられるだろう。俺はあんな無能の背信者のために有望株のお前たちに危険を冒してほしくない」

そう心にもない励ましの言葉を送る。シガにとって生徒とは己がハイネマン流で成り上がるための手段に過ぎない。特にこの三人はリクと比較し、剣の才は凡庸だ。コマとしては利用できるならいいが、足を引っ張るなど言語道断。到底認められない。是非とも納得してもらおう。

「先生……」

お涙頂戴のシガの演技に泣き出してしまう三人。

「では、リク、次の予選決勝、頼んだぞ?」

「任されました。皆の屈辱は必ず晴らします。どんなに、泣きわめこうと許しはしませんよお」

リクのこの悪質な笑みから察するに、カイを剣士として再起不能にするつもりだろう。少し前までは、エルム様の手前、大っぴらに動けなかったが、この地なら何ら制限はない。
現在、ハイネマン流はエルム様の本家派と槍王の恩恵（ギフト）を有するローマンを推す分家派が次期、総師範の座を巡って激しく争っている。本家派にローマンを超える有力な候補がいない以上、現在、分家派が優勢だ。ここで本家派の汚点たるカイ・ハイネマンの無様さとその不正の事実を世間一般に認識させれば、シガの所属する分家派に決定的な勝利をもたらす。無能をぶちのめすのが同じ流派のリクならばハイネマン流の名誉も保たれる。まさに一石二鳥というやつだ。上手くいけば、分家派に勝利をもたらしたシガの地位は約束されたも同然。

「頼んだぞ！」

シガはリクに近づきその肩を叩くと、欲望に塗れた言葉を口にしたのだった。

第二次予選も同様の腕章略奪形式であり、危なげもなく、しかも目立たずに勝利して、予選決勝に駒を進めることができた。あれから、ハイネマン流の師範が不正を訴えたが、大会委員は碌に調べもせずにそれを却下してしまう。きっと選手の数が多いこともあり、予選の段階で一々クレームを受けていたのではきりがない。そんな判断なのだと思う。ローゼはここまでは予想通りだったのか、あーそうですかという事務的な感想のみだった。

私が度々いなくなるので、ファフの機嫌がすこぶる悪かったが、ローゼとアンナが根気強く面倒を見てくれたお陰で、頭ナデナデで機嫌が治まる程度には抑えられていた。

「これに勝利すれば、三百万オール。楽々、予定金額は超えます」

「そうだな」

とりあえず、きりの良いところで、棄権するか故意に負けるかしてバルセに戻るとしよう。

「おい、カイ！　その……」

アンナがそっぽを向きながらも両手をモジモジさせている。

「なんだ？」

この女、最近大分あか抜けてきた。少なくとも以前のツンツンの狂犬のような状態とはえらい違いだ。

「がんばれよ」

頬をほんのりと紅葉色にすると、まさかの言葉を口にする。

「アンナも大分素直になりましたね」

うんうん、と満足げに頷くローゼに、

「ロ、ローゼ様ぁっ！　別に私は素直になんて――」

アンナは顔を真っ赤に染めるとローゼの名を呼び、反論を口にするが、

「では、頑張ってください。皆で応援してますから」

聞く耳すら持たず、ローゼは私に向き直ると静かにそう告げる。

ちなみに、アスタは用を済ませると宿の自室に籠って読書中だ。最近気付いたが、あいつは

極度の本の虫。暇があれば、私が迷宮で見つけた本を読みふけっている。もっとも、今私たちに同行していないのは、なんでも人に酔ったらしい。まったく、相変わらずのチキンマジンっぷりだ。

「ファフ、こいつらの護衛を頼むぞ！」

私にしがみ付いて頬擦りをかましているファフの頭を優しく撫でる。

「任せるのです！」

私から離れて右拳を掲げるファフに口端を上げて、私は予選決勝の会場へと向かう。

会場の中心にある円武台に、続々とD組の予選決勝の出場選手が上がっていく。

三十人が全て出そろったところで、司会者と思しき金髪の若い女が円武台に近づくと、妙に間延びした声で解説をする。

「皆さーん、D組の予選決勝の出場選手三十名が出そろいました。この中から四人を選出してもらいますぅ。ルールは気絶、場外になったら失格ぅ。つまりぃー、他者をボコって最後に立っていた四人が決勝トーナメントへ進出できますぅ」

ボコってとは随分ワイルドな娘だな。

「おまけに一人倒すごとに五万オールが加算されますぅ。沢山倒せばたとえ負けても、それだけお財布も暖かくなりますよぉ」

なるほどな。この勝負は先に動いた方が不利な傾向にある。睨み合いで戦闘が進まないのは面白くない。選手の動きをよくするための工夫のようなものだろう。

「それでは、簡単な各選手の紹介を始めますぅ」

司会者の女は、テンション高く一人一人、選手を紹介していく。

紹介を受けた者は、手を軽く上げたり、片腕を突き上げたりしている。

「次がハイネマン流剣術、リク・サルバトーレ。ハイネマン流は、あのぉ、旧四大魔王の一柱をぶっ殺した勇者様チームの一人、剣聖エルム様の剣術道場ですぅ。どんな卓越した剣術を私たちに見せてくれるのかッ‼」

金髪のイケメン少年が爽やかな笑顔で両腕を上げると大きな歓声があがる。流石は祖父の道場。その人気は、アメリア王国内でも屈指という他ない。それにしても、リクか。タイミングが悪くてこいつが剣を振るうところはダンジョンに吸い込まれてからはまだ目にしていない。あのダンジョンに飲み込まれる前は、この者に掠りもしなかったし、それなりの才覚を持っているんだと思う。剣の神に愛されている一人という奴なのかもな。

「最後が、真戒流剣術、カイ・ハイネマン。彼は……ハイネマン流の血縁者かなんかですかねぇ。えーと、彼は……え？　この世で一番の無能のギフトホルダー⁉」

バルセのハンターギルドの受付嬢同様、素っ頓狂な声で口走りやがった。暫しの静寂、すぐに会場内は喧噪に包まれる。うむうむ、いい感じで私の無能さが広まっている。これでローゼのロイヤルガードを見繕えば、私の役目は終了。心置きなく、世界漫遊の旅に出ることができる。

この神聖武道会はアメリア王国最大の武術大会だけあり、毎年優秀な武芸者が参加している。少なくともロイヤルガードの候補者はゴロゴロいることだろう。もっとも、実際にローゼが狙われている以上、あの帝国の剣帝のように才能があっても戦を碌に経験していない者は論外だ。今のところ一番私の代わりになりそうなのは、あの野生児のような男、ザックくらいか。強さには純粋に見えるし、実戦経験も豊富そうだ。勝負を申し込み敗北した者がロイヤルガードになるような条件でも受けさせれば万事終了。あの手の男は挑発してやれば、勝手に乗ってくるだろうし。

「おい、司会者、お前の仕事は選手を罵ることなのか？　ならばお前など不要だ。とっとこの場から消え失せろ‼」

頭に真っ赤なバンダナをした剣士風の男が声を張り上げると、

「そうだねぇ。ボクも少し不愉快かな」

目の細い黒ローブの男がバンダナの男に同意する。さっきの司会者の紹介では、このバンダナ男が——ブライ。目の細い黒ローブの男が、シグマだったか。

「し、失礼しましたぁ‼」

大慌てで何度も謝罪を口にする司会者の金髪の女。

「別に司会者さんは、真実を口にしただけだ！　責められることじゃないだろ‼」

リクがブライたちに批難の声を上げると、会場から同意の声が次々に巻き上がった。そうだろうな。このアメリア王国では多かれ少なかれ、恩恵（ギフト）の有無により価値が決定される。とはいえ、ラムールほど極端な場所は滅多にないだろうが。

「あのな、ここは口ではなく剣や杖で語る場所だ。口で他人を蹴落としたいなら、文官にでもなるんだな。世間知らずのお坊ちゃん」

「ぷっ！」

ブライの侮蔑のたっぷり含んだ言葉に、シグマが吹き出した。

「き、貴様ぁ‼」

顔を真っ赤に紅潮させて激怒するリクに、

「すいません！　私が軽率でしたぁ！　この通り謝りますぅ！　ですので、双方どうか納めてくださいっ‼」

泣きそうな声で、何度も頭を下げて謝罪の言葉を叫ぶ司会者の女。

「まったく、気になどしていないから早く試合を始めてくれ」

むしろ、私にとってこの上なく好ましい展開といえる。ここでなるべく目立たず勝利する。その上でザックにロイヤルガードを押しつける。奴なら十分に使命を全うできるはずだし、これ以上、無益な面倒ごとに巻き込まれずに済む。

「は、はい！　で、では皆さん。よろしいでしょうか！　D組、最終予選、開始ぃ‼」

司会者の女の声が響き、D組、最終予選のゴングは鳴る。

私を取り囲む三人の剣士風の男たち。恩恵(ギフト)が無能である私なら、楽々勝利できるとでも思ったか。要は小遣い稼ぎも兼ねて、邪魔な弱い奴からとりあえず排除しておけ、そんなところだろう。実に分かりやすい展開だな。私のいる位置は円武台の最も端であり、背後は場外。この場所なら目立つことなく勝利することができる。

「きええぇっ‼」

奇声を上げて突進してくる短髪の男。上段から振り下ろされる男の木刀を右手で絡めつつ足を払うと、場外へ転がり落ちていく。はい、一人終了ー。

「かぁーーッ‼」

長髪の男から横一文字に振りぬかれる木刀。それを右足の踵により撃ち落とし、一歩踏み込み、懐に飛び込む。そして右手でその後頭部を場外へ向けて押してやる。

「うぉ⁉」

素っ頓狂な声を上げて、場外へダイブしていく長髪の男。

「く、くそがっ！」

最後の一人の二メルほどもある黒髪の大男が、掛け声とともに突きを放ってくる。こいつらって何らかの掛け声がないと攻撃できない病気にでもかかってるんだろうか？

その突きを躱して、間髪入れずにその身体を奴の進行方向へと押してやる。やはり、黒髪の大男も奇声を上げて場外へ落ちていった。

「こいつ、無能の分際でぇっ‼」

出場者の一人が激高したのを契機に、数人が私を再度包囲すると一斉に木刀やら木の棒を構

える。そんな中、リクが包囲する選手たちを押しのけて一歩前に出ると、

「この卑怯者めっ！　剣士のくせに剣も使わず、相手のミスを利用して場外へ落とすなんて、どこまでも卑劣な奴だっ！」

木刀を私に向けて大声で叫ぶ。観客席からもリクの主張に賛同の声が上がる。おそらく、私を利用して売名行為でも狙っているんだろう。にしても、リクもお話にもならないほど未熟だ。これでは素人同然だ。というか他と違いが分からん。ハイネマン流、こんなのばっかで、本当に大丈夫か？

「馬鹿がっ！　奴のあの動きを見て何も気付かねぇのか⁉」

頬を引き攣らせて遠方で木刀を構えるブライ。シグマも油断なく私に右手に握る杖を向けてきていた。

ブライとシグマの私への過剰な警戒に、他の出場者たちは不可解に顔を見合わせると少しだけ距離をとる。

「薄汚い無能な卑怯者めっ！　僕がその汚れきった根性を叩きなおしてやる！」

リクが勇ましく吠えると益々、盛り上がる観客席。遂にはリクコールが巻き起こった。

本当にリクは煽動が上手い。これは私にはない能力だな。

だが、ここは教主の信者への洗脳の儀式場でもなければ、国王から民への御言葉を伝える王都前広場でもない。己の剣と剣を合わせるべき、試合の場だ。若者のこのイタイ勘違いを正すのも、腐るほど生きた年配者の役目かもしれんな。

「さっきも言われただろ？　一度剣を握れば、我らは剣士。口ではなく剣で語れ」

「だから、それが生意気だって言ってんだよぉ‼　この無能の背信者がぁッ‼」

リクは、不格好としかいいようのない突進により間合いを詰めると、私の頭頂部に木刀を打ち下ろしてくる。そのゆっくりと迫る何の工夫もない木刀を左手で掴むと奴から取り上げる。

「なっ！　か、返せっ！」

殴りかかってくるリクの右拳を右手で掴んで捻り上げると同時に、その腹部に膝蹴りを食らわせる。リクは石床に両膝をついて、嘔吐して呻き声をあげた。

私は右手でリクの胸倉を掴むと引き寄せ、その耳元で、

「いいか。もう一度言う。我らは、一度剣を握れば剣士だ。そしてこれは他者を殺傷するための道具であって、お前たちの遊び道具ではない。中途半端な覚悟なら握らん方が吉だぞ」

そう囁くと胸倉から手を離して、左手に持つ木刀をリクに放り投げる。

不自然なほど静まり返る会場で、腰の左に紐で括りつけていた私の木刀を外して手に取ると、

「気が変わった。少しだけ闘争というものをみせてやる」

私は選手たちに向けて歩き出した。

「無能野郎がぁっ‼」

熊のような大男がそんな捨て台詞を吐き出して、カイ・ハイネマンに切りかかるが、あっさり弾き返されて木刀で一閃されて地面をゴロゴロと転がり、場外へ転落する。

「か、囲めぇ‼」

裏返った声色で指示が飛び数人が取り囲むが、カイが一歩踏み込んだだけでバタバタと倒れ伏す。

「き、気を付けろ！　魔法か何かを使うぞっ‼」

あれが魔法？　違う！　恐ろしいほど自然でその挙動を認識できないから、未熟な闘士たちには魔法のように映るだけ。現にブライは辛うじて、あのバケモノ染みた剣筋を知覚できていた。あとは、遠距離からの攻撃だが……横目でシグマを確認するが、奴は脂汗を垂らしながらも身構え、カイを見据えるのみ。当分は観察し、動くつもりはない様子だ。

「炎球（ファイアーボール）！」

魔法使いと思しき紺のローブの男から、炎の球体が飛ぶ。カイは避けもせず自身に迫る炎の球体にゆっくりと木刀を動かす。木刀は炎の球体を絡めとると発動者の下へ送り返す。炎の球体は時が逆行でもしたかのように戻っていき、衝突。まともに浴びた術者は、気絶して仰向けに倒れ伏す。

「バ、バケモノめぇッーーー‼」

剣士が魔法をあんな出鱈目な方法で回避するなんて初めて目にした。あんなのブライの師でも不可能。間違いない。あれは達人級。しかも、ブライの師以上の怪物だ。

これでシグマも迂闊に魔法は撃てなくなった。というより、あれを倒せる自信がブライにはない。掠りでもすれば、それこそ飛び上がって喜ぶべき事態。それほどの差があのバケモノとブライとの間にはある。

どうする？　まともにぶつかればあんなのに勝てるはずがない。シグマと連携するか？　いや、あれは果たして、連携一つでどうにかなるような相手か？

一歩でも踏み出せば、あの怪物の標的となる。底のない井戸へ落ちる。そんなありえない妄想に取りつかれ、ブライの足は石化したかのようにピクリとも動かない。

（ちくしょう……）

情けねぇ！　情けなさすぎる！　ブライが今まで弱者とみなしてきた剣士や魔導士は、今もあの化物に向かっていっている。なのに――ブライはこんな場所で固まってしまっている。これでは片隅で震えているあの坊ちゃんと大差ない。多分、最近苦戦することすら滅多になくなり、いつの間にか自身の力に驕ってしまっていたんだろう。

初めてカイ・ハイネマンが止まる。そして司会の使命を放り投げて、無言で観戦している金髪の女に向き直り、

「終わりだ。勝利宣言をしろよ」

気が付くとカイ、あのリクとかいう坊ちゃん、ブライにシグマ以外の全員は気絶か場外となっていた。

「は、はひっ！　D組の決勝トーナメント進出はカイ・ハイネマン、リク・サルバトーレ、ブ

ライ・スタンプ、シグマ・ロックエルです！」

静まり返った会場。カイ・ハイネマンはもはやブライたちなど一瞥すらせずに、円武台を下りると颯爽と石の通路へと姿を消す。ようやくポツポツと会話が聞こえ、それらは騒々しい喧噪へと変わっていく。

「ブライ、彼は一体……」

真っ青に血の気の引いた顔で、シグマが尋ねてくる。もとより答えなど求めちゃいまい。ただ、尋ねずにはいられなかったんだと思う。

「さあな。とりあえず。俺の師（先生）以上に剣の腕が立つ。それだけは確かだ」

「それには同意しますよ。でも、どうします？　これってもう目的達成した感じなんじゃ？」

「そうだな。とりあえず、接触するにも情報収集は必須だろ」

「ですが、手をこまねいて他の組織にでも――」

「大丈夫さ。この国で誰も【この世で一番の無能】のクズギフトホルダーをスカウトしようとは思わねぇ。まあ時間の問題だろうけどもな」

「そうですね。とりあえずボクは、決勝トーナメントを棄権して塔長（タワーちょう）に報告しに戻ります。すぐにでも、対策を立てねばなりませんしね」

「了解だ。俺はこのまま決勝トーナメントへ上がるぜ。このまま恐怖で動けず棄権じゃあ、しまらねぇからな。きっちり、戦って負けてぇ」

「ははっ！　貴方らしいですね。では、ボクはこれで」

シグマは右手を上げ、円武台を飛び下りるとテントへ向かう。

そうだ。今奴を仲間にスカウトしても、ブライのような腰抜けのいる組織になど興味は持つまい。奴に見せる必要があるのだ。ブライ・スタンプという男の意地と底力を！

「やってやる！　衣服に掠るくらいしてやるさ」

もっとも、それがいかに難解かは理解している。それでも、必ずやり遂げて見せるさ。

【世界魔導院（バベル）】の誇りにかけて！

◇◆◇◆◇◆

――太古の神殿付近
地響きを上げながら、目の前を通り過ぎる一つ目の巨人に、ライガたちは息を殺してやり過ごす。先ほどから通り過ぎる魔物は、全て一度耳にしたことがあるような災害級の魔物ばかり。もし見つかればDクラスに過ぎないライガたちなど一瞬で挽肉だろう。

あのソルからもらったペンダントのお陰でライガたちは、太古の神殿付近まで何の苦労もなしに来ることができていた。

(なあ、ライガ、やっぱ帰ろうぜ。嫌な予感しかしねぇよ)

相棒からのもう何度目かになる翻意の提案。フックの顔は運命に取り組むように真剣であり、洒落や冗談で言っているわけではないのは明らかだった。フックは責任感が強い。ライガたちの安全を一番に考えての判断だろう。しかし――。

(ここまで来て何言ってやがるっ！　もう少し、もう少しでAランクハンターにさえも不可能とされた偉業を達成できるんだっ！)

太古の神殿らしき、真っ白な石柱が既に木々の陰から見え隠れしている。栄光と富はもうこの手に掴みかけている。ここで、引き返すなど冗談じゃない。絶対に成し遂げて見せる。

フックは瞼を固く閉じて大きく息を吐き出すと、

(分かった。ただし、中を確認したらすぐに帰還する。それでいいな?)

有無を言わせぬ口調で条件を提示してくる。

(了解だぜ！　それでいい、進もう！)

親指をたてて、ライガたちは探索を再開する。

遂に神殿の大扉の前まで来る。五人がかりで扉を押すと軋み音を立ててゆっくりと開く。

「いくぞ！」

ライガが声を張り上げると、皆頷いて神殿内に入った。

神殿内は全てが黒色の石で囲まれた広い空間だった。部屋の壁には球状の構造物が埋め込まれ青白く発光し、部屋内を不気味に照らしている。そして部屋の中心には血のような赤色で幾何学模様が描かれた円と、その中心にある円柱状の構造物。その円柱の上面には紅の鍵のようなものが埋め込まれている。

「これは鍵……か？」

背後からフックの制止の声がしていたが、ライガは無視して鍵を手にとり、精査を開始する。

「おい、ライガ！　お前、マジでいい加減にしろよ！」

フックが悪鬼のごとき形相で胸倉を掴んでくるので、それを振り払う。

「今更臆病風に吹かれるとは、お前らしくねぇぞっ！」

普段のフックは憎たらしいほど冷静で、この程度の危機に間違っても動揺する奴じゃなかった。それが、さっきからことあるごとにライガにつっかかってくる。

「臆病ッ!?　俺たちはトレジャーハンターじゃねぇんだよ！　勝手に触れてトラップでも作動したら、どうするつもりだ？　全員死ぬかもしれねぇんだぞッ！」

「けっ！　危険を怖がってて、偉業など成し遂げられるかよ！　怖いならそこで離れて見ていろよ！」

フックは奥歯をギリッと噛みしめていたが、

「もう、知らん！　勝手にしろ！」

「そうするさ。おら、お前らも調べるぞっ！」

他のメンバーも気まずそうにフックとライガを相互に見ていたが、すぐに目を輝かせて部屋中を探し始める。

紅の鍵か。鍵といったら、鍵穴だ。この部屋のどこかにこの紅の鍵穴があるはずなのだ。

　しばらく、探索していると、

「おい！　これじゃん⁉」

　上ずった声を上げる仲間の一人に、すぐに駆け寄って震える手でその穴に鍵を嵌めてみる。

　奥の壁がゆっくりとスライドしていき、通路が出現した。

「よしっ！」

　ライガのガッツポーズに、

「すげぇ！　すげぇよ！」

　抱きあって歓喜に震える仲間たち。その中で一人、

「変だぜ。これは絶対にマズイ奴だ」

　真っ青に血の気の引いた顔でフックが、ボソリと独り言ちる。このように鬼気迫ったフックは初めてで、流石のライガも興奮で上がっていた頭の熱が急速に冷えるのを感じていた。

「マズイってどういう意味だ？」

「分かんねぇか！　こんな無駄な仕掛けがあること自体、異常極まりないんだよ！」

「無駄な仕掛け？」

「ああ、こんな子供でも気付くような仕掛けをするくらいなら、端から通路など開けておけばいいんだ。つまり、この遺跡を作った奴は微塵も隠すつもりがないってことだっ！」

「罠ってことか？」

「十中八九な」

確かに、これ以上はライガたちの手に負えないかもしれない。どのみち、ハンターギルドのルールにより、第一発見者に所有権が発生する。これ以上、危険を冒す意味もない。

「分かった。ここで撤収してハンターギルドに報告する。フック、それでいいな？」

「もちろんだ！」

フックが大きく頷いた時、

「奥はお宝の山だぜっ！」

仲間一人が興奮に顔を赤らめながら奥の通路から走り出してくる。どうやら、好奇心に負けて独断で奥を探索したらしい。

「マジかッ！」

「ひゃほー！」

歓声を上げて通路の奥に殺到する仲間たち。

「ライガ、連れ戻すぞ！」

「あ、ああ、そうだなっ！」

ようやくライガも現在、自分たちが極めて危うい状態にあることを実感していた。フックは妙に勘が鋭いことがある。もしかしたら、フックはこの神殿に入るよりも前から、漠然とこの危機を予測していたのかもしれない。欲に目が眩んだライガはそんな親友の進言を無視し、仲間を危機に陥らせてしまった。

（くそっ！　くそ！）

凄まじい焦燥の中、奥の通路へと向かう。突き当たりの巨大な空間に今まで一度も目にしたことがない金銀財宝が山のように積まれていた。そして――。

「やった！　これで、俺も億万長者だっ！」

「これなら一生、遊んで暮らせるよな！」

「阿呆、そんなレベルじゃねぇよ！　高ランクのトレジャーハンターとして世界中に名を残せる」

山のように積まれた金銀財宝に全員が満面に喜色を湛えている。その天井には――。

（な、なんだ、あれはッ!?）

顔のようなものが出現していたのだ。

「お前ら、早く戻れ！　ライガ！」

ここまでくれば猿でも分かる。あの財宝自体が罠（トラップ）。

「早く戻れっ！　天井がヤバイっ！」

怒鳴り声を上げる。

「天井？」

上を見上げる仲間たち。刹那。天井が巨大な顔となり、高速で落下し、

――バクンッ！

部屋にいる仲間たちを全て飲み込み、咀嚼する。その断末魔の声とともに、部屋の中にいたライガの仲間たちは喰われてしまった。

「うぁ……」

　自身の口から漏れる呻き声。あっさり、仲間が殺された。その事実を認識し、背中をつらで撫でられたような悪寒が走り抜ける。

「ライガ、ここから逃げるぞっ！」

「……」

　フックの叫び声に咄嗟の反応ができずにいると、横っ面を引っ叩かれる。

「見ろ！　死にたいのかっ！」

　フックの人差し指の先には仲間たちを食らった顔がグニャグニャと歪み、変形していた。

「ひっ⁉」

　おそらく生存本能ってやつだろう。その姿を一目見ただけで体中の血液が逆流するほどの恐怖が沸き上がり、悲鳴を上げて出口に向けて一目散に逃げ始めた。

『いいわぁ。逃げなさーい。そして盛大に恐怖し、称えるのよぉー。これからこの世界を無茶苦茶のぐっちゃぐちゃにする、強くて美しいこのパズズ様の御姿(みすがた)をっ‼』

　背中越しに野太い男の歓喜に溢れた声だけが、やけにはっきりと聞こえていた。

　真っ赤なビキニブリーフにマントをしたパズズと名乗った緑髪の男が神殿から出ると、左手

でライオンにも似た顔にある細長い髭を摘みながら、

『三獣士、おでましなさーい』

右手でパチンと指を鳴らす。直後、青と白を基調とする軍服に軍帽を被る狼、虎、鷲の頭部をもつ三体の怪物が気色悪いポーズを取りながら出現して跪く。

『『『パズズ三獣士ここに！』』』

獣の頭部を有する三体の怪物たちは、ビキニブリーフの男に声を張り上げる。

『まずは、ティアマト様とその軍の現界が至上命題よぉ。ポチぃ、以前、ここに足を踏み込んだ家畜がいたわよねぇ？』

『ハッ！　記憶しております』

狼顔の怪物が恭しく即答する。

『あれをつれてきなさーい。あれはこの世界の家畜にしてはイレギュラー。下級の土地神クラスはあったかしらぁ。あれに工夫を凝らせば、「反魂の神降し」も可能。きっと、ティアマト様も現界あそばれるわぁ』

真っ赤なビキニブリーフの男の濃厚な歓喜を含んだ命に、

『パズズ様の御心のままに！』

狼の頭部を持つ男が叫び、その姿を消失させる。

『じゃあ、さっそく始めましょうかぁ。ボクちゃんたちぃもぉ、来なさ〜〜い』

地面が真っ赤に発色し、そこから湧き出てくる執事服を着た無数の獣の顔のマッチョたち。

犬顔、猿顔、豚顔、牛顔、山羊顔、鹿顔の男たちは、それぞれ奇怪なポージングをするとビキニブリーフの男、パズズの前でやはり跪く。

パズズは膝をつき頭を垂れる獣顔の怪物どもに、悪鬼のごとく顔を歪めて、

『さあ、楽しい、楽しい、ゲームの始まりよぉ。一番乗りしたわけだしぃ、徹底的にやってやるわぁ。盟約ルールに従い、この世を地獄に変えなさーい！』

両腕を広げると、仰け反り気味に怪物共に指示を出す。

『御意ッ！』

虎の頭部を持つ男が声を張り上げるのを、ビキニブリーフの男が満足そうに頷くと、

『とりあえず、近くの集落を落とすわよぉ』

そう宣言しながら、改めて周囲をグルリと見渡す。そして、パズズたちから一目散に逃げ出す一つ目の巨人の魔物を視界に入れてニンマリと笑い、

『あの魔物ちゃんたち使えそうねぇ。ボクちゃんたちぃ。ゆっくりぃ、ゆっくりぃ、じわじわとぉ、魔物ちゃんたちを追い立てていきなさーい』

配下の獣顔の怪物共に指示を出す。

『ぐごっ！』

獣たちは胸に手を当てて一礼すると、主の願いを叶えるべく走り出す。

こうして当事者にとって想定外の地獄の宴は静かに、そして確実に開始される。

　昔は兄妹のようにいつも一緒だった二人が突然引き離されて、それから数年、一度も会うことが許されなかったのだ。バルセへの此度の旅も、カイが親友のローゼマリー王女と一緒にいると聞いて耐えられなくなったのだと思う。

──バルセまで十キロメルの馬車の中。

「ねぇねぇ、カー君大きくなったかなぁ？」

　馬車の中でそう呟くレーナの顔は、無邪気な喜色に溢れていた。無理もない。

「そりゃあ、背丈は伸びたろうな。ま、中身はあまり変わっちゃいないと思うが」

　カイ・ハイネマン。とっても優しく、強いキースたちの幼馴染であり兄貴分。もちろん、カイの恩恵は『この世で一番の無能』。身体能力は女子供以下だろうし、魔法が使えるわけでも、剣の腕が特別優れているわけでもない。キースの言う『強い』とはそんな薄っぺらいものではなく、もっと深く人の本質に根差したもの。

　カイと一緒にいて常に感じていたこと。それはどうしようもない敗北感だったと思う。カイはあの冗談のような恩恵を得ても、結局キースたちにとって頼りがいのある兄であった。

　あのとき、キースはレムリアを離れるのが嫌だった。理由は幼い弟妹たちが気がかりだったから。キースの父と母はお世辞にも良い親とは言えない。だから、いくらキースが仕送りをし

てもまだ幼い弟妹がまっとうな生活ができるかは保証がなかった。

だからこそ、頑なに王国政府の王都の召喚を拒絶していた。もっとも両親も親戚も名誉なことだとキースに王都へ行くように言う。敵ばかりの中、カイだけはキースとレーナのために大人たちにレムリアに残れるように意見してくれた。カイはその恩恵（ギフト）により、レムリアでは迫害の対象。カイへの非難は凄まじかったが、どんな罵声を浴びせられようともキースたちの味方をしてくれた。それがどれほど嬉しかったかは、時がたった今でもはっきりと覚えている。それから、年長の妹からくる一年に一度の手紙の中では、カイに相当面倒を見てもらっていることが窺えた。ま、妹の手紙の内容から察するに、カイに対する特別な感情が含まれているみたいではあるのだが。

そんなこんなで、キースにとってカイは兄同然の奴だ。だから、カイとの久々の再会は非常に心が躍る。

「バルセに着いたら、一緒にどこに行こうかなぁ♪」

鼻歌まで口遊（くちずさ）み始めたレーナに苦笑した時、馬車が急停車した。これ自体は道中実際に何度かあり、そう珍しいことではない。問題は今馬車の外に一切の気配がないことにある。

「キーっち」

レーナが大剣を抜き放って構える。その表情は石のように硬く、全身からは玉のような汗が張り付いていた。今のレーナは修行で相当強くなっている。少なくとも、あのアルノルト騎士長に、稽古で気が抜けぬと言わしめるほどには。つまり、この外にいる輩はレーナをこれほど怯えさせる存在ってことだ。

「分かっている。今は逃げることを考えよう」

「無駄なんだぜぇ」

　女の声がすると同時に、背後から首に手を当てられる。

（い、いつの間に⁉）

「キーッちを離せっ！」

「おいおい、今、このオレに命令したんだぜぇ？」

　その声とともに、女はキースを馬車の床に放り投げると、レーナに近づいていく。そして、その姿がブレる。

「チリ、なんのつもりだぜぇ？」

　レーナの鼻先スレスレで金色の髪をツインテールにした女の右拳は止まっていた。女は自身の右手首を掴むチリと呼ばれたスキンヘッドの長身の男を睨みつけながら、その意を問う。

　ペタンと尻もちをつくレーナ。

　ダメだ。こいつも全く挙動すら見えなかった。おそらく、こいつらはキースたちとは格が違う。逆らっても殺されるだけだ。

「お忘れデスカ、ヴィネガー。その少女は今回の獲物を釣る餌。殺してしまっては元も子もナイ」

「うっせー！　手加減はしたっつーの！」

口を尖らせて抗議の声を上げるが、

「そう考えても瀕死でシタネ。私は隊長に粛清されるのは御免デス。もし死んだら貴方が全責任をとっていただけるならば、私はもう何も言いマセンガ？」

淡々と答えるチリ。ヴィネガーはチリを暫し親の仇のような表情で睨んでいたが、軽い舌打ちをすると、今も茫然自失でいるレーナの腹部を蹴り上げる。

「レーナっ！」

「ぴーぴー、うるせぇなぁ！　殺しちゃいねぇよ！　何せ、こいつは重要な餌だからなぁ」

鬱陶しそうに顔を歪めると、ヴィネガーはそう吐き捨てる。

「餌？　それはどういう意味だっ⁉」

「キース・スタインバーグ君、君はメッセンジャー、デス」

その疑問に答えたのは、隣のスキンヘッドの男だった。

「メッセンジャー？」

「そうだぜぇ。オレたちの隊長からありがたいお言葉を預かっているぜぇ」

喜色満面でヴィネガーは咳払いをする。嫌な予感がする。猛烈に嫌な予感が！

「カイ・ハイネマンに告ぐ。お前の幼馴染、レーナ・グロートを預かる。今から八日後の日没までに閉鎖された都市、ペスパールの領主の館まで来い！　もし、遅れればレーナ・グロートは処分する」

予想を裏切らず、ヴィネガーはキースを混乱の極致に追い込む台詞を吐く。

「カイッ⁉　なぜ、あんたらがカイを狙うんだっ⁉」

「そこんとこは、オレにも不明なんだけどよぉ、あの小僧はオレたちの隊長を本気にさせちまったんだぁ。諦めなぁ、あの小僧は間違いなく死ぬ」

混乱、驚愕、焦燥、疑問、様々な思考がグチャグチャに混ざり合う中、

「この女が大事なら遅れねぇ方がいいぜぇ。何せ、少しでも遅れたら、そこの女はオレたちの好きにしていいって言うからよぉ。どうなると思う？」

ヴィネガーは言葉を切ると、顔を快楽に醜悪に歪めて、

「オレって弱い女の悲鳴が三度の飯より好きなわけよぉ。だからぁ、生きたままチリのキメラの実験に使うつもりだぁ。あれは滅茶苦茶イテェんだぜぇ。大体の奴が途中で狂っちまうが、そこは安心しろぉ。生きたままナイスなキメラにしてやんよぉ」

悪夢に等しい台詞を吐く。

「ふざけるなぁッ！」

「だから、よぇーくせに粋がんなって！」

ヴィネガーはキースの眼前に出現すると、笑顔で右頬を平手打ちする。視界に火花が飛び、

「いいかぁ。カイ・ハイネマンにきっちり、伝えるんだぞぉ」

そのヴィネガーの声を最後に、キースの意識はプツンと失われる。

気が付くと奴らはレーナと共にいなくなっていた。馬車の馬と業者は首が切断された状態で

絶命しており、近隣の街まで歩くしかなかった。近隣の街といっても旅は完璧に業者に委ねており、現在地はおおよそしか把握していない。日が落ちると、もはや自分がどこにいるのかも分からなくなってしまう。

レーナを攫ったあいつらは一体何者だろうか？　今のレーナは剣聖の恩恵（ギフト）を使いこなしている。剣を握ればあの怪物のような強さの勇者マシロでさえも互角以上の戦いができるはず。それが反応すらできずに、一方的に敗北する。アルノルトさん曰く、レーナは戦闘の申し子のような少女。戦闘のセンスだけなら勇者チームの誰よりも高い。そのレーナがあの時、なんの抵抗すらもできず、戦意すらも削ぎ取られてしまった。きっと、あの時レーナは奴らとの超えようのない実力差を本能で感じ取っていたんだと思う。

だとすれば、もはやこれは勇者出動案件。いや、あの勇者であっても勝利できるとはどうしてもキースには思えなかった。ならば、カイには猶更（なおさら）無理だ。何せ、カイの恩恵（ギフト）は『この世で一番の無能』。女子供の腕力しかない。それではどうやっても奴らには勝てない。

でも、もしカイに知らせれば絶対に指定の場所に行く。そして二人とも死ぬ。キースの選択肢は二つ。レーナを見捨てるか。それとも、カイに伝えてレーナとカイの両者を殺されるか。

（選べるわけないだろっ！）

それでも奴らに勝てる算段が思い描けない以上、キースは選ばなければならない。

既に飲まず食わずで森の中を一晩中歩き続けているが、人っ子一人出会わなかった。体力は限界であり、いつ気を失ってもおかしくはない。それでも、足だけは止まらなかった。いや、きっと足を止めてしまったら再び歩けなくなることをぼんやりと感じていたのかもしれない。

そしてようやく獣道を抜けて馬車道へと出て、丁度やってくる馬車と遭遇した。馬車がキースに気付き止まる。

「はは……」

涙が頬を伝い、足から力が抜けて地面に崩れ落ちる。もちろん、嬉しいからではない。逆だ。心が押し潰されるほど悲しいから。だって、これでキースは残酷な選択をしなければならなくなったんだから。

「お前、キースかっ⁉」

馬車から出てきた懐かしくも頼もしい人を視界に入れて、

「オルガ……のおっさん」

キースは声を上げて泣き出した。

オルガ・エバーンズは、ハンターギルドの依頼によりサルダートで起こった事件の調査に出かけており、今バルセへの帰路についていたところだった。
サルダート領は最近、その土地の鉱山の利権を巡って元からの領主の勢力と中央から派遣さ

れた行政審議官との間で対立があった。その行政審議官は中央のギルバート派の高位貴族の息がかかっており、あのパプラの時と同様、かなり強引で違法な手段により、その利権を得ようとしていた。そして、行政審議官派と領主派の双方が傭兵などを雇い軍備を整えている最中、その事件は起こる。領主と行政審議官の双方の陣営がある日、皆殺しになったのである。

　ここまでなら、両陣営共倒れということでアメリア王国政府も処理していたことだろうし、ハンターギルドの出る幕はない。

　その奇妙な点は二つ。一つは大量虐殺が行われていたというのに、サルダート領の住民の誰も気付きすらしなかったこと。もう一つはその行政審議官の館に怪物が残されており、ギルバート派の調査隊に多大な被害が出たことである。その怪物は勇者のチームの一人、聖騎士（パラディン）により討伐された。そして、その倒された怪物の胸部にはその行政審議官の顔が埋め込まれていたというのだ。そのあまりにも悍（おぞ）ましい事態により、アメリア王国政府は本事件をハンターギルドの介入案件と認定し、協力要請してきたのである。

　そんなこんなでサルダートを調査したわけだが、既に中央政府により全住民の避難と死体の処理が完了しており、サルダートにあったのは領主の屋敷と行政審議官の屋敷の双方におけるおびただしい血痕のみであり、目新しい発見はなかった。

　そしてバルセへの道中、偶然、レムリアに住むカイの親友の一人、キース・スタインバーグに出くわしたのだ。キースは大魔導士の恩恵（ギフト）を有し、宮廷魔導師長に弟子入りをしたとマリアから聞いていた。だとすれば、現在は相当な実力を有しているはず。そのキースが、オルガを見るとまるで子供のように声を上げて泣き出してしまう。さらに保護当時キースの右の頬骨が砕けており、全身の至るところにかすり傷を負っている。危険なことが現在進行中なのはほぼ確実だ。故に、以前カイからもらっていたポーションという妙薬でキースの傷を治療後、馬車の中で詳しい事情を聴くことにした。

「レーナが攫われて、お前がカイへの伝言役に指名されたってわけか……」

レーナを攫った奴らの一人が発した『キメラ』という言葉。『キメラ』とは魔導士共が様々な動物や魔物を魔法により融合させてできる生物。サルダートで見つかった怪物も『キメラ』と解すれば凡その辻褄が合う。つまり、サルダートの両陣営を皆殺しにした賊は、レーナを攫った賊と同一組織。

しかし、そうするとこの事件は、もはやオルガの手には負えない。何せ、レーナは剣聖、キースは大魔導士のギフトホルダーで、この数年過酷な特訓をしてきている。この世界では確実に強者の一角にいるのだ。そのレーナとキースが手も足も出なかった。賊の強さは桁が外れていると考えるべきだ。おまけに、此度、レーナを人質にしてカイをおびき寄せようとしている時点で奴らはカイの危険性をある程度熟知しているということ。つまり、奴らはカイ同様、この世界の理の外にいる存在である可能性が高い。もっとも――。

（愚かすぎるな……奴ら、喧嘩を売る相手を間違えやがった）

この世界に今のカイに勝てる者がいるとは思えない。何よりカイは奴らが考えているほど甘くはない。カイを本気で怒らせたら最後、待っているのは真の地獄だけ。そして、キースを傷害し、レーナを攫った以上、あの怪物の怒りの臨界があっさり突破するのは目に見えている。もはや、奴らの破滅は確実。あとは被害を最小限にするため、速やかにカイにこの件を知らせるのみ。

「おっさん、レーナとカイを助けてくれ！　頼む！　この通りだっ！」

額を地面にこすりつけるキースの肩を右手で軽く数回叩き、

「俺は奴らに確実に勝てる奴を知っている。だから、心配しなくていい」

自信をもって、そう答えてやる。

「ほ、本当か！　じゃあ、レーナは助かるんだな！」

「ああ、それは保証するし、そいつらの幸のない未来に心底同情する」

あの悪質極まりないカイの配下の方々が、カイの命より大切なものを見殺しにするとはとても思えない。どういうわけか、あの御方たちはカイを信仰の対象にしている様子すらあった。むしろ、カイ以上に怒り狂って違う意味で暴走する可能性が高い。楽に死ねれば最良、最悪、死より辛い悪夢の旅に出る羽目になる。

「なら、早くその勝てる奴とやらに会わせてくれ！」

そうだな。キースから直接カイに事情を説明してもらうのが一番手っ取り早い。ただし――。

「一つ条件があるが、それでもかまわんか？」

「もちろんだ。レーナとカイが助かるなら俺はどんなことでもする！」

「ならば、これからどんなことがあってもカイを信じろ！　それが条件だっ！」

カイは確かに変貌した。だが、心根は優しいあいつのままだ。それはあいつの言動を見ていれば、自明の理。今のカイが否定され、怪物のように扱われれば、きっとあいつは悲しむ。そんなカイをオルガは絶対に見たくはない。悪いが、カイを信じられないようなら、オルガのみでカイに伝える。

「カイを信じろ？　はっ！　そんなの言うまでもねぇっ！　俺にとってカイは兄だ。兄を信じられねぇ弟がどこにいるッ⁉」

キースは己の胸に右拳を当てて、憤りすら含有した声を張り上げる。

そのキースの言葉が、なぜか無性にオルガには嬉しく感じていた。

「そうか……余計な心配だったな」

「だから、その勝てる人とやらを早く教えてくれ！」

「分かった。だが、俺が今ここでお前に真実を伝えてもきっと信じはすまい。バルセに着いたら、相応しい人の同席のもと会わせてやる」

サルダートの事件を依頼してきたのはあの人だ。オルガをこんな面倒極まりない案件に巻き込んだのだから、その責任は取ってもらうとしよう。

馬車で約半日間揺られてバルセに到着する。キースを連れてすぐにハンターギルドに入り、受付嬢のミアにバルセのギルマスに至急取り次ぐように頼む。

「今、ギルマスはバルセ行政府の方へ外出中です。帰り次第、お伝えいたしますのでもうしばらくお待ちください」

ミアは一目見て分かる作り笑いを浮かべつつ、そう返答する。

（あいつ、今、相当機嫌が悪いな）

ミアはオルガの親友の娘。彼女が幼い頃からの既知の仲だ。ミアがこうも他人行儀な態度をとる時は、決まって日常で強い不満がたまっている時。

「おっさんっ！　行政府へ行こう！」

キースが焦燥たっぷりの声色でそう提案してくる。

「いや、今行けば入れ違いになる恐れがある。何分、多忙な人だからな。少しの間、ここで飯でも食って待つとしよう」

キースを促してギルド内にある酒場兼食堂へ歩いていく。キースは何か言いたそうにはしていたが、大人しくオルガに従った。

キースとギルド名物のランチを食べていると、

「オルガさんじゃないですか！　お久しぶりです！」

背後から声をかけられる。振り返ると、色黒の女性が右手を挙げながら近づいてきた。こいつは女人族（アマゾネス）のイルザ・ハーニッシュ。最近名を上げている若手のホープの一人であり、トレジャーハンター。彼女とは過去に何度か共に同じパーティーで冒険をしたことがあった。

「おう！　前の遺跡探索以来だな！」

イルザはオルガたちのテーブルの席に座ると、右手を挙げて店員に料理と酒を注文する。

「ところで、今、ミアの機嫌が悪い理由って心あたりあるか？」

「今、ミアがポッポの人があの子に一言もなく、神聖武道会出場のためにルーザハルへ行ってしまって拗ねてるんじゃないかと」

「あのミアが色恋沙汰ねぇ。あの娘もそんな年になったか……」

仕事一筋で浮いた話一つないと、あいつの両親はずっと心配していた。ま、この話を伝えればまた違う意味で気をもんでしまうのだろうけども。

「それより、オルガさん、そちらの坊やは？」

今も料理に一口もつけず、心ここにあらずの状態で人差し指でテーブルを叩いているキースに視線を固定して尋ねてくる。そうだな。イルザはあの人の側近の一人。この件につき協力してもらうこともあるだろう。事情は説明すべきかもしれない。

「実はな……」

オルガは今回の件について話し始めた。

話し終えると、

「マジっすか。そいつら、自殺願望でもあるんですかね？」

違う意味で真っ青になって、イルザはブルっと身を震わせる。

「お前、あいつを知っているのか？」

「ええ、ジョンソンさんからの依頼でちょっと……」

言葉を濁すところを見ると、口留めでもされているんだろう。まあ、ジョンソンとカイの両者が絡んでいる時点で予想くらいつく。おそらく、今も酒場でハンターたちが噂している件だろうさ。なるほど、ギルマスがバルセ行政府に出向くとは何事かと思っていたが、『カード』の件ならば十分納得がいく。

「お前らカイに『カード』をけしかけて潰したな？」

オルガの問いにイルザは視線を背ける。これはイルザの誤魔化そうしている時の癖。これで確定だろう。

「カイっ⁉　カイに『カード』をけしかけた、とはどういうことだっ！」

血相を変えてキースが席を立ちあがる。多分、攫われたレーナが心配で酒場の噂など耳にも入っていなかったんだろう。

「オルガさん、彼がメッセンジャーにされた幼馴染の一人っすか？」

「そうだ。こいつはキース。攫われたレーナ同様、カイと兄弟同然に育った仲だ」

イルザは暫し、キースを無言で凝視していたが、口を開こうとする。刹那、ギルドの扉が勢いよく開かれ、二人の男たちが転がり込んでくる。

そして――。

「お、俺たち、あの遺跡に――あの神殿に行ったんだ！　そしたら、仲間たちがみんな喰われちまったっ‼」

目つきの悪い金髪長身の男が、大声で意味不明なことを喚き散らす。金髪の男の髪はボサボサでその全身は泥に塗れている。

「ライガとフック？」

イルザが形の良い眉を寄せてボソリと呟く。

「知り合いか？」

「ええ、あの金髪がライガ、黒色に短髪の男がフック。このバルセで新人の有望株の二人です」

ハンターのチームか。あの二人の鬼気迫る様子。態度が洒落や冗談にはとても思えない。どうしょうもなく嫌な予感がする。そして、こんなときのオルガの勘は決まって的中してしまう。

（なぜ、こうも厄介ごとが一度に舞い込むんだ）

内心で悪態をついたとき、

「ギルドマスターに話をしたい！　おそらく大変な事態となった！」

フックはヨロメキながらも、受付嬢のミアの下まで来ると震えてはいたがはっきりと噛み締めるような声色でそう叫ぶ。

「た、大変なことっ⁉　何があったのっ⁉」

二人の様子からただならぬ事態と判断したミアが裏返った声で尋ねると、

「俺たちは多分……嵌められたんだ！　今は早急にギルマスと話がしたい！　だからお願いだ。取り次いでほしい‼」

顔を歪めて泣きながら、フックはミアの両肩を掴んでそう懇願した。

「わ、分かったわ！　もうすぐマスターが戻るはずだから少し落ち着いて！」

ミアは今も号泣するフックとライガを席に座らせて、二人から事情を聴取し始めた。

ライガとフックの話でハンターギルドは上を下への大騒ぎとなる。

事情を知らぬ大部分のハンターは半信半疑でその話の真偽に花を咲かせ、事情を知るAランク以上のハンターたちは例外なく石のように硬い表情になっていた。この両者の隔絶した反応の違いには明確な理由がある。

「オルガさんッ！　これってまさか、あの遺跡の封印が解かれた⁉」

「十中八九、そうだろうさ」

あの『太古の遺跡』に名のある遺跡探索者（トレジャーハンター）が手を出さなかった理由には、周囲の魔物が強力ということもある。だが、それだけならSランクのハンターやAランクのハンターがチームを組めば到達可能ということでもある。あの遺跡が今まで放置されてきた真の理由は、過去のマリア・ハイネマンの調査により、あの遺跡には強力無比な術式が眠っており、人の生命をトリガーに起動する危険性が高いことにあった。

当初、ハンターギルドはこの遺跡につき公表も考えたが、魔族や他の様々な勢力の悪用を恐れて、その存在自体を秘匿することにした。その危険性を知らされたのは、あの場所まで到達する実力のあるAランクハンターや、イルザのように、ハンターギルドと密接な関わりがある者に限られる。

「なんの騒ぎだ⁉」

小柄で筋肉質な髭面の男がギルドに入ってくると、そう問いかける。それは、オルガたちがレーナの件で助力を求めるべく待っていたハンター界の英雄の一人であり、このバルセのギルドマスター、ラルフ・エクセルだったのだ。


バルセの会議室の一室でハンターギルドの重鎮たちが難しい顔でフックの話を聞いていた。フックが話を終えたとき、彼らから出たのはまさに深いため息だった。

「そんな酒飲みで出会ったに過ぎない男にもらったペンダントを使用して、あの遺跡にヒョッコのお前たちだけで向かったのか……」

自慢の髭を摩りながらラルフさんは、そう疲れ果てたように呟いた。

「話の流れから言って異界からの召喚。最悪、悪竜デボアの再来になりかねない。マリアの予測は最悪の形で的中したってわけか……」

ちょび髭の幹部の一人が声を絞り出す。この場の誰もがフックたちの話を偽りだと断じるものはなく、このバルセの、いや、人類全体の危機であると認識していたのだ。

「やはり、マリアの言う通り、情報を公開すべきだったんだ！」

頭を抱えて幹部の一人が声を張り上げる。

「アメリア王国側が許可しなかったのだ！　致し方あるまい！」

マリア・ハイネマンはあの遺跡について、世界に公表して厳重な対策をたてることを提案し、ハンターギルドもそれに応じる予定だった。だが、このバルセを統治しているアメリア王国政府が強く拒絶したのである。理由はかつてアメリア王国を壊滅の一歩手前まで追い込んだ異界からの来訪者である悪竜デボアの恐怖だ。もし、遺跡を公表すれば魔族やテロリストに常にあの遺跡は狙われることとなる。もし、テロリスト共が解術して異界からデボアと同等の存在を呼び出せば、アメリア王国は今度こそこの世界から消滅するかもしれない。彼らの拒絶反応はある意味当然だ。

「起こってしまったことを言っても仕方あるまい。それよりも、今後のことだ」

ギルマス、ラルフさんのこの言葉に、

「そのペンダントをライガたちに与えた黒幕は誰でしょうか？」

おかっぱの幹部が、この場の誰もが抱いている疑問を口にする。

「さあな、裏社会の者か、それとも魔族か。どの道、碌なもんじゃあるまいよ」

「奴らの目的は、そのパズズとやらの召喚でしょうか？」

ちょび髭の幹部の一人が神妙な顔でラルフさんに尋ねた。

「ああ、そう考えるのが自然じゃろうな。異界からの怪物の召喚の術式については、Aランク以上のハンターや王国政府の上層部なら周知の事実。どこかの大馬鹿が、あえて世界に破滅をもたらす怪物を呼び出したんじゃろ」

苦々しく答えるラルフさんに、会議室内の同席者たちの表情が苦渋に染まる。

無理もない。下手をすれば、デボアの再来。いわば世界の危機だ。本来ならば統治しているアメリア王国政府と協力して対処すべき事柄だが、その王国の最高戦力たる勇者は──。

「ですが、果たして『カード』の不正を摘発したこのタイミングで、アメリア王国の勇者が素直に協力するでしょうか？」

おかっぱの幹部のこの言葉に、ラルフさんは首を左右に振り、

「難しいじゃろうな……『コイン』の件もある。立て続けに奴らの顔に泥を投げつけたわけじゃし、奴らのメンツはズタズタじゃろう。理由をつけて協力要請をつっぱねてくるはずじゃ」

オルガと同様の見解を述べる。

「果たして、今、『カード』を排除すべきだったのか？」

幹部の一人が平然としているジョンソンを恨みがましい目で睨みながら、そう尋ねかける。

「『カード』が、低ランクのハンターや一般人たちを食い物にしていたことは皆さんもご存じのはず。彼らの悪行に目をつむれと？」

「そうは言っていない！　力ずくではない、もっと温和な方法があっただろう、ということだっ！」

苛立ち気に声を張り上げる幹部の一人。

「そうすれば、アメリア王国によりもみ消され、『カード』は謹慎程度で解き放たれていた。そうなれば、また犠牲者はふくらんでいたことでしょう。それでもよろしいので？」

「そうなるとは限るまい！」

「なりますよ。失礼承知でいいますが、貴方の祖国はそういう国です」

「貴様！」

アメリア王国の幹部が額に太い青筋を漲らせながら立ち上がり、

「やめろ！　今、仲たがいをしてどうする！」

ラルフさんが右手で制したとき、キースが大きな卵円形のテーブルに両手を突き、

「俺の親友の一人が攫われちまったんだっ！　助けてくれ！」

頭を深く下げる。

「誰だ！　この人類存亡の危機に、無関係の子供を会議室に入れたのはっ！」

おかっぱの幹部が苛立ち気に叱咤する。

「今が大変なことはよく分かっている！　でも、俺にとってあいつらはこの命よりも大事な奴らなんだ！　俺ができることならなんだってする！　だから頼む、レーナとカイを助けてくれ！」

キースの裏返ったその言葉に、

「カイさんっ⁉　彼がどうかしたんですかっ！」

ミアが身を乗り出して焦燥にかられたような表情でキースに問いかける。

「ミア、彼は大丈夫だ」

ジョンソンが、強くゆっくりと穏やかな口調で保証する。

「今は一介の誘拐などに関わっている場合ではないでしょう！　早く手を打たねば大変なことになりますよ！」

おかっぱ幹部のヒステリックな指摘に、ラルフさんは両腕を組んで考え込んでいたが、ジョンソンに視線を固定して、何かを語り掛けようとする。その時――。

「た、た、大変です！」

ハンターギルドの職員の一人が部屋に飛び込んできた。

「なんだ、騒々しい？」

ギルドの幹部の一人が眉根を寄せて尋ねるが、視線すら合わせようともせず、ギルマスの前に行くと震える右の人差し指で外の東門付近を指す。

「魔物の襲来です！　凄まじい数です。しかも、深域で確認された魔物もかなりの数が混じっていますぅっ！」

「な、なにぃっ！！？」

幹部が一斉に立ち上がり、仰天したような声を上げる。

「災害級の魔物がうじゃうじゃかよ。それ、マジで洒落にならないって……」

同席していた百戦錬磨のAランクのハンターの一人が、真っ青な顔で呻き声を上げる。

ああ、そうだ。深域の魔物は本来、Aランクハンターがチームを組んで討伐すべき魔物のはずだから。

「このタイミングで深域の魔物の襲来か。まったく、次から次へと……」

ラルフさんは小さな舌打ちをすると、

「緊急事態だ！　都市民の避難を最優先！　すぐにベオに協力要請を！」

指示を飛ばす。ベオとはこのバルセを活動の拠点としているSランクハンターだ。強さは全ハンターの中でも屈指。

「もうすでにベオは出ています！　それに、バルセに滞在しているアメリア王国アルノルト騎士長にもご協力をいただいておりますっ！」

室内に広がる安堵感。

Sランクハンター――ベオの武勇は、ハンターなら誰しも知るところだ。獣人族と人間族のハーフに生まれ、当初強烈な差別を受けたが、己の肉体一つで評価を覆してきた人物。ベオの手により救われた危機は数多く存在する。彼が戦闘に参加するというだけで大きな安堵感を覚える。おまけに、Sクラスハンター相当とも称されるアメリア王国最強の剣士と名高いアルノルト騎士長もいるのだ。この二人がいれば、たとえ深域の魔物であっても楽々撃退殲滅が可能。皆のこの反応は至極まっとうなものと言ってよい。

「確かに『カード』の件もある。しかし、結果的にアルがその事後処理により、この都市に留まることとなった。いくら強くても実際に助けにくるかも分からぬ勇者よりずっといい。そうだな？」

ラルフさんがジョンソンに同意を求めると、

「はい。師の仰る通りです」

大きく顎を引いて肯定する。ラルフさんは両手で己の両膝を叩くと勢いよく立ち上がり、

「バルセのギルドマスター、ラルフ・エクセルの名で、今回の事件を『国家級の災害』と認定

する。バルセのＣランク以上のハンターを緊急招集せよ！」

右の掌を掲げると命を発令する。

ハンターの災害レベルは、危険度が低い順から、次の六つに分かれている。

一、複数殺傷級――複数の人物の殺傷の恐れ。

二、限定都市級――都市の一部に半壊の恐れ。

三、都市級――一つの都市の壊滅の恐れ。

四、地域級――複数の都市の壊滅の恐れ。

五、国家級――国家の滅亡を左右する危機。

六、世界級――世界存亡をかけた危機。

今回災害レベルは五番目の国家級。まさに国家の存亡の危機。ギルドも本気ということだろう。

「は！」

胸に右拳を当てると、ギルドの職員は部屋の外へ飛び出していく。

「これ以上面倒ごとを起こされてはかなわん。ジョンソン、調査部の方でこのバルセの街での不審者の捜索を直ちに行え！」

「了解いたしました。直ちに、捜索を開始いたします。加えて、ギルドから正式に本事件に関してカイ・ハイネマンへの協力要請を提案いたします」

室内にざわざわっと森が揺れるようなざわめきが走り抜ける。カイ・ハイネマンの名を初めて耳にするものは首を傾げ、カイが『この世で一番の無能』という恩恵（ギフト）の保持者と知る者は、ジョンソンの正気を疑う。そして――。

「ふざけんなっ！」

「悪質な冗談はやめてください！」

キースとミアが立ち上がり、ジョンソンの提案を烈火のごとく批判した。

「悪いが、私は大真面目だよ」

ジョンソンは首を左右に大きく振り、二人の言葉を完全否定する。

「カイ・ハイネマンとは、マリアの息子で、『この世で一番の無能』という不憫な子供ではなかったか？」

訝しげに眉根を顰めながら、おかっぱ幹部が問いかけると、

「その通りです」

ジョンソンは即答し、今度こそ、室内から嵐のような批判が飛ぶ。

「お話にもならんな。この非常事態に足手まといなどいらん。皆もそう思うだろう？」

おかっぱの幹部がグルリと見渡し、問いかけると室内の高ランクのハンターたちは次々に同意する。

ジョンソンは肩を竦めると、オルガに意味ありげな視線を向けてくる。要するにオルガにこの局面を処理しろということだろう。

「俺もジョンソンに賛成だ。この騒動、猛烈に嫌な予感がする。もし、危なげなくこの事件を

収めたいなら悪いことは言わない。カイの助力を得るべきだ」

　オルガがジョンソンを支持したことで、暴風のように荒れ狂っていたハンターたちのテンションは一瞬にしてトーンダウンする。むろん、オルガの言葉を信じたのではなく、オルガまでジョンソンの意見に賛同したことの意図を掴みかねているからだろう。

「おっさん、カイにそんな危険なまねをさせようとは、一体全体どういう了見だっ⁉」

　犬歯を剥き出しにして声を震わせるキースと、

「そうです！　オルガおじさんも、適当なことを言わないでください！」

　遂に泣き出してしまうミア。

「キース、レーナを攫った奴らに確実に勝てる奴ってのはカイなのさ」

「はぁ？　でも、あいつの恩恵（ギフト）は――」

　予想通りの言葉を言いかけるキースを右手で制すると、

「恩恵（ギフト）うんぬんじゃねぇんだ。そういう次元じゃなく、あいつは強い。お前が知る勇者マシロは当然、おそらく、この世の誰よりもな」

　諭すようにゆっくりと語り掛ける。

「はっ！　だったら、そのお強いマリアの息子に攫われた彼の友人の保護をさせればいいではないかっ！」

　おかっぱの幹部がそんな皮肉を述べてくる。

「そうだ。レーナはカイの大切な幼馴染だ。俺たちが何を言おうとレーナの救助は優先されるだろうさ」

オルガがカイにレーナが攫われたことを伝える以上、カイはレーナを必ず最優先で救出する。それは決定事項と言って良い。

「アルからもカイの件は聞いている。あの剣帝を剣術で子供扱いしたこともな」

ラルフさんのこの言葉に、室内は先ほど以上の喧騒に包まれる。

「マスター、無能が剣帝に勝利したなど、そんな法螺話を真に受けるおつもりか⁉」

「無能じゃねぇ！　カイ・ハイネマンだ！」

どうにも、このおかっぱ野郎の言動が癇に障り、無意識に声を荒らげてしまった。睨み合うオルガとおかっぱ野郎にラルフさんは大きなため息を吐くと、

「内心を吐露すれば、儂もオルガたちの言に半信半疑じゃ」

「師よ――」

ジョンソンが初めて見せる動揺に、ラルフは右の掌を向けると、

「分かっとる。お主も同意見なのじゃろ？　のう、イルザや」

「ええ、アタイもカイさんに依頼すべきと考えます」

イルザもオルガたちに同意してくる。

ラルフさんは頭をカリカリと掻いていたが、

「もう一度聞くが、あのカイ・ハイネマンはこの度の戦に使えるほど強いんじゃな？」

オルガたちにとって、自明の事実に関して念をおしてきた。

「ええ、圧倒的にね」

「で、でも、彼は強度値が1ですよっ！」

ミアが焦燥たっぷりな声を上げる。

「それは彼の所持する能力を制限するアイテムのせいだよ。彼の強度値が1ではないことはアタイがこの目で確認している」

「そうか。あのエルムの孫がな……」

ラルフさんはボソリと呟くと暫し、両腕を組んで瞼を閉じていたが、

「カイ・ハイネマンは今どこにいる？」

「マスターッ⁉」

非難してくるおかっぱ野郎を一睨みで黙らせると、ジョンソンに目で話すよう促す。

「現在、武闘都市ルーザハルで開かれている神聖武道会にエントリー中です」

「なら、面識のある者をすぐに向かわせろ！」

大声で指示を出すラルフさんに、

「だったら俺がキースとともに行きますよ。俺の言葉ならあいつも素直に耳を傾けるはずです」

オルガがそう申し出るが、

「阿呆！　お前は討伐隊の重要戦力だ。いかにカイ・ハイネマンが強かろうとこの都市が落ちては意味がないじゃろ！　お前、大魔導士のギフトホルダーのキースじゃな？」

「は、はい」

「ダッドマンの奴から聞いておる。今は猫の手も借りたい状況じゃ。お前も儂とともにこの防衛線に参加してもらう。オルガ、ジョンソン、お主らもそれでいいな？」

なるほどな。キースをこの場に引き留めれば、カイにとってバルセは必ず守らねばならぬ場所となる。相変わらず、抜け目のない人だ。ま、カイの実力に半信半疑である以上、前途ある同じ魔導士に道を示したくなったというのが本心かもしれないが。

もっとも、マスターはカイをまだよく知らない。もし、カイへの説得に失敗すれば、この都市は滅亡する危険性すらある。この点、カイはハンターという組織を過大評価しているきらいがある。もし、カイがレーナの救助を優先し、ハンターギルドにこの都市の保護を委ねることも絶対ないとは言い切れないのだ。

「ルーザハルへは俺たちに行かせてください‼」

今までずっと沈黙を守っていたライガとフックが、床に膝をつくと額を押しつけていた。

「ふむ、お前たちがか？」

「カイ・ハイネマン、あいつならこの事態を収めてくれるんだろう⁉　なら、絶対に俺たちが連れてくる！　俺のせいで仲間が死んじまった！　これ以上……これ以上――震えているだけは、御免なんですっ‼」

「ライガ、あんたは、カイ・ハイネマンを公然と侮辱したろ？　そんなあんたを彼が信頼して手を貸すとでも？」

イルザのいつにない厳しい言葉に、ライガは一瞬息を飲むが、

「それでも俺がやらなきゃならねぇんだっ！」

凛とした口調で言葉を叩きつける。ラルフさんはライガを凝視していたが、

「いいじゃろ。お前に任せる。すぐに向かうんじゃ！　ライガ、フック、頼んだぞっ！」

ギルマスは二人を見据えると、眉根を寄せて真剣な顔で大きく叫ぶ。

「はい！」

「必ず！」

二人はボロボロと泣きながらも勢いよく立ち上がり、外に飛び出して行った。

もちろん、ラルフさんの気持ちくらい推測がつくし、二人がこのままではハンターとして終わるというのも理解できる。だが、これはバルセの命運に関わることだ。

「ラルフさん、今は――」

「分かっている。すまんな。ミア、同行してもらえるか？　保険は必要じゃて」

「はい！　もちろんです！」

そうか。話の流れからいって、ミアが惚れている男とはカイのことだろう。あの朴念仁がミアに好意を向けられていることからも、カイもミアに肯定的なイメージを持っているはず。それにミアならば、オルガの手紙をカイに確実に渡してくれるはずだ。

「任せたぞ、ミア！」

「はい！　すぐに出立の用意をいたします」

ミアも意を決したような面持ちで部屋を出ていく。

「皆の者、各自すぐに行動に移すんじゃ‼」

ラルフさんの掛け声により、室内の一同も胸に右拳を置くと一礼して部屋を出て行く。

「おっさん、俺、もう何がなんだか……」

当惑しきっているキースの頭を右の掌でポンポンと叩くと、

「大丈夫だ。きっと上手くいくさ。だから俺たちも為すべきことをしよう」

力強く協力を求める。少しの間、キースはオルガの顔を凝視していたが、

「分かった」

ひどく厳粛した表情で頷いたのだった。

薄暗いバルセの宿の一室で黒一色の上下の衣服を着た金髪の女ネイルは、読んでいた本を閉じて脇に置き、部屋の片隅へと視線を向ける。その女の視線の先に忽然と姿を現す黒装束の男。

男は床に片膝を突くと、

「このバルセに魔物の大群が迫っており、時期にここも戦場になります」

「魔物が？　随分唐突ね」

「あくまで噂の域を超えませんが、どうやら、あの遺跡の封印が解かれたらしいです」

「それは本当ッ⁉」

思わず、椅子から立ち上がって大声で問いかけていた。遺跡の中に眠るのは、ネイルたち魔族にとって希望の存在。すなわち、魔族たちの崇め奉る神。

「深域の魔物たちがまるで追い立てられるように、この街に迫っていますし、間違いないものかと」

「それは僥倖ね」

椅子に座りなおして吐き出したその言葉とは裏腹に、胸は切り裂くようにジクジクと痛んでいた。分かっている。他力本願で異界の神とやらに殺させる。ネイルは人間の貴族どものように単細胞ではない。人がすべて邪悪だと思ってはいないのだ。心根の優しい者や、魔族に対して手を差し伸べてくれる者もいるだろう。その善悪の区別なく皆殺しにする。しかも、自分の手を一切汚さずだ。これはもはや、武人の行いではなくただの外道の所業。それがどうしようもなく情けなく、許せないんだと思う。

「いくら追い詰められているとはいえ、おとぎ話の神にすがるとは、中々情けない話ではあります」

ネイルの傍に控えていた副官の女もネイルと同じ想いだったのだろう。副官の女は疲れたようにため息を吐きながら、そう呟く。

「そうね。でもね、こうでもしないと私たちはこの戦争に負ける」

「伝説の勇者ですか……」

「ええ、奴の戦闘を一目みれば骨身に染みてわかるわ。あれは人という種が生んだ一種のバケモノよ。陛下以外で抗えるとは思えない。さらに厄介なことに……」

「勇者のパーティー」

副官の女の言葉に、ネイルは憎々しげな表情で顎を引いて相槌を打つと、

「勇者だけなら陛下がやや優勢でしょう。でも、賢者と聖騎士(パラディン)は強力よ。奴らが加われば戦況などあっさりひっくり返る。しかも、大魔導士に、槍王、おまけに新たな剣聖のギフトホルダーが立て続けに生まれてしまった。このまま奴らの戦力の増強を許せば、私たちは確実に負けるわ」

そう断言した。

「そして、敗北は我ら魔族の根絶やし。ホント、嫌になりますね」

「同感よ。だからこそ、私たちにはやり遂げる使命がある。あの神託が真実なら、此度お出でになられたのは我らが神。勇者共は確かに怪物だけど、それは我ら矮小な物差しの中での話。我らが神には絶対に勝てない」

「そうなれば、我らが魔国にも平和が訪れる」

「ええ、そう信じたいわね」

もし、その神とやらがネイルたちにとって害悪ならば、それこそ大惨事。だが、どの道このままではあの勇者により、魔族は根絶やしにされる。それだけは絶対に避けなければならない。

副官の女が耳元を押さえていたが、突如、

「ハンター共がこの街の捜索を開始したようです！」

硬い声色で報告をしてくる。

「潜伏しているのを気付かれたってわけね。全員撤収の用意。一先ずこの街を離れるわ」

「斥候はどういたしましょう？」

トウテツの時に斥候がおらず、その後の情報収集は困難を極めた。勇者の四聖ギルドの一角『コイン』がトウテツを倒したというものから、田舎町の獣人たちが倒した、挙句の果ては、『この世で一番の無能』のギフトホルダーが全て解決したという荒唐無稽のものまであって、とても信頼に値しなかったのだ。おそらく、これはトウテツもネイルたち魔族の仕業だと気付いた勇者側がしかけてきた罠。もしかしたら、ネイルたちは勇者共にこの街に誘いこまれたのかもしれない。だとすると、捕らえられてネイルたちの計画の全貌を知られることだけは避けなければならない。ネイルたち魔族の計画は此度のものだけではないのだから。

「全て撤収させなさい」

ネイルはそう叫び、全身黒色の装束に着替えると部屋を飛び出した。

部下たちを引き連れて薄暗い路地裏を走っていると、月明りの中、フードを深く被った一人の男が立ちふさがる。

ネイルは仮にも魔王アシュメディアの側近の一人。たかが一介のハンター風情に後れなど取られない。しかも、こっちは数の上でも圧倒的に有利。このまま押し通らせてもらう。

腰の鞘からナイフを抜き放ち、強化の魔法を右足に発動して地面を蹴り上げる。景色が高速で過ぎ去る中、ネイルのナイフが黒フードの男の首に迫るが、あっさりナイフにより弾き返されてしまう。刹那、男の左手がネイルの顎を打ち上げて、鳩尾に膝蹴りを食らわせられる。

魔族の身体能力は人間のそれを大きく超える。それをたかが人の一撃で今や立っていることすらできない。その事実が信じられない。

「ネイル様っ！」

ネイルの下に駆け寄ろうとする部下たちに、フードの男はネイルの後ろ襟首を掴むと、その首にナイフを突きつける。

「おーと、やめときなぁ。お前らじゃ、俺たちには勝てねぇ」

ネイルたちを完全包囲する黒色フードの集団。一撃で行動不能にするなどよほどの実力差がないと不可能。しかも、その相手は一介の魔族ではなく、最高幹部のネイルだ。この者共が、ただのハンター風情ではないことは、もはや自明。だとすると、考えられるのは――。

「貴様、新たな勇者のパーティーか？」

「俺たちが勇者？　クハハハハ！」

堰を切ったように笑い出すフードの男。

「な、何が可笑しい!?」

その憐れみすらも入った乾いた笑い声に、内臓が震えるほどの激しい怒りが湧きあがり、怒号を上げていた。

「勇者なんて大層なものかよ。俺たちはハンターギルドの狗。飼い主であるジョンソン様より、テメエらの捕縛を命じられただけさ。ここで一つ、忠告をしておこう」

「忠告……だと？」

「そうさ。テメエらの見ている世界はちっぽけで、実に朧なものだ。実際のこの世にはもっと大きく抗えぬもので溢れている。お前らの今回の所業は下手をすれば、我らが偉大なる御方（おんかた）の逆鱗を踏みかねない最大の愚行。悪の深淵を覗く度胸がないなら、大人しくしているのが吉だぜ」

今、こいつは悪の深淵と言ったのか？　勇者は聖武神であるアレスからの加護を受けており間違っても悪の深淵などという表現は使わない。つまり、こいつらは勇者ではない？　一方、ハンターギルドごとき人の組織に、ネイルを一撃で封殺するような手練れがいるわけがない。だとすると、こいつらは何者だ？　それを紐解く答えは奴らの会話の中にある。

「その偉大なる御方とは何者だ？」

初めて男の顔から笑みが消える。その表情の奥にあったのは強烈な畏怖。

「知る必要はねぇさ。それよりも、お前らをギルドまで連行――」

フードの男がそう言いかけたとき、

『不要だ！　此度の騒動はそ奴らが原因ではない。今は泳がせよ』

空から降ってくる野太い声に、フードの男たちは一斉に姿勢を正すと、

「「「ハッ！」」」

武器をしまい、胸で両手を組むと一礼する。そして次々に闇夜にその姿を溶け込ませる。

「ネイル様！」

駆け寄る部下たちに、

「総員この街から退避せよ！」

その指示を下してネイルの意識はストンと闇へ落ちていく。

そこはバルセの近くの森の中。闇夜に鼻の長い象の邪神ギリメカラの前に跪くフードの男たち、元パラザイドのメンバー。ギリメカラの周囲には、三体の異形が荘厳にも存在していた。

『ここまで徹底的に我らの顔に泥を塗られたのも初めてやもしれんな』

ギリメカラの声は大して大きくはなかったが、周囲の木々を粉々に破裂させて、パラザイドたちは身をすくませて小刻みに震えだす。さもありなん。ここまでギリメカラが怒り心頭なのは今までなかったのだから。

『まさか、御方様の大切な方を攫うとは……』

上半身が素っ裸の八つ目の異形がまさに悪鬼の形相でそう声を絞り出す。

『レーナ様だけではない。オルガ殿から幼馴染のキース様も御方様の大切な方であると聞いている。それをあ奴らは……』

激しい怒りのせいだろう。円形の武器を背負うのっぺらぼうの存在の言葉は最後まで続かない。

『それで、ギリメカラ、黙って見ていたわけではないのでしょう？』

空中を漂う白色の人型の何かが、血走った眼をギョロッとギリメカラに向けて問いかける。

『無論だ。既に我が眷属たちを向かわせているし、我もすぐに合流する予定だ』

『ぬかりはない……そういうことだな』

己の主の大切なものを守れる算段が立ち、少し冷静になったのか八つ目の怪物の口調が若干和らぐ。

『ところで、悪軍の方はどうなのだ？　現界したのであろう？』

のっぺらぼうの存在の疑問に、

『ああ、現界したのはパズズ。悪軍でも少佐にすぎぬ雑魚だ』

ギリメカラは即答する。

『分かりませんねぇ。少佐ごとき雑魚に、わざわざ我らが至高の御身が動く必要がどこにあるというのです？　正直、バッタマンで十分でしょう？』

『パズズだけならな。おそらく、「反魂の神降し」でもするつもりなのだろう。そして奴らが贄に予定しているのが、此度、我らの顔に泥を塗ったクソカスどもだ！』

ギリメカラの三つの目が赤く染まり、奥歯をギリッと噛みしめる。

『それでもパズズごときが呼び出せるものなどたかが知れてるでしょう。大将クラスでも現界しなければ、我らで十分対処可能です。至高の御身が動く必然性はない。本当に、御身は貴方に何かこの街の周囲で異変があったら、ご自身で動くからすぐに知らせるようにと仰ったんですか？』

白色の人型の何かの疑問に初めてギリメカラは顔から怒りを消して、三つ目を固く閉じ両腕を組んで考え込んでしまう。

『ギリメカラ？』

八つ目の怪物が怪訝な表情で問いかけると、

『分かった……』

ギリメカラはワナワナと両手を小刻みに動かしながら、ボソリと呟く。

『ん？』

『分かったぞぉぉぉ！　そういうことかっ！　我は大きな思い違いをしていたぁぁ！　そうだ！　至高の御身が我らごときゴミムシ共の浅慮などご存じでないはずがないのだぁぁーー！』

両腕を掲げると大気を震わせる大声を張り上げる。

『急に大声を上げるな。そして、少しは我らにも分かるように説明しろ』

八つ目の怪物が小指で耳を穿りながら、顔を顰めて歓喜の涙に震えるギリメカラに言い放つ。

『わからぬかっ！　そうだろうっ！　我も今気が付いた！　この一連の事項、偶然にしてはあまりに都合がよすぎるとは思わぬかっ⁉』

『そうですねぇ。言われてみれば偶然悪軍がこの地に現界し、この土地では珍しい下級土地神クラスが至高の御身の大切な方を攫う。さらに、その愚物共がパズズによる儀式の贄の候補。偶然にしてはいささか重なりすぎているとは思いますが……ま、まさか！　いや、流石にそんな馬鹿なことがっ！』

白色の人型の何かも目をかっと見開き、震えだす。

『おい、どういうことだっ！　お前らだけで、悦に浸ってないで我らにも教えろ！』

『わかりませんか、ロノウェ！　この一連の流れ、全て我らの至高の御方の掌の上だとしたら⁉』

『ちょ、ちょっと待て、もしドレカヴァク、貴様の想像通りなら、あの御方はどこから予想しておいでなのだ⁉』

のっぺらぼうの存在が、声を震わせる。

『だから、どういうことだ？　俺様にも分かるように答えろッ！』

八つ目の怪物ロノウェが苛立ち気に声を張り上げると、

『アザゼルが今言った通りですよ。我らが至上の父は、この一連の事件を全て読み切って罠を張り巡らせていたのです』

興奮気味に述べる白色の人型の怪物、ドレカヴァク。

『罠、なんのためにだ？』

『もちろん、悪軍総大将へのけん制のためだぁ！　この世界があの悪質な天と悪のゲームの開催地であることはもはや明白！　故に御方様は煩わしい蝿がこれ以上ブンブン飛び回らないように、まずは悪軍に最後通牒を出そうとしたのだろう！　おそらく、今ベルゼバブの玩具になっているジルマという雑魚を尋問してから、この計画をお立てになられたのだぁッ‼』

ギリメカラの声に、他の三体の怪物から歓喜が爆発した。

『そこまでお読みになられていたとはっ！　ならば我らがこうして動いていることも⁉』

『当然、あの御方の計画のうちでしょうね。しかも、我らが愚かにもあの御方の意図を理解できぬことまで全てです！』

ロノウェの疑問にドレカヴァクは両腕で自身を抱きしめながらも、まるで吟遊詩人が歌うように己の崇める神の偉業を語る。

『ああ！　素晴らしぃっ！　それこそ、悪！　我らが奉る史上の神ぃ！』

のっぺらぼうの存在、アザゼルがヒステリックな声を上げる。

『そして喜べぇい！　たった今、パプラの近隣に下級土地神モドキが二匹出現したとの報告を受けたァ！　二匹もいれば、それなりの強度の雑魚を現界させることができよう。これは我らが至高の御身の戦。敵もそれなりではなければ示しが付かぬぅ！　つまりだぁ、これで我らが御方の計画は第二段階に入るッ！』

ギリメカラは夜空に咆哮を上げる。

もちろん、カイとしては念のためギリメカラにバルセ近隣で起きた事件について監視させていたにすぎない。自身で処理するといったのも、カイの認識ではこの世界の全てが強者で溢れているという誤認から出た判断だ。そもそも全てがただの偶然なのだ。というか、そんな都合の良い事実を信じる方がどうかしている。

しかし、このとき狂信者たちは己の信仰の対象の神言を壮絶に勘違いして、事件をさらなる混沌の渦中へと引きずり込もうと動き出してしまうのだった。

パプラの西側の山の中にある宿泊のために切り開かれた広場には、行商人の一行がテントを張っていた。その中に混じるのは、青色の髪を左が長く右が短いアシンメトリーにした優男シュガーと小柄で猫背、両眼にゴーグルのようなものをかけている男、ペッパーである。

「旦那たち、本当にあのパプラを壊滅させるんですかい？」

小太りで頭にターバンをした中年男が、躊躇（ためら）いがちにシュガーに尋ねてくる。

「もちろん、その際、たくさーん、人間や獣人の女子供が出るからぁ、皆安く売ってあげるってわけぇ。中々いい商談条件でしょう？」

こいつらは、グリトニル帝国の奴隷商。しかも、国に認められるまっとうな商いをしていない盗賊まがいの非合法の商人たち。故に、こいつらの周囲には全身を白色の布で覆われた屈強な護衛たちが控えて、シュガーたちを油断なく監視していた。

「ええ、それが真実なら我らには莫大な利益が入ります」

小太りの奴隷商は一目で作りものだと分かる笑みを浮かべながら、右手を差し出してくる。

「おおきにぃ」

こちらも笑顔で握り返す。

長かった。こいつらから金を奪ったら、シュガーの目的を達成できる。『凶』のメンバーの一人、ヴィネガーは金属の金を特殊なアイテムに変換する能力を有しており、月末の決算期に毎月変換しているのだ。此度得た莫大な金でずっと欲しかった防御系のアイテムを手に入れることができる。

ペッパーを何とか説得して帝国の裏の奴隷商にコンタクトを取ってパプラの女子供を売り払う契約を結ぶ。裏で口の堅い奴隷商を見つけるのに結構な時間はかかったが、隊長がシュガーたちに命じたのはあくまでパプラの消滅。その条件さえ厳守すれば、期限は特に設定されていない。あとでこの奴隷商もろとも始末すれば万時解決。この手の商売も可能だったわけだ。

「それでは私はご武運を祈っております」

小太りの奴隷商は、あからさまに心の一切こもっていない外面だけの言葉をかけてきた。

「ちょろいもんね」

パプラの南門を楽々飛び越えて街の内部に下り立つ。裏路地の暗がりを歩くと、獣人らしい幼い男の子を見つける。

「一丁上がりぃ」

近づいて貯蔵用アイテムへと放り込もうとした時、立ちふさがる緑色の影。

「はぁ？」

思わず調子はずれな声をあげつつ、急ブレーキをして立ち止まる。それもそうだろう。家の隙間から微かに照らす月明りの中で佇んでいたのは、この街中という場所に相応しくない風貌のバッタの魔物。

「何、あんた？」

そうは尋ねたものの、こんな場所に魔物がいるのだ。まず間違いなく、カイ・ハイネマン絡み。奴が『凶』の襲撃を予想して、このバッタの魔物を警護につけたのだろう。シュガーはジルマとは違い、『凶』の正式なメンバーだ。たかがバッタの魔物風情に後れを取ることは絶対にない。バッタ男は武術の構えをとると、左の掌を上にして指を折る。

「バッタ風情がなめるんじゃーないよっ！」

この『凶』のシュガーが、たかがバッタの魔物に武術の勝負を挑まれる。その屈辱的な事実にざわざわと怒りが全身を駆け巡り、腰のチャクラムを右手に取り、奴らに向けて全力で疾駆する。

左手に装着したガンレッドから長い爪を伸ばす。この爪はアダマンタイトの特別性。金属だろうとスイーツのようにスパスパ切れる。こんなバッタの魔物ごとき、バラバラの肉片になってしかるべきだ。

しかし、その爪はバッタの魔物の目と鼻の先であっさり避けられる。

「へ?」

奴は間の抜けた声を上げるシュガーの懐へと飛び込み、右の掌底を身体の中心にぶちかましてくる。

背骨に杭が打ち込まれたような激痛とともに視界は真っ赤に染まり、シュガーは身体の自由を完全に失って仰向けに倒れ伏す。

もうろうとする意識の中、バッタの魔物はゆっくりと近づいてくると、片足を上げてシュガーの頭部を踏みつぶした。

己の肉体が次第に形成される独特の感覚の中、シュガーは起き上がった。

「シュガー、お前、どうやら負けたようだな」

ぼんやりとした意識の中、ペッパーが侮蔑たっぷりの言葉をぶつけてくる。

「残念ながら、その通りかもねぇ」

噴出する憤怒の念を精一杯抑えつけながら、余裕の表情で立ち上がり、背伸びをする。

シュガーは他の人間の精神をのっとり、己の情報に肉体を改変するという力がある。その能力にはいくつかの厳格な条件が必要だが、そのトリガーはシュガーの肉体の死。今シュガーがいるのは、奴隷商たちの待機する広場。そして、この着ている服装からもどうやら、能力が発動したのは明白。つまり、シュガーはあのバッタの魔物に殺されたのだろう。

（クソがっ！　魔物風情が、恥をかかせやがって！）

内心でバッタの魔物を罵倒してはいたが、あれにはシュガー一人で真っ向勝負を挑んでも勝利できないことも自覚していた。

「どいつにやられた？　例の餓鬼か？」

「いいえ、不自然に強いバッタの魔物よ」

「バッタの魔物ぉ⁉」

驚愕の声を上げるとペッパーは、汚物でも見るかのような目で、

「いくらお前の能力が直接戦闘に向かねぇって言っても、まさか魔物ごときに後れをとるとはなぁ。この『凶』の面汚しがっ！」

そう吐き捨てる。

「なんとでも。とりあえず、手を貸しなさい。あれはかなり危険よ」

奴の動きに全くついていけなかった。気付くとバッタの魔物がシュガーの懐にいたのだ。相当な武術の腕を持っていると考えてよい。

「たくよぉ。結局、足手まといの尻ぬぐいで魔物退治かよ。勘弁願いたいぜ」

悪態をつくペッパーに覚える殺意をぐっと我慢して再度、パプラへ向かおうとするが、

「その必要はありませんよ」

小太りの奴隷商は、右手を挙げる。周囲の白色の布の男たちがシュガーとペッパーを取り囲む。

「なんのつもりだぁ？」

　額に太い青筋を張らせてペッパーが恫喝するも、奴隷商は表情一つ変えず、

「一応、バッタマンの顔は立てましたからねぇ。もう、そろそろ私たちが動いてもよろしいかと」

「ペッパー、気を付けなさい！　これって何か変よ！」

　背筋に冷たい氷柱を押し付けられるがごとき強烈な悪寒がする。それはペッパーも感じていたのか、自然と重心を低くして構えをとっていた。

「……」

　小太りの奴隷商は無言で少しの間、顎を胸につけて俯いていたが、顔をゆっくりと上げる。その奴隷商の顔を認識して、

「っ⁉」

　声にならない悲鳴を上げて仰け反ってしまった。その奴隷商の両眼と口は黒色の穴となり、そこから幾多もの虫がウゾウゾと蠢いていた。

『これはこれは、こんなプリティーな私の素顔を見て、驚くとは失礼な下等生物どもだ』

　もはや、人とは思えない声で肩を竦めてくる奴隷商だったもの。

「シュガー、そいつらヤバイぞっ！」

「分かってるわっ！」

そんなの見れば一目瞭然だ。これは絶対に人でなければ、魔物でもない。もっとヤバイ何かだ！　だから、必死に後方へと飛んで態勢を整えようとするが。

『こちらをどなたと心得る！　ギリメカラ様の腹心の一柱、疫鬼様だぞっ！　頭が高いわぁっ！』

大気を震わせんばかりの大声が上空から響き渡ると同時に、地面を這うようにいくつもの黒色の炎の蛇がうねり、シュガーの両足を根元から一瞬で炭化させる。

「ぐぎっ⁉」

無様に俯せに倒れると、背後から背中を踏みつけられる。恐る恐る顔だけ背後に向けると、黒色と赤色の炎を纏った化け物が両腕を組んで据わった両眼で睥睨（へいげい）してきていた。

『イフリート、よいよい、よいのです。私も過去は下等生物からの不敬に憤ったものでありますが、至高の御方への強くも尊い信仰を得て心の安らぎを得ました。結果、私は何があっても乱されぬ鋼鉄の精神を獲得したのです』

奴隷商だったものは、両手を組んで祈りの言葉を口にする。

イフリート？　噂の炎の精霊王イフリートか？　いや、たかが精霊の王ごときに、シュガーを一瞬で燃やし尽くせるわけがない。こいつは全く別の生物だっ！

『おお……流石は疫鬼様ぁ、悟りをお開きになられたのですね』

イフリートと呼ばれた炎の化け物は両手を組んで涙を流す。

（こいつら、マジでイカレてるわっ！）

間違いなく、こいつらは頭のネジが飛んでいる。さらに、さっきからこいつらを目にするだけで全身の震えが止まらないのだ。今までシュガーが相手にしてきた中でもトップクラスの強さを持つのはもはや確実。さらに最悪なことに、白色の布で全身を巻かれた奴らにシュガーたちは完全包囲されていた。

「ペッパー、早く逃げなさいっ！」

ガチガチと歯を打ち鳴らしながら、驚愕と恐怖に歪んだ顔で疫鬼を凝視しているペッパーに指示を送る。

「すまんっ‼」

弾かれたようにペッパーは両手で印を作ると、その身体は数倍に拡張し、頭には角のようなものが生える。そして、背に黒色の蝙蝠の翼を生やすと、空へ高速飛行して夜空の闇に消えていった。

『追いますか？』

イフリートの問いを、

『よいよいのです。ギリメカラ様からは寛大な心で接しろとのご指示を受けておりますし、何より我らが疫鬼隊の包囲網から逃げられるわけがありませんので』

首を左右に振って疫鬼は否定する。

今確信した。疫鬼は超高度な精神生命体。こいつクラスは『凶』でも隊長でなければ太刀打ちができない。そしてジルマを殺したカイ・ハイネマンはこの疫鬼とかいう怪物の下僕の可能性が高い。さらに、驚くべきことには、この疫鬼という怪物にはギリメカラという主がいることと。これはシュガーの勘だが、こいつらはまさに虎の尾。絶対に踏んではならぬ最悪の化身。争いだけは絶対に避けるべきだ。

そして、資料によればカイ・ハイネマンは人間。奴が人間に過ぎない以上、こいつら精神生命体にとって大した執着はあるまい。ここで上手く立ち回れば、カイ・ハイネマンが処分されて手打ちになる可能性も十分ある。

「ね、ねえ取引しない？」

『取引、ふむふむ、それは内容によりますねぇ』

顎に手をあてて芝居がかった台詞を吐く。既に疫鬼の首は大きく伸長し、その全身は軟体動物のように奇怪なポーズをとっていた。

よし！　少なくとも奴らの興味を引くことには成功した。あとは、取引を持ち掛けるだけ。受け入れるならよし。拒絶されても、ペッパーが安全な場所にまで退避するだけの時間が稼げればそれでよい。

「私たちはこの街から手を引くわ」

『ダメダメダメですねぇ。既に我らが庇護区に手を伸ばした以上、お前たちの行き先は決まっているのです』

妙に長い右の人差し指を左右に揺らしてチッチッと舌を鳴らして、シュガーの最良の案を否定する。だが、ここまではある意味予定通り。

「なら、知ってるかしらぁ？　あなたたちの下僕の人間は貴方の主に謀反を企てているわよぉ」

そのシュガーの台詞に初めて疫鬼が薄気味の悪い笑みを消し、

『はてはてはてぇ、我らの派閥に下僕の人間などいましたですかねぇ？』

わざとらしく頭を振って今もシュガーを踏みつけているイフリートに問いかけた。イフリートは慌ててシュガーから離れると姿勢を正し、

『ハッ！　おそらく、ジョンソン殿の配下となった者共かと！』

即答する。

『ああ！　そういえば、ギリメカラ様のありがたい矯正を受けた人間がいましたですねぇ。確か、パラザイドとか言いましたかぁ。でもぉー、誓ってもいい。あれらが我らに逆らう気概はもはやありませんねぇ。その矯正には私もお手伝いしたので間違いありませんねぇ』

パラザイド？　全く知らぬ名だ。やはり、他の人にも既に手を伸ばしていたか。

「誤魔化さなくてもけっこうよぉ。『この世で一番の無能』の恩恵（ギフト）を持った人間の餓鬼よ。あれに力を与えたのは貴方たちでしょう？」

そう考えれば全ての辻褄が合う。カイ・ハイネマンは『この世で一番の無能』というギフトホルダー。おそらく本来、女子供ほどの強度しかあるまい。それがジルマを倒すなど到底考えられなかったのだ。だが、この超常的存在から何らかの加護を受けているならば話は別だ。

『「この世で一番の無能」の恩恵（ギフト）を持った人間のこども？』

今までとは一転、呆けたように疫鬼はシュガーの言葉をオウム返しに繰り返す。

「そう！　カイ・ハイネマンという無能の餓鬼よぉ！」

シュガーがそう叫ぶと、周囲の白色の布を着た存在たちはその全身を小刻みに震わせて、鋭い爪で己の白色の布を引き裂いていく。

「へ？」

その破かれた布の隙間から見えるのは、黒光りする体躯と無数の複眼。その複眼を真っ赤に血走らせながら、シュガーをまるで親の仇のような憎悪たっぷりに睨んでいた。さらに、疫鬼を目にした時、

「ひっ⁉」

シュガーの口から出たのは小さな悲鳴だった。無理もない。その疫鬼の顔はまさに御伽噺の中に出てくる怪物のごとく歪んでおり、その全身も数倍に膨れ上がっていたのだから。

『まままままさか、まさかかかか、我我我我らの至高の御方を無能の餓鬼とぉ⁉　しかしかしかしかもぉぉぉ、よりにもよって我ごとき便所虫の下僕だとぉぉぉぉぉーーーー！』

疫鬼は両腕のようなものを掲げて夜空へ向かって咆哮する。

「ぎひぃぃぃっッ！」

まさに、蛇に睨まれた蛙とはこういう心境なのだろう。疫鬼はもはや言葉ですらない呪いの言葉を吐き出し、地響きをあげながらシュガーに迫っていく。

そして、それは今のシュガーが人としての尊厳が保障された最後のひと時だったのだ。

ペッパーたち『凶』は非常に用心深い。そして、その仕事内容も神と呼ばれる高度な精神生命体との戦闘すらもありうるものであるから、事前に必ず万が一を考え合流地点を決めておく。

ペッパーが命からがら辿り着いたのは、森の中にあるその合流地点の一つだった。

そこに丁度辿り着いた、肉の人形が立ち上がり喉を掻きむしる。同時に全身がボコボコと泡立ち、シュガーの肉体へと変貌していく。

「相変わらず、気色悪い能力だなぁ」

「……」

そんなペッパーの減らず口にも、シュガーは無言で両眼をさ迷わせてだらしなく涎を垂らすのみ。

「おいおい、まさかたった一日の拷問でお花畑に旅立っちまったと？」

茶化すように言った自身の言葉は緊張で掠れていた。シュガーは腐っても『凶』。一日そこらの拷問で壊れるほど軟弱ではない。だから、シュガーがこうも簡単に精神崩壊するとはこうして目にしている今も信じられなかったのだ。

「マズイな……」

あれは世界を粉々に壊しかねない厄災だ。このままこの件に首を突っ込めば間違いなく破滅する。すぐにでも戻って隊長に報告しなければ、まず全滅する。

「シュガー、悪いが今は足手まといを連れては行けん。ここで待っていろ！　時がくれば必ず迎えにくる！」

そんな到底無理な約束をすることにより己を納得させつつ、立ち去ろうしたとき背中から抱き着かれてしまう。

「――ッ⁉　放せ！」

振りほどこうとするが、びくともしない。そして、

『貴様らは我らが信仰に唾を吐きかけた。もはや一切の慈悲はない。精々、我らの計画の糧となれぃ』

シュガーとは明らかに異なる野太い声を張り上げると、ケタケタと狂ったように笑い始める。全く逃げきっちゃいなかった。それは木々の隙間からこちらを窺う複数の気配からも自明。

「くそっ！」

ペッパーの命をかけた鬼ごっこが今始まった。

どのくらい時間が経ったことだろう。一日、いや、数時間しか経っていないのかもしれない。奴らはまるでペッパーの恐怖を楽しむかのように、付かず離れずつきまとい、致死的な攻撃を放ってきた。

既にペッパーは満身創痍。こうして歩いているのもやっとだ。奴らが遊びで放った攻撃で、ペッパーの翼はボロボロで既に空中を滑空するだけの力はない。

芋虫のように背中で未だに鬱陶しく笑い続けるシュガーを背負いながら、ペッパーは足を動かす。

——こんな地獄のような場所にこなければよかった。

もう何度目かになる後悔の念が脳裏をよぎった時、眼前に立ちはだかる狼顔の怪物。

この強度、奴らほどではないが、明らかに今のペッパーには荷が重い。遂に詰んだということなのだと思う。そう理解したとたん、足から力が抜けて、地面に両膝をつく。

『まさか、こうも簡単に下級土地神モドキを確保できるとは、俺は随分ついている。パズズ様も大層お喜びになることだろう』

狼顔の怪物の喜色たっぷりの声をバックミュージックに、強烈な絶望の中、ペッパーの意識は次第に薄れていく。

第三章　神聖武道会 後編

——ルーザハルの最北端の屋敷

そこは豪奢な広い一室。その部屋の中心のテーブルには十数人の貴族の男たちが真昼間から酒を飲んでいた。

彼らは王女を帝国に売り渡す計画に、資金を提供したり、帝国と連絡を取り合ったりしたなど、陰謀に深い関わりのある第一王子ギルバート・ロト・アメリア派の貴族たち。

現場から近いこのルーザハルでは、ギルバート派が推す騎士が神聖武道会に出場する。その応援を名目に大分前からこのルーザハルを訪れ、その計画の吉報を待っていたのである。

「フラクトン卿が失敗したか」

樽のような体躯の男が、不機嫌を隠そうともせず、なみなみ注がれた果実酒の入った金属のコップをテーブルに乱暴に置く。

「既に知り合いの中央政府の高官に確認はとったし、実際にローゼ王女がこのルーザハルで目撃されている。計画の失敗は紛れもない事実だ」

頭頂部を残して金色の髪を綺麗に剃っているがっちりとした体格の男が、両腕を組み、難しい顔でそう断言する。

「土壇場になって帝国が裏切ったということか。仮にも王族の婚姻を国王陛下に無断で強引に進めたのだ。フラクトン卿の死罪は確定。我らまで嫌疑をかけられねばよいが……」

　真っ青な顔で病的に痩せた貴族がボソリと口にすると、

「じょ、冗談ではないぞ！　貴公らが絶対に成功間違いないというから、私は従っただけだ！」

「儂もじゃ！　ギルバート王子殿下のためだというから、名前を貸したにすぎん！」

　今まで抑えつけていた不安が、同席していた貴族たちの間から噴出した。もし、計画に関わっていた事実を王国政府に知られれば、家自体取り潰しになる。まさに、貴族たちにとって己の運命を左右する死活問題であり、彼らのこの取り乱しようも無理のないものと言える。

「狼狽えるなっ！　フラクトン卿が仮に自白しようが、証拠は何もない。嫌疑だけでここにいる全ての貴族を処罰することなど、たとえ陛下であっても不可能だ。それにしっかり、スケープゴートも用意している。我らが処罰されることは万が一にもない！」

　樽のような体躯の男の激高により、周囲の貴族たちも冷静さを取り戻す。

「ローゼ王女はどうしてこのルーザハルに？　ルンパ卿、貴公ならその理由、掴んでおいでなのだろう？」

　パイナップルのような頭をした金髪巨躯の貴族が尋ねると、

「無能だ」

　樽のような体躯の男、ルンパは吐き捨てるように答えた。

「は？」

「今開かれている武道会に出場している剣聖の汚点の付き添いだ」

「剣聖の汚点？　噂となっていたあの【この世で一番の無能】とかいう冗談のような恩恵（ギフト）を保有する不憫な子供か」

　小馬鹿にしたかのような貴族の一人の言葉に、

「その無能がどうしたというのだ？　付き添いとは？」

　パイナップル頭の貴族がルンパに問う。

「だから、この由緒正しき大会にローゼ王女の守護騎士として、その無能が出場しておるのさ」

　ルンパのさも不快そうな返答に、室内から驚きの声が上がる。

「で？　王女殿下の期待の騎士の結果はどうなったんですかな？」

「そんなの聞くまでもないでしょう。泣いて逃げ回ったのでは？」

「いやいや、他の武術家の覇気に当てられて、失禁して気絶したのやもしれませんぞ？」

　樽のような体躯の貴族――ルンパは顔を嫌悪一杯に染めると、

「予選は無能の圧勝だ」

　つっけんどんにその解を口にする。

「圧勝？　そんな馬鹿な！　この世で一番の無能なのであろうっ？」

　貴族の一人の当然の疑問に、室内が鳥かごのようにざわめく。

「事実だ。私も無能の戦いを見たわけではない。ただ、予選に出ていた私の騎士が言うには、カイ・ハイネマンは弱くはなかった。そう強く主張している」

「いや、ありえんだろう！　何か裏があるはずだ！」

「そうだ！　不正をしたに決まっている！」

　次々に吐き出される否定の言葉にルンパは大きく頷く。

「儂もそう思う。ローゼ王女の為した策の予想もつく。大会の運営にハイネマン流の師範代が、特殊なアイテムを使ってカイ・ハイネマンが勝利したと抗議していた。もっとも、証拠不十分で相手にもされなかったようだがな」

「神聖なる武道会に、不正とは許しがたし！」

「すぐにでも告発すべき案件だろう！　大会の運営は一体何をやっている⁉」

　何の疑義も抱かず、カイ・ハイネマンの不正を断定し、貴族たちは口から罵詈雑言(ばりぞうごん)を吐き出す。そんな貴族たちの誹謗をルンパは、両手で押さえるジェスチャーをする。

「今大会には、ギルバート王子殿下の守護騎士候補も参加しておる。たとえ卑劣な手であっても、あの王女の守護騎士ごときに負ければそれこそただの恥ではすまん。ギルバート王子殿下のご尊顔に泥を塗ることになるのだ。絶対に勝たねばならん！」

「ルンパ卿の意見には同意するが、実際にそのアイテムとやらで、決勝トーナメントに進出しているのだろう？　運営が不正を認めなければ我らの守護騎士候補殿も敗北する危険性はあるぞ？」

「ふん！　奴のアイテムについては大会の運営側に衣服以外の競技場への持ち込みの一切の禁止を約束させた。それに、我らの手塩にかけた騎士をそんな無能の屑なんぞと対戦させるわけにはいくまい。問題ないさ。手は万端に打ってある！」

ルンパが顔を醜悪に歪めつつ、喉を鳴らして酒を飲み干した。

「そうか。杞憂であったか」

パイナップルのような髪型の貴族も軽く安堵の息を吐くと酒で喉を潤す。

それにつられるように他の貴族たちも悲観的な表情を消して、酒を飲みながらもお目当ての守護騎士候補と無能の剣士についての噂話に花を咲かせ始めた。

決勝トーナメントに進出し、大会運営側からルールの詳しい説明を受けた。
反則による失格負けの際の賞金の没収のため、本大会ではルール上、大会での各選手の勝敗が決定したあと、まとめて賞金が得られる仕組みとなっている。ここで棄権自体は試合内外、いつでも可能であり、勝利した分までの賞金は得られるのが通例だ。だが、この決勝トーナメントは、いわば大会の華。棄権者が続出してしまっては決勝トーナメントが盛り上がらない。
そこで、決勝トーナメントに進んだ者は、原則事前の棄権は認められていない。
もっとも、あくまで禁止されているのは試合前の棄権であり、試合中、降伏宣言したり、自ら進んで場外へ出るなどの棄権行為は禁止されていないから、事実上、似たような救済処置は用意されている。

さて、試合まで手持ち無沙汰なこともあり、今大会の出場者の試合を見ていたが、決勝トーナメントに残った者は未熟者ばかり。

興味が湧いたのは、格闘家ザック、ブライなど、幾人かに限られた。

意外だったのは、ザックVSリク戦だった。もちろん、リクとザックでは武術家としての全てが違いすぎる。まさに子供と大人の勝負。てっきり、すぐにリクが降伏するものと思っていたが、全身傷だらけになりながらも、意識を失うまで抗い続けた。もしかしたら、リクも武術家としての誇りを持ち合わせていたということかもしれない。ま、リクはまだ若い。武術家として伸びるか落ちるかは今後の本人次第ということかもしれぬ。

ともあれ、ザックとは次の二回戦であたる。ザックと勝負し、ローゼのロイヤルガードになることを納得させてから、試合中、棄権することにしよう。


現在、決勝トーナメント第一回戦のために試合会場に向けて歩いている。

今も周囲から、ヒソヒソと感じの悪い噂話が聞こえてきている。よく飽きもせずに他人を評価したがるものだ。

予選決勝直後、リクたちの引率でついてきた師範代シガが私の不正を訴えたが認められず、その腹いせだろう。無能な私が禁止されていたアイテムを用いて予選の決勝を勝利したと吹聴して回っている。お陰で有難い噂が都市中に蔓延し、私は晴れてヒールとなった。

そして遂に大会の運営側も看過し得なくなったのか、一部ルールが変更されて指輪や腕輪等のアクセサリー、指定の衣服以外を身に着けることが禁止される。こうした世間の動きなど私としては心底どうでもいいが、この件に関してローゼがやけにピリピリしており、私としてはそっちの方がよほど面倒なわけだが。

試合会場へと到着し、更衣室で大会運営が指定してきた衣服に着替える。その際、身に着けているものは、全てアイテムボックスに放り込んでおく。

「ほう、この衣服、能力制限のアイテムか」

着用するよう求められた衣服には【力】、【耐久力】、【俊敏性】を軽度に低下させる効果があるようだ。たが、いかんせん。私には全く効果がない。

うーむ、能力制限を全くせずに人前に出て大丈夫だろうか？　基本、この世界は弱者と強者の差が激しい。一応、このルーザハルへの道中、手加減の訓練は相当積んだから、相手が弱者とさえ分かれば多分、殺しまではしないと思う。

むしろ、私の実力は世界で一応上位に位置すると予測される以上、アスタの時のようにそれを鑑定でもされる方が厄介かもな。ともかく、大会の運営側がこんな衣服を用意することからも、私を勝たせたくはないんだろう。途中で棄権でもしようかと思ったが気が変わった。是が非でも優勝してやる。私は天邪鬼なんだ。

私が観客席に囲まれたアリーナに足を踏み入れると、空気が震えるほどのブーイングが巻き起こる。対照的に、対戦相手である目つきが悪いトゲトゲの髪の男が会場入りをすると、会場が不自然なくらい静まり返った。

うーむ、このトゲトゲ頭、私とは別の意味で好かれてはいないようだ。このトゲトゲ頭の戦闘を私は見ていないが、円武台のすぐ傍に回復系の魔導士がスタンバイしていることからも、相当荒っぽい戦闘スタイルをとるんだろう。

うん？　司会者があの金髪の女から、黒服の男へと替わっている。どうやら、運営側の準備は万端のようだな。

「それでは決勝トーナメント第五組目、まずはこの男、【この世で一番の無能】のギフトホルダー、カイ・ハイネマン！　世界ではなく、この世で最も無能な男！　アイテムの不正使用等様々な疑惑の中、決勝トーナメントへ進出しましたぁッ‼」

特大のブーイングが私の頭上に降り注がれる。このタイミングで、しかも司会者が後々問題になりそうな選手へのバッシングをする意義など、そうは多くあるまい。きっと、背後にあるのは、ローゼとギルバート王子とやらの確執だろう。

「ご心配には及びません。大会運営も馬鹿ではない。今回の疑惑のために全選手の衣服は運営側で用意させていただきました。不正などもうできません！」

一斉に歓声が上がる。黒服の男は満足そうに頷くと、トゲトゲ頭の男に右手を向けて、

「無能を討伐するのは、選手破壊率70％。火炎系のギフトホルダーであり、生粋のクラッシャー――ディック・バーム。その強さは紛れもない本物です！　さーて、此度、どのようにして卑劣な無能を壊すのかッ！」

謳うような黒服の男の解説っぷりに、さらに大きな歓声が会場中に響き渡る。

司会者が選手を壊すことを容認するか。どうやらこいつは司会者としての矜持というものを持ち合わせてはないようだ。さらに観客もそれを容認する。正直、こいつらは私が最も嫌悪する部類の者たちだ。

円武台の中心まで歩いていくと、

「だとさぁ、俺より嫌われてる奴に初めて会ったぜぇ」

黒色のツンツン頭の男——ディック・バームも薄ら笑いを浮かべながら、私に近づくと、そんな感想を述べてくる。

「そうかい？　それはいい経験になったな」

「お前、俺が怖くないのか？」

ディックは右の太い眉をピクリと上げて、私を睨みつけながらも尋ねてくる。

「何にかね？」

「この俺にだ。俺はお前より圧倒的に強いぞ？」

「ふむ、それはどうだろうな。やってみなければ分からんよ。でも君のその自信、今回は多少期待できそうだな」

ディックの強度は私には羽虫以下程度にしか判別できないが、人間相手だと正確性に疑問が残る。何より、ステータスだけで戦士の価値は決まらない。技が優れてさえいれば、ときに圧倒的強者さえも膝を折ることができる。それはあの弱者専用ダンジョンで、私が魂から思い知ったこと。

「よく言った、雑魚ぉ！　血祭りに上げてやる！　おい、審判、早く開始の合図をしろぉ！」

黒服の司会者は大きく頷き、円武台から下りる。そして審判と思しき正装をしたスキンヘッドの男が円武台に上がってくる。そして両腕をクロスすると、

「ファイ！」

掛け声とともに両腕を水平にする。

「燃えろ、ゴミカスがぁッ‼」

ディックは両腕、両足全体に炎を纏わせ、そんな掛け声を上げて突進してくる。右拳の正拳突きを易々と躱し、ローキックを最小限の歩行移動により避ける。炎を纏った左の裏拳を仰け反って回避する。

これはひどい。未熟なリクよりもさらに技術が拙い。しかも武術家に大切なスタミナすらもない。碌に鍛えていないのが丸わかりだ。こんなものは武術ではない。大道芸だ。凡そ信じられんが、あの司会者の説明が真実ならば、この木偶はこの大道芸で多くの武術家を再起不能にしてきたらしい。

「くそ、なぜ当たらねぇっ⁉」

肩で息をしながら私を睥睨するディックに、

「それはお前が武術家ではないからだよ」

私は答えるまでもない真実の指摘をする。

別に私は炎系の恩恵（ギフト）やスキルを利用する武術を否定しない。だが、それはあくまで武術の一つに組み込まれている場合に限る。こいつのように、単に元々ある恩恵（ギフト）に振り回されているド素人など私は武術家とは認めない。

「俺は――炎涯邪燃流（えんがいじゃねんりゅう）の総師範だっ‼」

「えんがじゃ……？　そんな舌を噛みそうな名前の流派など知らんよ。ただ、お前の全てが武術家でないことを語っている」

私は奴に向けてゆっくりと歩いていく。

「ふざけるなっ、俺は――」

私は独自の歩行術で奴まで接近し、左手で奴の顔面を掴むと軽々と持ち上げた。

「んなっ⁉」

喚く奴に左手の力を入れていく。

「ぎがぁぁッ！　い、いでぇ！　は、はなぜぇっ‼」

ディックは必死にじたばたと暴れて、私に炎の柱を放ってくるが、そんなもの熱吸収能力を有する私に効果などあるはずもない。無視して左手の力を入れ続ける。こいつの実力は分かった。以前私に絡んできたゴロツキと大差ない。【封神の手袋】がなくても、弱者に相応しい扱いをすれば殺しはしないだろう。

「心配するな。この程度の力で頭蓋骨は砕けんよ。なにせ最近毎日、果実や動物の骨を利用して、手加減の訓練をしたから、結構自信はあるんだ」

口の端を吊り上げて奴を見上げてやると、

「ぃひぃ！」

ディックは小さな悲鳴を上げ、顔を恐怖一色に染め上げる。

「いいか？　私が今お前にしているのは武術でもなんでもない。お前のようなド素人でも至れるただの力の発露だ。そんな価値のない暴力にすぎん。だがな——お前ごときを潰すには十分な力さ」

右拳を固く握り、肘を引く。

「ま、参っ——」

「二度だけチャンスをやる。一から出直してこい！」

私は奴にそう吐き捨てると、その全身を殴りつけた。

全身をパンパンに腫らしたディックを円武台の床に投げ捨てる。

「審判」

半口を開けて茫然と眺めていた審判を眼球だけ向けて促すと、

「しょ、勝者、カイ・ハイネマン‼」

右手を私に向けると大声で宣言する。

用は済んだ。こんな場所にはもう微塵も用はない。

円武台を飛び下りると今も耳が痛いほど静まり返っている会場を後にした。

――神聖武道会会場貴賓室

「退屈だよ。本当に次の対戦相手がローゼのお気に入りなの？」

エルフの国――ローレライの第二王女でもあるミルフィーユ・レンレン・ローレライは欠伸をしながら、背後のエルフの執事に尋ねる。

「はい、姫様。状況からいって、それは間違いないかと」

老執事は胸に右手を当てると恭しく返答する。

ミルフィーユが在籍している世界的な教育機関――【世界魔導院(バベル)】が夏休みであるため、同級生のローゼマリーの祖国であるアメリア王国にお忍びで観光に来ていたのだ。以前ローゼマリーから、アメリア王国で今一番、ビッグなイベントはこの神聖武道会だと聞いていた。そして、大会を見学すべくこのルーザハルを訪れた時、思いがけなくローゼとばったり会う。その時のローゼの挙動不審ぶりに執事に調査を命じたところ、ローゼの押す剣士がこの大会に参加しているという情報を掴み、早速見学に来たのだ。

「これでアメリア王国最大の大会？　正直、バベルの主催する武道会の方がよっぽどレベルが高いよ」

ミルフィーユたちエルフ族も人族と同等レベルで恩恵(ギフト)が与えられる種族。そしてミルフィーユの恩恵は【解明者】。真理すらも読み解くことが可能な特殊な恩恵。この手の武道系の大会はミルフィーユにとって最大の娯楽。本来ならウキウキしながら、観戦しているところだ。だがこの決勝トーナメントは駄目だ。数試合見たに過ぎないが、最低レベルといっても過言ではない。特にギルバート王子の守護騎士候補とやらの試合は最悪。相手に戦意すらなく、一方的なものだった。おそらく、あれはショー。相手を買収でもしたんだろう。

「まったく、あんな恥知らずな行為、よくやる気になるね」

実力もなく勝利して何が嬉しいんだろうか。むしろ、ミルフィーユならそんな恥を恥と思わない騎士を傍に置くなど死んでも御免だ。

「そろそろかな」

黒服の正装をした司会者が円武台に上がる。そして通路から現れる、その灰色髪の少年を視認した時――。

「――――――っ⁉」

今まで経験したこともない凄まじい戦慄が体を突き抜け、視界がグニャリと歪む。頭をシャッフルされているような強烈な不快感に口を押さえて何とか堪えようとするが、我慢ができず床に這いつくばって嘔吐してしまった。

「ひ、姫様……？」

御付きのメイドがミルフィーユの背中を摩り、執事が水の入ったコップを向けてくる。

「な、な、何よっ！　あのバケモノはぁぁーーッ⁉」

あんな禍々しいオーラは初めて見た。一応人の形をしているが、アレは絶対に人間種じゃない。もっと超高次元の何か！　精霊王？　いや姉の契約している風の精霊王であるジンを見たことがあるが、そんな次元じゃない！　羽虫と竜種以上の違いがある。

(ローゼ、あんた、一体、何と契約したのっ‼)

今も強烈に主張する嘔吐感を必死で抑えながらも、あの怪物の観察を開始する。


どうやら、あの怪物は人族と認識され、しかも【この世で一番の無能】というギフトホルダーとして無能の扱いを受けているようだ。そしてミルフィーユから出たのは、

「どういうこと？」

強烈な疑問の言葉だった。途中、あの超越者に垣間見えた怒りの感情。それはディックとか言う小賢しい雑魚に対し向けられていた。なぜ彼は不敬を働いたあんな価値のないゴミを生かしておいたのだろうか？　慈悲？　いや、慈悲をかけるにはあの人間はどう考えてもやり過ぎだった。

「ローゼのため？」

この大会は故意の殺害は禁止されている。もしそれをすれば、失格はもちろん、彼を推していたローゼにも何らかのペナルティーがある。それを避けたかったのだろうか。

それを認識し、喉を掻きむしりたい衝動に駆られて、

「いつもいつも、なぜローゼなのっ⁉」

声を張り上げていた。そう。きっとこれは醜い嫉妬だ。エルフにとって超越者との契約は最も神聖視されている事項であり、その契約者の格がそのままエルフの評価となる。だからこそ、エルフたちは生涯を通じて契約してもらえる超越者を探し求めるのだ。

超越者は精霊や幻獣、竜種さえも超える超常の存在。いわば、人族の信仰する神のよう万能の絶対者。故に希少であり、エルフでも遭遇したことがあるのはひどく限られている。契約した者など指で数えられるくらいだ。その中でも、彼は間違いなくエルフの歴史上遭遇した最強の超越者。そんな超常の存在との契約はエルフでなければならない。なのにだ。一般に超越者に嫌われがちな人族のローゼマリーが契約している。これほど理不尽なことはない。

だが、確かにローゼはいつも、そんなところがあった。学園の召喚魔法の授業で人族とは相性が悪い精霊が召喚された際に、その精霊が懐いたのは遠巻きに見学していた人族のローゼただ一人ということもあった。

「姫様、あのお方は人ではないのですね？」

「スティーブン、貴方には彼が人族に見えたの？」

「はい。お恥ずかしながら……」

そうか。ミルフィーユには吐き気がするほどの圧迫感も、同じエルフのスティーブンさえも気付きやしない。つまり、エルフより段違いに鈍い人族のローゼマリーにもそれは同じはず。とすれば、まだローゼはただの強い人族程度にしか認識していないのかも。

「スティーブン、彼を徹底的に調べ上げて‼　手段は問わない！」

「承知いたしました」

恭しく胸に右手を当てると、スティーブンは部屋を出て行く。

何としても彼と契約を結んで見せる。どんな手を使ってでもだ。もし契約に成功すれば、ミルフィーユはエルフの歴史上最強の超越者の契約者として、その名を刻むことになるのだから。

「ローゼ、今度こそ負けないから！」

ミルフィーユはそう力強く宣言した。

――神聖武道会会場貴賓室
「あのディック・バームが……負けた？」

貴賓室の観客席から、アメリア王国の第一王子ギルバート・ロト・アメリア派の貴族の一人がそんな到底信じられない言葉を口にする。

「おい、大会委員長！　どういうことだっ⁉」

ギルバート派の筆頭――ルンパ・バレル侯爵は隣で今もあんぐりと大口を開けて会場を見下ろす中年短髪の男の胸倉を掴み、そう叫ぶ。このルンパの問いには二つの意味が込められている。一つはもちろんカイ・ハイネマンの能力向上のアイテムを使用不能にしたこと。アイテムが奴の驚異的な力の源ならば、これは必須の措置だ。もう一つがルンパの提供した能力制限の魔法の衣服。これは此度の戦いでギルバート派の聖騎士の勝利が危うくなった時のために特注でつくらせておいた呪具。この衣服の作成者は【呪具創造】というイカれた恩恵（ギフト）を有する元奴隷の術者。奴の作ったこの呪具によりルンパが雇っているBクラスの屈強なハンターの腕力が女子供のレベルまで低下した。無能のカイ・ハイネマンがそれに抗えるわけがないのだ。

「私たちは全てルンパ卿のご指示通りにいたしました！」

大会委員長は悲鳴のような声を上げる。

「だが、あのディックの巨体を軽々持ち上げる膂力は普通じゃないぞ。能力向上のアイテムは依然として装備済みだったということでは？」

そんな貴族の一人の呟きに、

「あの無能め！　またしても不正を働いたのかっ‼」

「許しがたしッ！　大会委員長、直ちにあの卑怯者を失格にせよ！」

次々に賛同の声が上がるが、

「そもそも、ディック・バームの炎系の能力の効果がないのだ。膂力だけの問題ではあるまい。いや、それ以前にカイ・ハイネマンは本当に無能のギフトホルダーなのか？」

パイナップル頭の巨躯の男が額に流れる玉のような汗を拭い、彼らの意見を否定しつつ、そう自問自答する。

「アナナス卿、それはどういう意味だ？」

ルンパがパイナップル頭の男、アナナスに向けて、その発言の真意を問う。

「文官たる貴公らには分かるまい。あの動きは武人の動きだ。しかも、幾度も死線をくぐっている生粋のな」

「だから、それはアイテムが原因だと――」

「違う！　違うのだよ。そういう問題ではない。繰り返しになるが、あれはただの無能者にできる動きではない。心苦しいが、あれに比べれば我らが推す守護騎士候補など、まさに赤子に等しい。勝負にすらならんよ」

　アナナス伯爵の重々しい言葉に、大きく騒めく貴賓室。

「私の息子があんな無能に劣る。そう貴公は言うのか？」

　しかめ面でルンパ侯爵はアナナス伯爵にそう声を震わせる。

「武術に限ってはその通りだ」

「奴は名誉騎士爵の家系、すなわち我らのような青い血は流れていない似非貴族！　しかも【この世で一番の無能】という凡そ聖武神に見捨てられた恩恵（ギフト）しか持たぬクズ中のクズだぞっ⁉」

「そう……なのだろうな。だが、実力だけは本物。それだけは断言できる」

　アナナス伯爵は席を立ちあがると、列席した貴族たちをグルリと見渡して、

「いささか事情が変わった。今日限りで儂らアナナス家は此度の王位継承争いから手を引かせてもらう」

　右手を胸に当てると礼儀正しく一礼し、退出してしまう。それを契機に貴賓室は、焦燥たっ

ぶりの喧噪に包まれてしまう。無理もない。アナナス伯爵はこのアメリア王国では一、二を争う武闘派で知られている。そんなアナナス伯爵のギルバート派からの離脱は武の精神的支柱の消失を招く。特に先の帝国の王子とローゼ王女の婚姻の件は失敗に終わっているのだ。このままでは、かなりの数の貴族がギルバート派から離反を表明しかねない。

「騒々しい！　みっともなく喚くな！　あの無能は次のザック・パウアー戦で敗退させるから問題ない！」

ザック・パウアーは若手の拳闘士としては王国内でも屈指の実力をもっている。既にギルバート派に入るよう打診している。無能ではなく決勝であのザックに敗北したのならば、世間はルンパの息子をギルバート王子の守護騎士として認めるはず。

「大会委員長、次のザック・パウアーと無能との試合について話がある」

「はあ……」

大会委員長は、顔一面に憂色を浮かべながらも躊躇いがちに頷く。

ここまで踏み込んだんだ。今更、下りるとは言わせん。精々、役に立ってもらうとする。

「では――」

ルンパは無能――カイ・ハイネマンの排除に向けて口を開く。

太古の神殿内は完全に取り壊され、大きく様変わりしていた。

ピッカピカの黒色の床の階段とその上に敷かれた真っ赤な絨毯。その階段の上には絢爛豪華な玉座が厳かにも聳え立っている。

そして、その階段の下の広間に描かれている巨大な魔法陣の中心には、ペッパーとシュガーだったものが置かれていた。

『それじゃ、始めるわよぉ』

パズズが、両手で印を結ぶ。突如、床に描かれていた赤黒色の魔法陣のルーンは空中に浮遊して球体となり、シュガーとペッパーだったものを呑み込んでいく。そして――。

『ミュージック、スタート！』

パズズがそう叫ぶと、周囲の紳士服を着た直立二足歩行の獣たちが妙にハスキーな声で歌いだす。その歌に合わせてポップなダンスを踊るパズズは、奇妙な詠唱を唱え始めた。

――この世で最も強き力は悪♬　この世で最も尊きものは悪♬　この世で最も純粋なものは悪♬　我らの母にして、父。生まれ出でた理由にして、絶対の価値基準！

――この世の全てを絶望で塗りつぶそう！　この世の全てを破壊し尽くそう！　この世の全てに悪の華を咲かせよう！

――それこそが、我ら悪の作る楽園（パラダイス）！　それこそが、我ら悪の軍の使命にして存在理由！

シュガーとペッパーを呑み込んだ球体から濁流のごとく湧き出るドロドロのヘドロ。それらは小さな女を形作っていく。そして、

「くひっ！　くはははは ッ！　やった！　やったのねッ！　妾も現界したのねッ！」

その女は屈曲した大きな二つの角を生やし、透き通るような水色の髪をツインテールにした可愛らしい少女の姿となり、美声を張り上げた。同時に球体から周囲に飛び散るヘドロにより、軍服を着た怪物の大軍勢が形成されていく。

『我らが崇敬の中将殿に敬礼！』

パズズの声が響き、彼らは一斉に主たる幼女ティアマトに姿勢を正すと、右手を額に添える。

「パズズ、よくやったのね！」

『お褒めにあずかり恐悦至極にございます』

片膝を突くパズズに、ティアマトは満足そうに大きく頷くと、

「それで進捗状況はどんな感じなのね？」

『今、この周囲の魔物を使ってジワジワと追い込んでおります。鶏を絞め殺すようにゆっくりと段階を追って絶望を与えていきましょう！』

「それは任せるのね。それより、あれは、どうなのね？」

『もちろん、ティアマト様を楽しませるための玩具の確保のため、ただいま近隣の街を襲っているところでございます』

パズズの返答にニンマリと顔を恍惚に染めると、

「うんうん、そう！　そうなのねッ！　楽しみなのねッ！」

クルクルと回り、天を仰ぐように両腕を広げて、

「さあさあ、悪の限りを尽くすのねぇっ！　我らティアマト軍の恐怖を骨の髄まで知らしめるのねぇッ！」

ティアマトは大号令を発する。この場この時、悪の本分を遂げるべく悪の軍勢は進軍する。

バルセを中心とした事件はこうして、混迷を極める。

――バルセ東門前荒野

「すごいな……」

キースの口から思わず飛び出た感嘆の声。その理由は戦場を駆け巡る主に次の二人による。

狼の仮面を被った長身の男――ベオの右拳が双頭の巨大な蜥蜴の背部に突き刺さる。内臓をぶちまけて絶命する双頭の巨大蜥蜴を一瞥(いちべつ)すらせずに、ベオは大地をまるで獣のごとき機敏な動きで高速で疾走し、次の獲物たる一つ目の巨人へ迫ると両手の鋭い爪でその頭部を粉々の肉片にまで切り刻む。

別の場所では家ほどもある鬼(オーガ)が、純白の鎧に身を包んだ青髪の中年男性――アルノルト騎士長に地響きを上げつつも突進し、その頭頂部に鉄の棍棒を振り下ろす。

しかし、アルノルト騎士長の大剣が赤く染まり、空に幾多もの赤色の基線が舞う。

鬼(オーガ)の振り下ろした鉄の棍棒は細切れになり、それに一歩遅れて鬼(オーガ)もバラバラの肉片となって地面に落下した。

「アルノルト様って聞いてはいましたが、あんなに強かったんですね？」

隣で指揮を執っているギルド長であるラルフ様に問いかける。

「まあな。いつもは穏やかではあるが、あれでも戦場では獅子王と言って恐れられていた口じゃ。だからこそ、あれにカイの坊主が勝てると言っているお前たちの正気を疑うんじゃがね？」

キースと同様、休憩のため本部に戻ってきていたオルガのおっさんにラルフ様は半眼で、語りかける。それはキースも強く感じているところだ。

以前お師匠様から、この世界の中には精霊や竜種、幻獣種を超える超越者(トランセンダー)と呼ばれる存在がいる、と聞いたことがあった。そして、その超越者たちと契約した者には【加護】と呼ばれる恩恵(ギフト)を超えた超常の力が与えられるらしい。故に、魔導士は超常者との契約を生涯の目標としているとも。だとすると、カイはそのよく分からぬ神のような存在と契約してしまったのかもしれない。こう考えれば全ての辻褄が合ってしまう。もちろん、キースも激しい戦闘訓練をこの数年してきたから分かる。実戦の闘争とはそんな力だけの甘いものではない。戦のセンスのようなものが必要なのだ。その点、あの勇者マシロは飛び抜けている。戦闘センスはもちろん、何より命の取り合いで重要な他者の命を奪うことに一切の躊躇いはない。その一点ではキースにはどうしてもあの優しいカイが、他者の命を奪えるとはどうしても思えなかった。

「俺もラルフ様に賛成するぜ。オルガのおっさん、やっぱり、マシロやヒジリに頭を下げて来てもらった方がいいんじゃねぇか？」

そうすれば、レーナの救助にアルノルト様が向かうことができるし、成功率は格段に跳ね上がるというものだろう。

「勇者はこないよ。少なくともこのバルセを生贄にして様子を見るはずだ」

マシロの性格はオルガのおっさん以上に知っている。そんな非情な判断ができる奴だという ことも理解している。だが、それでもハンターギルドがアメリア王国政府に要請し、王国政府がマシロに命じれば、渋々ながら動くかもしれない。それに――。

「なら、レーナは？　レーナはマシロのお気に入りだ。救助に参加してくれるかもしれねぇだろ？」

「ああ、そうだ。勇者マシロはレーナを人間としては気に入っているのだろうさ。だが、最近のレーナはローゼ王女と関わりが強くなってしまっている。レーナを襲ったりはしないが、ことさら助けたりもしないさ」

「それはそうかもしれないが――」

「お前、レーナを攫った奴をマシロなら危なげもなく倒せると思うか？」

オルガのおっさんは神妙な顔でキースが今最も危惧していることを尋ねてくる。

「それは……分からねぇ。だが、それならカイだって――」

「カイは心配いらんよ。キースやラルフさんもあいつの関わった戦闘を実際にその目でみれば、俺が言わんとしていることがよーく理解できるさ」

「しかし──」

「言ったろ。レーナの救助に向かうのはカイだけではないと」

「カイが契約した超越者たちですか？」

果たして契約者の頼みで、超越者が動くものなのだろうか？　それには通常、極めて大きな対価が必要な気がしてならない。

「さあ、どうかな。ともかく、今のこの状況ではレーナよりも俺たちの方が遥かに危ういし、危険性が高い。俺たちは今できることをすればいいのさ」

そう早口で告げると、オルガのおっさんは戦場へと戻っていく。

「キース、儂も半信半疑だが、一流のハンターであるジョンソンとオルガの勘と目利きは十分信頼に値する。じゃから、今はお前の親友を信じてやれ」

ラルフ様はキースの背中を軽く叩いてくる。

「そう……ですね」

どうせ、キースが何を言っても勇者は動かない。何より、オルガのおっさんはカイを我が子のように可愛がっていた。レーナやカイを見捨てるような人じゃない。少なくともおっさんは、本心で今レーナよりもこのバルセの方が危険だと判断しているんだと思う。

「キース、そろそろ行くよ！」

同じ討伐チームのイルザさんが手招きをしているのが視界に入る。

「では、俺もこれで」

「ああ、くれぐれも無茶だけはするでないぞ」

温かな笑みを浮かべてラルフ様が念を押してくる。

「ええ、そのつもりです」

オルガのおっさんはこのバルセに未曽有の危機が迫っていると言っていた。あの様子だと本心だと思う。だから、気を抜かないようにしておこう。

キースはこの時、そう決意してはいたが、内心を正直に吐露すればベオとアルノルト騎士長がいれば、この危機を乗り越えられる。そう考えてしまっていた。

だが、あの深域の魔物がなぜこのタイミングでこの都市を襲ったのか。その理由を鑑みれば、そんな甘い期待など抱くべきではなかった。もっと気を限界まで張りつめていなければならなかったのだ。

そう。大抵、真の苦難は切り抜けたと思った時にこそやってくるものなのだから。

日課となっている午後の鍛錬を終え、汗がぐっしょりしみ込んだ上着を絞って、今宿泊している屋敷に付属している水浴び場へ行く。
このアメリア王国では一般に浴槽に入るという習慣はない。迷宮では出土したライフスタイルに関する本を参考にして、近くの無限に湧き出るエリクサーの泉から水を引いて、大浴場を

こしらえていた。

「ふむ、やっぱり鍛錬後は熱い湯舟につかるのがよいのだがな」

別にここでも作ろうと思えばできるが、やはり、それにも莫大な資金が必要だ。こればかりは、いかんともしがたい。早急に資金調達の方法を考えねばならぬ。そんなことを考えていたら、水浴び場へ到着する。

今私たちは一般の宿を離れてローゼの保有する老朽化の進んだ二階建ての小さな屋敷に宿泊している。ここはローゼが母から譲り受けた数少ない財産であり、泊まれるレベルまでクリーニングが済んだので移ってきたのだ。いわゆる経費削減というやつである。それにしても王族なのにこの程度の資産しかないとは、碌な資産がないというローゼの言葉は謙遜ではなく真実なのかもしれない。

どうやら、まだ誰もいないようだな。通常、水浴び場が使用中の場合は取っ手に札が掛けられているのだ。

小部屋に入って衣服を脱いだ後、水浴び場の扉を勢いよく開く。

「ふへ？」

長い髪を洗ったままで奇天烈な声を上げて停止する長身の美女。このチキンマジンは、また札を付けておくのを忘れたようだな。アスタは綺麗好きであり、一日に数回は水浴びをする。

そこで、既に数回ローゼやアンナと出くわし、注意を受けていたようだった。

「おい、アスタ、水浴び場へ入るときはノブに札をつけておくように、口を酸っぱくして言っ

ておいただろう？　いい加減、この屋敷のルールに慣れろ」

「……」

アスタは滝のような汗を流しつつも、私を凝視しているのみで答えやしない。

「おい、聞いているのか？」

遂には熟した果実のように真っ赤になると、

「○×▽◇——！」

解読不能な奇声を上げて傍にあった桶やら木の椅子などを投げつけて、私を水浴び場から叩き出したのだった。


屋敷の隣が小さな食堂となっており、私たちは頻繁にここで朝食を食べている。アスタもまだ薄っすらと頬を紅色に染めながらも、無言でついてきた。当初アスタは自室で食べていたが、最近は私たちに混ざって食事をするようになった。各々席に着いて、料理を注文する。

「では、お祈りを始めましょう」

神への祈りを始めるローゼとアンナ。食事の前に神に感謝するか。アメリア人らしい考え方だ。もっとも、私たちにそんな殊勝な信仰心などあるはずもない。ファフは足をバタバタさせて涎を垂らしながら、目の前の肉の盛られた皿を凝視し、私からの許可を待っている。

アスタにおいては、チラリチラリと私の様子を窺ってくるので顔を向けると慌てて目線を逸らす。何がしたいんだ、お前は……。

「では、食べましょう」

お祈りが終わったローゼの言葉を契機に、私たちも料理を口に運び始めた。

「カイ、大会一回戦の勝利おめでとうございます。これで目的は達成しましたし、次の試合の途中で棄権してバルセの街に戻りませんか？」

朝食を食べ終わり、ローゼからそんな意外な提案をされる。理由は不明だが、ローゼの奴、現在心がここにあらずの状態だ。この発言を切り出してきたことからも、この街に滞在すると彼女の利益を損ねるような状況にでもなるのだろう。

「うむ、私は最後まで棄権はせんぞ」

前のディック・バーム戦までは適当に負けて終わりにしようかと思っていたが、大会運営の態度で気が変わった。嫌がらせもかねて最後まで参加するつもりでいる。

「でも、奴隷の子も心配ですし……」

「いんや、まだ期限には十分な余裕があるし、金を払っているからな。それこそ貴族様同然の扱いを受けているだろうさ」

あの店主、商売に対しドライな様子だったし、何より本人に尋ねれば一目瞭然なことを偽るほど愚かには見えなかった。あの奴隷の少女が現在、まっとうな扱いを受けているのはまず間違いあるまい。

「しかし、絶対ではありませんよね？」

ローゼの奴、やけに食いついてくるな。よほど、この街にいたくないとみえる。

「もし契約を一方的に破棄するようなら徹底的に潰す。それだけだ」

責任をもって、この世から組織の欠片も残さず消滅させてやるさ。

「潰すのですっ‼」

フォークを持つ右手を突き上げるファフの頭を撫でてやると、彼女は猫のように目を細めた。

「じゃあ――」

ローゼが口を開きかけた時、

「ローゼ、探したよ」

一人の耳の長いエルフの女が右手を上げながらも私たちの席まで近づいてくる。年の頃はローゼと同じ十四、十五歳ってところか。まだ幼さが残る顔からも美しいというよりは可愛らしいと言った方がより適切だろう。背中まで伸ばしたサラサラの銀色の髪に小柄な体躯は、その白を基調とした短いスカートと上着というシンプルな服装とこの上なくマッチしていた。

（チッ！）

おいローゼ、今お前舌打ちしたよな？

「ミルフィー、何の御用かしら？」

このローゼの猫なで声、正直鳥肌が立つな。異様さを察知した隣のファフが、私にしがみ付いてきたので安心させるべく頭を撫でる。

「もちろん、そちらの殿方への挨拶かな」

ミルフィーと呼ばれた銀髪の女はローゼから視線を外し、私に向き直るとスカートの裾を掴

んで、

「ミルフィーユ・レンレン・ローレライです。よろしく」

一礼してくる。

「カイ・ハイネマンだ。あまり怯えるな。別にとって食いやしない」

この女、微笑んではいるが顔から血の気が引いて真っ青だし、その全身は小刻みに震えている。昔から人相が悪いとは特段言われたことはなかったはずなんだがね。

「い、いえ、怯えてなんかいませんっ‼　少しあがり症で、緊張しているだけですっ！」

明らかに強がりだが、わざわざ指摘するまでもないな。

「で？　何のようだ？　ただの挨拶だけではないのだろう？」

今の私はこの街一番のヒール。そんな私に挨拶をするだけなんてありえるはずもない。何か要求でもあるんだろう。

「私と契約していただけませんか？」

「カイ――」

口を開こうとしたローゼを右手で制し、

「契約とかいきなり言われてもな？　何についてだ？」

ミルフィーユに端的に尋ねる。

「私が対価を差し出す代わりに、私の頼みを聞き入れる契約です」

うん？　よく分からんが、きっと話の流れからいって文書での契約ってわけじゃないよな。

だとすると、魔法による契約か。そういや、人外と人の間で一定の約定を結ぶ属性魔法があると本で読んだことがある。もしかしてそれのことか？　なら、この女、私を人外と勘違いしているってことになる。ま、いずれにせよ、属性魔法が使えぬ私には、契約など不可能な話だ。

「悪いが無理だな」

「そうですか……」

この世の終わりのような顔で肩を落とすミルフィーユ。こいつはエルフ。エルフ国ローレライは、あのダンジョンに食われる以前から訪れてみたかったのだ。仮にもローレライの名を持つローゼの知り合いだ。王族の関係者の可能性が高い。ならばここで険悪な仲になるのは是非とも避けたいところだ。

「そう落ち込まんでくれ。私は人間で、そして【この世で一番の無能】という恩恵（ギフト）により無属性魔法しか使えん。魔法による契約など結べんのだ」

「人間？　貴方が？」

「そうだ。なあ、お前たち？」

ファフとアスタに尋ねると、

「ご主人様は、人間なのです？」

ファフ、なぜ疑問形なのだ。そこはしっかり肯定すべきところだろう！

「マスター、本気で御自身を人間だと言い張るおつもりか？」

アスタに至っては呆れ顔で全否定してきた。

「あのな、私がそれ以外に見えるか？」

「足の爪先から頭の天辺までバケモノにしか見えぬのである」

うんうんとファフとミルフィーユが大きく頷く。何だろうな、こいつらの一体感。

「カイのお母さまとは懇意にしておりますし、お父様は王国人と伺っています。カイは間違いなく人間ですよ」

ローゼと我が母上殿が知り合いか。あのポヤポヤした母上殿のことだ。色々と私の過去をローゼに語っていることだろう。私の恥ずかしい過去まで凡そ筒抜けと考えて違いあるまい。

「本当に人間……なのですか？」

ミルフィーユの遠慮がちの疑問の言葉に、

「だから最初からそう言っているだろうが」

当然のごとく肯定する。

「そうですか……」

顎に手を当てて考え込んでいたが、

「分かりました。ローゼ、この御方のことについては私の胸の中にしまい込むにはあまりに大きすぎる事態です。先生方にお話しします」

ローゼにそう伝えると、

「ミ、ミルフィー、ちょっと待って――」

「ではカイ様、またお会いしましょう！」

ミルフィーユは右手を上げて、ローゼの制止の声などお構いなしに颯爽と食堂を出ていってしまう。当初のガタブル状態とは一転、弾むような足取りでだ。対してローゼは頭を抱えてしまっていた。ローゼたちの奇行についてアンナに尋ねるべく視線を移すと困惑した顔で両手を上にして肩を竦ませる。アンナにもよく分からんようだ。なら考えるだけ無駄というものだ。今どきの若いものはよく分からん。そう理解しておけばよかろう。

「さて、では私たちは一度屋敷の自室に戻る。アンナ、あとは頼むぞ」

今もブツブツ呟くローゼを横目で確認しながら、アンナにそう依頼すると、

「うん。任せて」

笑顔で親指を立ててきた。この数日間でこいつも随分素直になったな。少し前までは、不機嫌そうにそっぽを向いて頷くだけだったんだが。要するにこいつもファフやアスタ同様、相当な人見知りだったのだろうさ。私は席を立ちあがると腹が膨れて目をショボショボさせているファフの手を引き、食堂を出て屋敷の自室へ歩き出した。

ザック・パウアーとの二回戦につき闘技場へ到着した。大会運営委員の数人による厳重な身体検査を受けたのち、やはり能力制限の衣服の着用を指示される。

うむ。大会運営側は私に勝ってもらっては困る相当強い理由があるようだ。でなければ、こ

うも執拗にこんな衣服を用意はすまい。

　凄まじいブーイングの中、会場に入り、円武台に上がると、対面には野性的な風貌の赤髪の男――ザック・パウアーが不敵な笑みを浮かべて威風堂々と佇んでいた。

　ザックの試合は見たが、まだまだ未熟だが、武術家としての技術は最低限のレベルに達している。ズブの素人ばかりでうんざりしていた私からすれば、武術家であるザックとの戦いは結構、楽しみにしていたのだ。だが、司会者の本試合についての説明が始まり、不愉快な気持ちに塗り替えられてしまう。

「おい、司会者、それ正気で言ってるのか？」

　ザックが額にすごい青筋をむくむく這わせて、黒髪の中年男の司会者に強い口調で尋ねると、

「ええ、これも全てその無能の不正を取り除くための措置です！」

　司会者はそう得々と宣言した。何でも不正防止のために私は木刀を持ってはならず、審判が私の不正を認識した時点で失格なんだそうだ。これでは審判の意思一つで私の敗北が決定する。まっ、こんな大会、私にとって金を稼ぐ以外の意義はない。だから、これだけなら全く構わなかったわけだが、私の不正が認められればそのペナルティーにより金が一切支払われない。つまり、私が無事敗退するためには、わざとザックに負けねばならぬということを意味する。恥ずかしげもなくこんなルールを考えた大会運営の正気を疑う。というか、こんな不正塗れの大会で勝利して、素直に喜べるものなのだろうか。

「ふざけるなっ！　これは俺たち武術家の試合だ！　テメエら素人の御遊戯場じゃねぇんだぞ

ッ‼」

　大気を揺るがすザックの激高に、司会者は頬を引き攣らせつつも、

「それでは審判と替わりますっ‼」

　そう叫ぶと円武台から逃げるように下りていく。代わりに大柄の熊のような審判が円武台に上がってきた。

「ファイッ！」

　審判は試合開始の合図をすると、そそくさと脇に移動する。私しか見てないことからも、まともに試合などさせる気もないんだろう。ザックは少しの間、運営のテントをすごい形相で睨んでいたが、

「くだらん。やめだ！　やめ！　もう俺の負けでいい」

　首を左右に振ると円武台を下りようとする。

「カイ・ハイネマン、今、おかしな行動をとったなっ‼」

　ザックの降伏宣言によほど焦ったのだろう。審判は私に人差し指を向けて大声で叫ぶ。

「私は動いてすらいないが？」

「いいや、今不審な動きをした！　よってカイ・ハイネマンの反則負け‼」

　高らかに、そんな面白い冗談を言いやがった。

「だそうだ」

　私としてもこんな茶番に一々付き合うほど暇じゃない。期限まではまだあるし、どうにかし

て金銭を捻出するしかあるまい。ザックに右手を上げると背中を向けて歩きだすが、

「ぐがっ‼」

審判の呻き声が鼓膜を震わせる。肩越しに振り返ると、審判は顔面が陥没した状態で仰向けに倒れ、死にかけの蛙のようにピクピクと痙攣していた。

「審判に手を上げた以上、俺も失格だよなぁ？　どうだ？　失格同士、戦わねぇか？」

戦おうねぇ。

「私は構わんがね――」

チラリと運営側を見ると、

「そ、そんなこと、認められるかっ！　両者とも失格だ。すぐに退場したまえっ！」

司会者が上から目線で喚き散らす。

「だそうだが？」

「ああ、場所を変えてやろう。どの道、こいつらに俺達の闘争を見る資格はない。今まで通り、八百長試合で盛り上がってりゃいいのさ」

吐き捨てるようなザックの言葉に、困惑気味などよめきが巻き起こる。私と異なりザックの試合は人気があった。純粋に肉体一つで他者を圧倒する、鍛え抜かれた強さが観る者を強く引き付けるからだろう。そのザックからの強烈な拒絶だ。それは混乱もするか。

だが観客たちには悪いが――。

「私も同感だな」

私もグルリと観衆を見渡し、同意の言葉を口にする。

本来、武とは他者との命の奪い合い。見世物では断じてなく、見物人など不要だ。しかも、この大会ではそもそも戦意すらない者も多数いた。いわゆる、出来レースという奴だろうが正直、そんな御遊戯で喜んでいるような者たちが私たちの闘争を見ても理解できるはずもない。見物するだけ無駄というものなのだ。

しかしその前に面倒ごとは、済ませておこう。これも結局はローゼと馬鹿王子との政争に起因する。そんな心底下らないことのために、いっぱしの武術家であるザックがペナルティーを受けるなどあってはならんしな。

今も呻き声をあげている審判に近づいて中位ポーションを取り出し、ふたを開けてぶっかけると瞬時に回復する。このクラスのポーションは死ぬほどあるし、材料さえそろえれば、作ることもそう難しくはない。ここで使用しても私としては全く痛まない。ヒーリングスライムと異なり傷跡くらい残るが、この審判にそこまでしてやる義理はない。

「そのふざけたアイテム、一体何だよ？　傷が一瞬で癒えたぞ？」

「では行こう」

どこか呆れたようなザックの問いには答えず歩き出そうとするが、

「場所を変える必要はない。儂が審判になっちゃる」

両眼が真っ白な眉により隠れた白髪の翁。翁は、長い白髭に右手で触れながら、軽快に円武台の上に跳躍すると、そう宣言する。まいったな。まさかこの御仁にここで遭遇するとは……。

「御無沙汰しております」

頭を軽く下げて、他人行儀な挨拶をする。

彼はカイエン流剣術総師範――アーロン・カイエン。祖父に連れられて過去に何度か会ったことがあった。

「うむ、久しぶりじゃの」

笑顔で右手を上げるアーロンに不自然なほど静まり返る場内。

「アーロン様、その無能は不正を行い、ザックもこの私に暴力を――」

回復した審判が、私たち二人に指を差してすごい剣幕で捲し立てるが、

「だまらっしゃいッ！　貴様は破門じゃ！」

まさに鬼の形相でアーロンは熊のような審判の男に決別の言葉を浴びせかける。

「は？　な、なぜ私が破門なんですっ⁉」

「貴様、それを一々儂に説明させるつもりか？」

「……」

熊のような巨体の審判の顔から血の気が引いていき、瞬く間に土気色となって俯き震え始める。それはそうだ。私が不正を働いていないことはこの翁ならば一目瞭然であるはずなのだから。

「いくら積まれたのか知らぬが、貴様は武術を汚しすぎた。貴様はもはや武術家ではない！とっとと立ち去るがいいっ‼」

よろめきながらも円武台の石階段を下り、通路へと姿を消す熊のような外見の審判の男。

「カイ、ザック、すまんかったの。彼奴(あやつ)は儂の流派の者じゃて」

「いえ」

「ああ」

頷く私とザックにアーロンは小さなため息を吐くと、鷹のような鋭い視線を大会委員のテントへと向けて、

「そもそも、この大会は我が流派の仕切りじゃ。おい、大会委員長、あとで儂が納得できる説明をしてもらえるんじゃろうな?」

ドスの利いた声を上げる。散々偉そうに宣っていた司会者やテントに待機していた委員たちは皆、俯いて震えだす。

うーむ、どうやらこの翁だけは雰囲気が祖父と似ているせいもあり、どうにも調子が狂う。これもカイ・ハイネマンの過去の記憶が原因だろうか。

「ジジイ、審判をしてくれんだろ? ならさっさと始めろや」

アーロン・カイエンといえば、祖父と双璧を成す最強の剣豪の筆頭。この世界では武の頂点に位置する人物だ。ホント、こいつ、怖い者知らずだよな。ま、私的にはたとえ弱くてもこういう武術家は、嫌いじゃない。やはり、ローゼのロイヤルガードの後任はこいつで決まりだ。

「うむ、そうじゃな。我ら武術家は己の技で語るもの。確かに無粋じゃったわ」

カラカラと笑うと顔を神妙なものへと変えて右手を上げる。

「好きにやれい‼」

そして――アーロンの掛け声を契機に私たちは戦闘を開始した。

円武台の端でアーロンは、この非常識極まりない戦いをボンヤリと眺めていた。

ザックの蹴りや拳はことごとく空を切る。

「うぉっ⁉」

踏み込みすぎたのだろう。カイ・ハイネマンにより足を払われて、数回転し背中から地面に叩きつけられる。咄嗟に起き上がり果敢に向かっていくザックにカイ・ハイネマンは僅かな重心移動で避けていく。

あれは予測か。きっと、そうなのだろう。それ以外には考えられぬ。おそらくザックの表情、目線、全身の筋肉の動き、その他の全ての情報から次の挙動を察知して動いているのだ。そしてその先読みを未来視の次元にまで昇華しているのであろう。

「あぁ……」

口から漏れる掠れた感嘆の声。そうだ。予見眼は武術家にとって最も基本であると同時に全ての武に通じる極意。ある意味、アーロンたち武術家が目指す理想の境地といえる。アーロンを含めた全ての武術家は生涯にたった一度至ることを夢見て日々研磨しているのだ。カイ・ハイネマンが今見せているのは、そんな武術家にとっての御伽噺の中の至高の領域。

「あれこそが……」

　知らず知らずのうちに両眼から涙が零れていた。まさか実際に、生きて目にできるとは思わなかったのだ。

　ザックがカイ・ハイネマンの頭部目掛けて右回し蹴りを放つが、当然のごとく躱される。ザックはそのまま空中で身体を駒のように回転し、右の掌を地面につけると遠心力のたっぷりこもった右蹴りを放つ。ザックの右足から生じた衝撃波はズタズタに円武台の石の床を切り裂くが、カイ・ハイネマンは既にザックの背後にいた。

「ぐがぁっ‼」

　獣のような咆哮を上げて地面を蹴り距離を取ろうとするが、カイ・ハイネマンに蹴り上げられ幾度も回転し、円武台の端まで飛ばされる。ヨロメキながらも立ち上がるザック。その顔には悔しさも当惑もなく、ただ到底敵わぬ絶対的強者へ挑戦できることへの喜びに溢れていた。

「儂は羨んでいるのか……」

　そうだ。きっとアーロンはザックを羨んでいる。武神の領域にある存在と闘える。それはいわば武人の誉れであり、夢。それが今自分ではないことが、ただひたすら悔しいのだ。

「くそぉ」

　あの武神（カイ・ハイネマン）をカイエン流に迎え入れる？　馬鹿馬鹿しい。それは剣を初めて持った者に師範代が弟子入りするようなもの。これほど滑稽なことはない。

既に半刻はすぎている。だが、あの様子ではザックは止まりやしないだろう。そして、あの武神もそのザックの心意気を蔑ろにはすまい。ザックが指先一つ動かなくなるまで最後まで付き合うことだろう。

「止められぬよな」

それはザックの今の最大の渇望。それを打ち切ることは、アーロンには到底できぬ。最後まで見届けるとしよう。

丁度、円武台の上に胡坐をかいた時、通路から二人の青年が走ってくるのを視界の片隅にとらえる。大会委員たち数人に押さえられながらもそれを引きずるように円武台に近づく二人。その無粋な侵入者を排除しようと立ち上がるが、突然二人はその場の地面に這いつくばり、

「カイ・ハイネマン！　バルセの街が大変なんだっ！　頼む！　助けてくれ‼」

金髪の男が地面に額を押しつけて金切り声を上げる。

初めてカイ・ハイネマンが、ザックから視線を円武台の傍にいる二人へ向ける。ザックもただならぬ気配を感じたのか立ち止まると、成り行きを見守るべく両腕を組む。

「何があった？　詳しく話せ」

カイ・ハイネマンはそう、静かに問いかけたのだった。

拳を合わせて気付く。新米剣帝と同様、ザックも天賦の武の才を持つ者だった。才が皆無の私としては才能の塊のようなザックとの戦闘は殊の外、楽しく久々に心が躍っていた。

集中していたせいか、己の名が呼ばれるまで気付かなかった。視線を音源に向けると、二人の男が地面に額を押しつけている。

この者たちは覚えがある。私にちょっかいを出してきたハンターだったな。目つきのキツイ金髪長身の男、ライガは私を明らかに蔑視していた。そのライガがこれほど屈辱的な態度を私にとる状況か。相当面倒なことになっているようだな。

「何があった？　詳しく話せ」

「お、俺のせいで、仲間がッ！　街がっ！」

ライガは心の高ぶりと焦りを抑えきれない乱れた声色で捲し立てると、ボロボロと涙を流す。興奮して上手く話せぬライガに替わり、隣のフードを頭から被っている黒色短髪の男が、

「俺たちの迂闊な行動が原因で、バルセが危機に瀕しています。どうか、力をお貸しくださいっ！」

簡潔に補足説明してくれた。バルセの危機か。あの街にはアルノルトやあの奴隷の少女がいる。見捨てるのは論外だ。やれやれ、本当に厄介ごとばかり舞い込むものだ。

次いで、バルセの受付嬢ミアが息を切らしながらも円武台の傍までくると、

「カイさん、バルセのハンターギルドのマスター――ラルフ・エクセルからの【国家級】の魔物討伐の協力要請です！　至急、ご協力をお願いいたします！」

大声で叫んだミアの言葉に、会場にざわざわと森がゆれるような騒めきが走る。

「私は本試合を棄権する」

アーロン老に簡潔にそれだけ告げると円武台から下りて、三人の所まで行く。

「いくぞ。事情の詳細が知りたい」

指示を出して歩き出す。

武道会場前にはアスタに連れられたローゼたちと共に、エルフ娘、ミルフィーユもスタンバっていたので、ともに近くの広場へと向かう。

アーロン老とザックもついてきたが別に隠すようなことでもないし、拒否はしなかった。


広場で三人から事情を聞く。そして今、ミアから渡された手紙を一読したところだ。

「すまねぇ！　すまねぇ！」

涙を流しながら、幾度となく謝罪の言葉を繰り返すライガに向きなおると、

「己の行動の結果には必ず責任がつき纏うもの。此度のお前たちの仲間の死は、お前たち二人の責任だ。それは分かるな？」

二人にとって極めて酷な現実を突きつける。

「ああ！　その通りだ！　俺が功名心であんな怪しい誘いに乗らなけりゃ――いや、それだけじゃねぇ！　俺が皆を唆してあんな危険な場所へと連れて行ったんだっ！　俺が殺したのも同然だっ！」

ライガが金切り声を張り上げる。

「俺も同じです！　結局、命懸けでライガたちを止めなかった！　ギルドに報告するなど、方法は他にも山ほどあったのに……多分、俺もどこかで俺たちなら偉業を成し遂げられる。そう期待してしまっていたんだと思う」

フックも悔し涙を流しながら、そう声を絞り出す。

「そうだ。お前たち二人は今後、仲間の死の責任という重たい業を背負って生きて行かねばならない。だがな、これだけは覚えておけ！　ハンターにとって野心は必要不可欠なもの！　私たちはその野心のために命を賭けるのさ！　その結果、失敗して全てを失い無様に朽ち果てることになろうともだっ！」

私たち戦人、ハンターのいずれも危険を対価に名誉や富を得る性質を有している。それからすれば、この度、功名心のために、命懸けで冒険に挑んだライガとフックの行為は何らハンターとして間違っちゃいない。ただ、己の行為の結果に責任を負うだけなのだ。

もちろん、ライガが見ず知らずの者の言葉を容易に信じたという明らかな落ち度はある。それでも、彼らは命懸けの冒険に挑んだのだ。その事実すらも完全否定し、自身の力量に見合わぬ冒険を恥ずべきものとして否定するなら、命を賭けて冒険する者はいなくなる。何より、その力量の判断こそが、私たち戦人やハンターにとって最も難しいわけだからな。

「だが、俺のせいで、今バルセが危険に――」

「それは違うぞ、小僧！　今バルセに危険が及んでいるのは、ギルドが『太古の神殿』について重要な事実を秘匿していたのが原因だ！　そうだな？」

ミアに問いかけると、彼女は神妙な顔で大きく頷き、

「その通りです。ギルドが初めから神殿についての真実を一般公開していれば、この事件はそもそも起きてはいませんでした！」

大方アメリア王国政府が一般公開を渋ったのだろう。もし、他国の捨て身のテロにより、最悪の怪物が解き放れでもしたら大惨事だ。それは必死に抵抗するだろうさ。だが、バルセのハンターを統括するギルドとしては決して折れてはならぬ選択だった。それを認めた以上、非はギルドにある。

「でも、俺があんな怪しい奴に騙されなきゃ、こんなことにはならなかった！」

要するにこのライガという若者は他者に責められて楽になりたいんだろう。だが、バルセのハンターギルドの幹部の面々の誰もがライガとフックを強くは責めない。当然だ。今回、ライガたちはハンターとしての規範には背いちゃいないんだから。

少しイライラするな。もしかしたら、降りかかる悲劇に対し、無力を嘆くしかできなかった過去の自分と今の二人を重ねてしまっているからかもしれない。

「そんなに悔しいか？」

「悔しいに決まってる！」

即答するライガに、

「何が悔しい？」

穏やかに尋ねる。

「俺の下らねぇ見栄のために無様に罠にはまっちまったことが！　そして、命より大切な仲間が食われたのを見ても、ただ怖くて逃げることしかできねぇ弱い自分が、俺はどうしようもなく許せねぇ！」

ライガはそう声を絞り出す。

本当に似ているな。己の弱さが許せぬところなど特に。もっとも、過去の私とは異なり、己の弱さを諦めていないところはまだ救いようがある。そうだな、少し柄にもないことをするのもいいかもしれない。

「ならば、けじめは自分でつけろ！」

「けじめ？」

私はそれに答えず、

「ギリメカラ！」

『御身の傍に！』

突如現れる鼻の長い怪物に、ザックは飛び退き身構え、ミルフィーユは小さな悲鳴を上げて尻もちをつく。アーロン老もあんぐりと大きな口を開けていた。

「お前、この件について把握しているんだろ？」

私は念のため、ギリメカラにバルセ近隣で起きた事件について監視させており、もし異変があれば報告するようにと指示を出しておいたのだ。

『当然に、用意は万端にできておりまする』

今の発言で確信した。この大騒動をギリメカラが知らぬはずがない。こいつは勝手に私の意思を誤って判断するきらいがある。またその悪癖でも出たのだろう。ともかく、それならこの先のストーリーはあらゆる意味で奴らにとって最低最悪なものとなることだろう。

「いくつか聞きたいことがある。レーナは無事か？」

これが私の一番の危惧だが、それもギリメカラならば……。

『我が考えられる上で、この世で最も安全な場所でお休みになられておいでです』

やはりそうか。ギリメカラは私の意思に忠実だ。レーナが安全というのは比喩ではなく真実なのだろう。だとすると、もう別に焦って行動する必要は全くなくなった。これで、改めて私を不快にしたクズ共を魂から砕くストーリーを練ることができる。

「レーナを攫った奴らに心当たりは？」

『ジルマとかいう雑魚の所属していた組織であります』

「ジルマ？　あー、あの卑怯者の雑魚か。あの程度の雑魚どもなら、別にどうとでもなるか……」

うん、いいアイデアを思い浮かんだぞ。ジルマという雑魚はどういうわけか、やけに尊大だった。あの手の奴らが最も嫌がることをしてやるさ。

あとは、ライガの仲間を殺した屑どもだな。

「すこぶる、嫌な予感がするのである」

考え込む私を目にしながら、心底うんざりした表情でアスタがそう呟く。

「ええ、また最悪の予想のさらに斜め上を爆走していく感じがします」

頭を抱えたローゼが悲壮感たっぷりの顔で、そんな意味不明な例えを言いながら同意する。

「奴らが指定したレーナの期限まであと二日ある。それまでに、パズズという魔物を倒せるレベルまでライガとフックを鍛え上げることができるか？」

驚愕に目を見開いて、まるで雷にもでも撃たれたかのように硬直化するギリメカラ。

「マスター、それはこのお猿さんには絶対に不可能である」

今も固まっているギリメカラの代わりにアスタがうんざり顔で即答する。

そうか。ならば――。

「ギリメカラ、改めて命じる。このライガとフックを、彼らをはめたクズの卑怯者よりも強くしろ！　あと、レーナを攫った賊どもの委細の報告もだ！」

小刻みに全身を震わせているギリメカラに命じる。何せ、相手は所詮、あの超絶雑魚のジルマと同じ穴の狢。ノルンの領域の中で時間を引き延ばせば、あの程度なら二日もあれば十分可能だろうさ。

『流石は偉大なる我らが父にして、信仰と信望の君ぃッ！　我らのような矮小なゴミムシごときには到底そんな筋書、思いつきませぬッ！　謹んで承りましたっ！　今から丸二日間、全身全霊をかけて鍛え上げまするっ！』

両手を組んで涙を流しながら、そう声を張り上げるギリメカラに、一同から益々奇異な目を向けられる。

「最悪である……ただでさえ自重が皆無の変態共にこんな猫に鰹節のような命令をすれば、一体どうなってしまうか……。もはや吾輩にもこの先が見当もつかぬのである」

アスタが滝のような汗を流して両手をわななかせながら、そんな意味不明なことを呟く。相変わらず、奇天烈な行動をする奴だが、今はチキンマジンの動向など心底どうでもよい。

ストーリーを考えねばならん。奴らはレーナを攫い、キースに危害を加えた。それは今の私にとって考えられる上で最も不快で許せぬ行為、それを笑って済ませるほど心が広くはない。その行為の報いを受けさせるだけの濃厚で色濃い破滅と恐怖を含んだストーリーでなければ、私の気が済まん。

『これが奴らの情報です』

ギリメカラがそう口にすると、背後に出現した白雪に振り返る。白雪は軽く頷くと私に数本の巻物（スクロール）を渡してくる。私は巻物（スクロール）を開けて中身を精査していく。

「奴らの隊長の相手を吸収して能力を奪う能力ね。これは使えるかもしれんな」

己の実力に絶対の自信を持つ奴らが最も嫌がることなど熟知している。どういうわけか、あのイージーダンジョンにはその手の自信過剰な魔物で溢れていたし。覚悟しておけ！　私はどうしようもなく性格が悪いのだ！　徹底的にやってやるさ。

そして、もし私のこの度のストーリーで奴らが私の設定する条件を全て満たすことができたなら、慈悲をくれてやる。

さて、バルセにはキースやアルノルトがいる。さっさと、問題の一つを片付けるとしよう。

「アスタ【太古の神殿】から召喚された魔物、パズズとやらに心当たりはあるか?」

「あるにはあるのである」

やはりか。アスタの言動から言ってパズズという魔物とは何かの因縁があるとは思っていた。

「奴の強度は? いや聞かぬとしよう」

どのみち、私の幼馴染を襲っている時点で奴らの行先など一つだけ。今から相手の強度を考えるだけ無駄だ。それに——その方が随分心が躍る。まさか、まだ私にこんな生産性皆無の感情が残っているとはな。

ともかく、レーナの安全が保証された以上、あとはキースの保護が今の優先事項。むろん、ギリメカラによる保険はあるだろうが、相手の自力がわからぬ以上、ギリメカラたちでは手に余る危険性がある。とっとと始めるとしよう。

「では、そろそろ、反撃を始めよう!」

私は両腕を広げて、そう宣言をする。白雪が片膝を突いて深く首を垂れると、その姿を消失させる。

「反撃するといっても、ここからバルセまでは昼夜馬車を走らせても軽く二日はかかります。どうするおつもりですか?」

ローゼの問いに自然に口角が上がる。

「もちろん当てはあるさ」

　私はアイテムボックスから【討伐図鑑】を取り出すと該当のページを開いて【解放（リリース）】する。

　眼前に生じる巨大怪鳥。７００階層のフロアボス――フェニックス。神鳥と同じ名を詐称する不死（アンデッド）のイタ鳥だ。餌を強請（ねだ）る雛鳥のごとく不死不死と五月蠅かったが、文字通り死ぬまで切り刻んでやったらあっさり昇天してしまった根性なしの怪鳥である。

『恐ろしくも偉大なる御方（おんかた）よ。どうぞお命じください』

　首を地面に接着せんばかりに垂れる自称神鳥（フェニックス）。

　ミルフィーユはずっとギリメカラたちが出現してから片膝をついて、首を深く垂れていた。

　全身を小刻みに震わせながら、

（こ、これほどの超越者（トランセンダー）が仕えている⁉　完璧に認識が甘かった！　カイ様は――）

　ブツブツと何やら呟いている。こいつもアスタ以上に気持ちが悪いな。放っておこう。うん。それに限る。

「私の指示する場所まで、乗せていってくれ。私と同行するのは――」

「もちろん私も行きます」

　ローゼが私の言葉の途中で名乗りを上げると、ザックとアーロン老、ミアも無言で同意し、ミルフィーユも賛同の意を示す。この調子では付いてくるなと言っても無駄だろう。今は時間が惜しい。

「お、俺たちは――」

　口を開こうとしたライガを右手で制止し、

「お前たちは別行動だ。ギリメカラ、頼んだぞ？」

『御意！　御身の御心のままに！』

　ギリメカラが首を垂れた途端、ライガとフックの姿が奴とともに消失する。

「カイさん、ライガ君たちは？」

　ミアが私の上着を掴むと、僅かに焦燥の含まれた目で見上げてくる。

「心配ない。彼らに再起を図る手段を提供してやるだけだ」

　その頭に右の掌を当てて言い聞かせると、

「随分と、お優しいんですね」

　ローゼがなぜか一目で作り笑いと分かる表情で、そんなどうでもいいことを尋ねてくる。こいつ、多分、今機嫌が悪いな。最近分かったが、こいつが作り笑いをするときは決まって、現状にかなり不満がたまっているときだ。ま、今はそんな状況でもないか。

「ご主人様ぁ、ファフ、眠いのです」

　ファフが私にしがみ付きながら、目をこすっていた。そういえばそろそろ昼寝の時間だったよな。

「アンナ、あちらに着いたら、ファフを寝かせてやってくれ。私は用を済ませてくる」

「まかせて！」

　頼られて嬉しかったのか、アンナは気色に溢れた顔で親指を立ててくる。

「では、フェニックス、行ってくれ」

『我らが御方の仰せのままに』

私達の全身が浮遊するとフェニックスの背まで移動して着地する。フェニックスは風と火と再生を司る。その風の力だろう。

「ではここから北の街、バルセまで向かってくれ」

『御意！』

自称不死の怪鳥――フェニックスは翼をはためかせて浮き上がり、超高速飛行を開始した。

ライガとフックは気が付くと、草木一本もない荒野にいた。

「ここは……ひっ⁉」

周囲をグルリと見渡した時、突如、周囲を取り囲むように姿を現す怪物たち。そして、その中心には先ほどまで、カイ・ハイネマンに跪いていたギリメカラと呼ばれた鼻の長い怪物がいた。

『これは我らが至高の御方から我らが派閥への勅命だ。現実世界の二日以内に、この二匹を限界まで鍛え上げよ！』

ギリメカラが天を仰いで大気を震わせんばかりの声を張り上げる。僅かな静寂の後、歓喜が爆発した。

『おお、ありがたや、ありがたや』

涙を流し祈る者から、

『ネメアの「武心」共に先を越され、悔しさでどうにかなってしまいそうだったのだ！』

『これで我らも、御方様のご期待に添える！』

興奮に鼻息を荒くして吠えるもの。そして――。

『限界までの修練の命など、御方様は我らクラスにも命じたことはない！　まさに前代未聞だ！　それだけ我らに信頼を置いてくださっている証拠でもあるッ！』

もはや焦点すら合わなくなった両眼で唾を飛ばして捲し立てるもの。

『ノルン、時の流れを通常の一万分の一まで引き延ばせ！』

ギリメカラがノルンと呼ばれた顔のほとんどが真っ白な髪で隠れた少女に指示を飛ばすと、

「できるでしゅが、人間は千年の時を生きるには精神が持たないでしゅ。それでもいいでしゅ？」

困惑気味にギリメカラに念を押す。

『そうだぞ、ギリメカラ？　聞いたところネメアも精神の摩耗が原因で結果的に数十年分しか鍛えられなかったそうではないか？』

八つ目の怪物の疑問に、

『そんなもの精神自体修復すれば済むだけの話だ。精神支配のエキスパートであるサトリならその任務十分に成し遂げられることだろう』

しばし、怪物たちはあっけにとられたような表情で茫然としていたが、

『なるほど！　サトリにより、精神の摩耗を回復させれば確かに時間の問題はクリアできるぞっ！』

全身のっぺらぼうの存在が弾んだ声を上げる。

『とはいっても、所詮人間種、近縁のエルフ族同様、千二百、千三百年が限界でしょう。ま、若干の個体差はあるでしょうがね』

『まあそうだな。念のため千年を最大としておこう』

『それがよろしいかと。で、あとは、どうやって鍛えるかですが、神格の取得は当然として、やっぱり、加護ですかねぇ？』

真っ白な人型の存在が顎に手を当てて、そう独り言ちる。

『うむ。だが、人間風情に持てる加護は限られている。選び抜く必要があろう』

『ギリメカラ、抜け駆けは許さねぇぞ！』

背後で聞いていた、いかにも悪にしか見えない一つ目の怪物の言葉に、

『そうだ！　これは至高の御方の勅命。オラも絶対に引くわけにはいかねぇ！』

他の怪物たちからも同意の声が上がる。

『分かっている。だからこそ選び抜くのだ。この者共に最もふさわしい加護をな』

再度、嵐のような歓声が上がる。

『とにかく今は鍛錬どころではない。こ奴らのしみったれた根性を叩き直す必要がある。それ

は我が行うが、よいだろうか？』

『構いませんよ。数十年程度なら待って差し上げます』

浮遊している白色の人型の言葉に、他の怪物たちも無言の同意を示す。

『始めるぞ！　我らが信じる御方の渇望！　手段は問わぬ！　顧みる必要もない！　さあ、作り上げようぞ！　我らが至上の怪物を！』

ギリメカラは再度天を仰ぎ、耳を弄さんばかりの大声を張り上げる。

「わけがわからねぇ、説明を……」

ライガの必死の懇願の言葉は、正面からギリメカラに凝視され、途端に尻すぼみとなる。

ギリメカラの三つ目が赤く染まり、両腕を腰に当てると、

『我はギリメカラであーーる！　これから貴様らの息が尽きるまでこの我が貴様らを一切の妥協なく痛めつける！　覚悟？　そんなものいらん！　どのみち、軟弱で出来損ないの貴様らに、そんなもの鼻糞の価値すらない！　無論、逃げる権利は絶対に与えぬ！　ただ、耐え忍びながら、我を恨むがいい！　憎むがいい！　それが我の史上の喜びであーーる！』

そんな悪夢以外、何ものでもない台詞を吐く。

それは、千年をも超えるライガたちのまさに長い長い地獄の旅の始まりだった。

第四章　悪軍討伐

――バルセ東門前荒野

「そろそろ、打ち止めのようだな」

キース・スタインバーグは安堵の声を上げると、地面に腰を下ろして滝のように流れる汗を拭う。

大波のごとく押し寄せていたシルケ樹海からの魔物。雑魚魔物はイルザさん、オルガのおっさんたち、熟練のハンターたちがそれぞれの小チームを率いて連携を組んで対応していた。対して深域の魔物はベオとアルノルト騎士長の二人が受け持つ。そしてついさっきアルノルト騎士長が最後の一つ目の巨人の首を刎ねて事実上、バルセ魔物殲滅隊の勝利が確定した。

あとはゴブリンやらコボルト等の敗残兵の処理のみ。これならもうキースたちの敗北はありえない。つまり、キースたち人類は勝利したのだ。

「キース君、ご苦労様だ」

筋骨隆々の無精髭を蓄えた青髪の中年男性が、キースたちに近づいてくると穏やかな口調で今皆が実感していることを口にする。

「アルノルト様、どうもお疲れ様です！」

慌てて立ち上がろうとするが、膝に力が入らずつんのめってしまう。

戻って少し休みなさい」

「ははっ！　君は本当によくやったよ。あとは我ら大人が請け負う。だから、君はテントまで戻って少し休みなさい」

　今もシルケ樹海に射すような視線を向けている狼毛皮を着こなし、狼の仮面を装着している長身の男——ベオを眺めながらもアルノルト騎士長はそう提案してくる。

　騎士長とベオはもちろん、イルザさんやオルガさん、他のBランク以上のハンターは、この数日間不眠不休で戦いずくめだったのに、まだ余力を残している様子だ。

　キースはこの数年間、ずっと血のにじむような特訓をしてきた。だから少なからず自信はあったのだ。だが、この戦闘を経験し、オルガさんたちAランクのハンターはおろか、イルザさんたち、Bランクのハンターにさえ実戦では及ばない。それをしみじみ、痛感した。だからこそ——。

「ともかく、終わりですよね。これでカイが関与する必要はなくなった」

　カイにこんな戦に関わらせてはダメだ。たとえ、いかに超常の力を得ていたとしても。

「それはどうだろうな。件のパズズはまだ姿を見せねぇし、多分、ここからが本番だろうさ」

　背後からのオルガのおっさんの声で振り返る。オルガのおっさんは魔物たちが雪崩のように這い出てきた森を油断なく凝視していた。そして、それはイルザさんやアルノルト騎士長も同じ。大部分のハンターが休憩のため城門付近まで戻ってくる中、やはり、森の方への視線をそらしてはいなかった。

「しかし、もう魔物はいねぇし、そのパズズってのもあくまで声が聞こえたにすぎねぇんだろ？　もしかしたら、そいつ大したことねぇかもしれねぇじゃねぇか」

「かもな。だが、どうにも嫌な感じがするんだ」

「なぜ、このタイミングで深域の魔物までが押し寄せてきたのか、ですね？」

　イルザさんが話に割って入ってくる。

「ああ、そうだ」

　オルガのおっさんが神妙な顔で顎を引く。それはキースもずっと疑問に思っていたことだ。あの深域の魔物は、通常、Aランクのハンターがチームで討伐するべきもの。あの深域の魔物に天敵となるようなものは存在しないはず。それが、まるで何かに追い立てられているかのように、この都市へと向かってきていた。それはつまり――。

「アルノルトォォ‼」

　丁度、最も考えたくはない事実に到達しようとした時、ベオの鋭い叫び声が荒野に木霊する。咄嗟に音源に視線を向けるとベオが背中を丸めて身構えながら、シルケ樹海に視線を固定していた。そこには一匹の異国の服を着た山羊頭の男。

「あれは……ヤバイな」

　初めて耳にするアルノルト騎士長の焦燥たっぷりの声。

「やっぱり、こうなったか」

　オルガさんが武器の長剣を腰から引き抜くと重心を低くする。そしてそれはイルザさんも同じ。滝のような汗を流しながら、山羊頭の怪物を凝視していた。

「あれは俺とベオが受け持つ。オルガ殿たちは他のハンターたちをまとめて一旦、テント前まで退避してくれ。念のため、住民の避難も頼む」

アルノルト騎士長も、ベオも今まで深域の魔物に対してもあんな過剰な反応をしたことはなかった。つまり、あの山羊頭の男はあの一つ目の巨人共以上の怪物ってことか？　とてもそんなに強そうには見えない。というか、あの程度の魔物ならキース一人でも十分倒せそうだ。困惑気味のキースを尻目に、

「承った。城門まで皆を下がらせろ‼」

オルガさんは声を張り上げると、皆を扇動して後退していく。同時に、アルノルト騎士長が山羊頭の怪物に向けて地面を蹴り、ベオも山羊頭の男へと走り出す。

ここに人類最高クラスの二人と、山羊頭の怪物との闘いが開始された。

深域の魔物さえも真っ二つに切り裂いたアルノルト騎士長の渾身の剣戟を山羊頭の怪物は右手の長い爪で易々と弾き返す。さらに、奴の後頭部に放たれた一撃必殺の凄まじい威力のベオの蹴りも、振り返りもせずに僅かな重心移動だけで躱してしまう。

そして無造作に両手の爪が振るわれる。

「くっ！」

「……」

ベオとアルノルト騎士長が身体を反らしてそれらを紙一重で躱すが、大地は大きく切り裂か

れてしまう。あの爪、アルノルト騎士長とベオであっても、まともにくらえば致命傷かもしれない。

「何だよ、あのバケモノ……」

隣で掠れた声を上げるBランクのハンター。三者の戦いを目にする顔は、皆、血の気が引いていた。その気持ちがキースにもいやというほど理解できていた。

深域の魔物さえも容易に倒してきたアルノルト騎士長とベオの二人が、あの山羊頭の怪物一匹と互角。いや、あの山羊の怪物の方が若干押してさえいる。

思い返してみれば、あの魔物共はどこか変だった。まるで何かに追い立てられている。そんな印象を受けていた。もっともあの深域の魔物を追い立てられるような存在がいるはずがない。だから、今の今まで選択肢として排除してきたのだ。おそらく、あの山羊頭の怪物はライガたちが遺跡で聞いた声の主、パズズだろう。

(冗談じゃねぇよ!)

あれだけ圧倒的なSランクのハンターですら、やや分が悪いんだ。あんなバケモノ、それこそ単独ではあの勇者マシロでもなければ太刀打ちできやしない。

「今のままでは分が悪い。俺たちも行くとしよう」

オルガのおっさんが、長剣を片手に戦場へと歩き出すと、

「そうっすね」

イルザさんも槍を片手に、それに続く。

動き出したのは二人だけ。キースを含んだ誰もが身体が石のように硬直し指先一つ動かすことができない。

「これは我らの街を守る戦だ！　いいか、お前らハンターの端くれなら、根性を見せるんじゃ！」

割れ鐘を突くような大声が周囲に響き渡り、赤色のローブに身を包んだ小柄だが筋肉質な男――ラルフ・エクセルが杖を向けていた。

「そうだな！　ここでビビッても仕方ねぇかっ！」

「しかし、私たちが下手に近づけば戦闘中の二人の邪魔になるわよ」

「遠距離で攻めるしかないですね」

ハンターたちは山羊頭の怪物討伐の案を出して、それらを検討し始めた。

「近接戦闘隊と弓隊は城門前で接近した一般の魔物の対処。Bランク以上の魔法隊は儂に続けい！」

ラルフ様がゆっくり歩を進めるとローブを着たハンターたちもそれに続く。

「キース、お前はどうする？」

ラルフ様はキースに近づくと、答えるまでもないことを聞いてきた。

「やります！」

ここで臆病風に吹かれれば、流れ的にカイに危険が及ぶ可能性がある。それだけは絶対にごめんだ。ここであいつを必ず倒して見せる。そうでなければ、こんな迷惑極まりない恩恵（ギフト）を得た意味がない。

小走りにキースもラルフ様の後に続く。

オルガさんとイルザさんが加わり、形勢は次第に人類側に傾きつつあった。

山羊頭の魔物の背後からベオの爪がその脳天に振り下ろされる。それを身体を捻って躱す山羊頭の魔物を横断すべくアルノルト様の大剣が豪風を纏いながら迫る。それを爪で跳ね上げるが、同時にオルガさんの炎の纏った剣がその横腹を掠める。

『ぎッ！』

怒り交じりの声を上げる山羊頭の魔物の首をめがけて遠方から渾身の力で突かれたイルザさんの槍先を身体を反らせて避けた時、その右足にベオの爪が突き刺さる。

『ぐっ？』

体勢を僅かに崩す山羊頭の魔物に、

「総員――捕縛っ！」

ラルフ様の声が響き渡ると同時に魔導士隊の詠唱が完成し、茨や土、水、炎の鎖が山羊頭の魔物を拘束する。そして、ラルフ様の詠唱も完成して、頭上から数個の光の円盤が落下して、山羊頭の魔物の全身を引きちぎらんと締め上げる。さらに、キースの術式である闇の杭が奴の全身を地面に縫い付けた。

『グゴオオオォッ‼』

山羊頭の魔物はまさに獣の咆哮で己に絡まるいくつもの鎖を吹き飛ばし、さらに地面を踏みつけ粉々にすることで闇の杭を砕く。そして、全身を締め上げている光の円盤をもこじ開けて破壊しようとする。光の円盤がまさに軋み音を上げた時、アルノルト騎士長の大剣が山羊頭の怪物の頭部を刎ね、ベオの踵が頭部を失った胴体へと深くめり込む。

グシャッと果実を砕くがごとき音とともに山羊頭の魔物の胴体は四方八方へと飛び散り、肉片が周囲にばら撒かれた。

「やった……」

「勝ったぞっ‼」

魔導士隊のハンターの一人が右拳を突き上げて勝利の雄叫びを上げると、割れんばかりの歓声がバルセ東門前荒野に響き渡る。

「助かった」

今まで、全身を拘束していた緊張の糸が緩み、大きく息を吐き出す。

「まだ終わってはいない！　気を抜くな‼」

ラルフ様の叩きつけるような声が戦場に響き渡る。ラルフさんだけではない。アルノルト様とベオもシルケ樹海を注視していた。そして三人の顔に例外なくあったのは、まず彼らが浮かべるにふさわしくない感情。すなわち、濃厚な恐怖の感情。彼ら強者たる三者が揃って恐怖を覚える事態。それは――

「たっく、嫌な予感が的中かよ。ジョンソンの野郎、これ知っていやがったな」

オルガさんが悪態を吐き、

「嘘だ……」

「うあ……」

至る所で上がるハンターたちの呻き声と悲鳴。それもそうだ。とびっきりの絶望が、キースたちの前に出現していたのだから。

シルケ樹海から次々に姿を現す異国の服を着た頭部が獣の怪物ども。怪物どもは既に数百、千にも及び荒野を埋め尽くしていた。考えたくはない。考えたくはないが、まさか、あれらは全てさっき、全員が一丸となってようやく倒した怪物どもと同等の強さを持っていたりするんだろうか？　だとすれば、たった一匹を仕留めるのに人類最強クラスの三人と一流のハンターたちの連携が必要だったのだ。そもそも、敵うはずがない。

『あんらー、ワタシのボクちゃんの一柱、死んじゃったみたいねぇ』

頭の中に響き渡る緊張感皆無の野太い男の声。獣の頭部を持つ怪物共の群衆が二つに割れると一斉に跪き、首を垂れる。奴らの跪く先には青髭を生やした巨躯の男が仰け反り気味に、緑色の髪をかき上げるポーズで佇んでいた。男は赤色のパンツとマント、靴の様相であり、頭には異国の帽子を被っている。

「あれらの討伐は——この戦力では無理だ！　儂らが足止めをする！　総員、直ちにこの街から避難しろぉっ！」

裏返ったギルマス——ラルフ様の声に、

「……」

皆、茫然自失で一歩も動けず眺めるだけ。

「早くしろっ！　死にたいのかっ！」

ラルフ様の声に、弾かれたように城門まで一斉に走り出すハンターたち。

『ワタシたちを足止めするぅ？　それは無理ねぇ』

魔法を唱えようと詠唱を開始するラルフ様の目と鼻の先で口角を上げて見下ろす緑髪の巨躯の男。

「……」

ラルフ様の詠唱は途中で止まり、ただ無言で奴を見上げるのみ。その全身は小刻みに震えていた。

奴の動きが見えなかった！　微塵もその挙動を認識できなかった。気が付くとまるで魔法のようにギルド長の前にあの緑髪の巨躯の男がいたのだ。そして、それはキースにとって殿上人であるアルノルト騎士長とベオも同じく、微動だにすらできていない。

『あら～、どうしたのぉ、ワタシを足止めするんじゃなかったのぉ？』

まさに蛇に睨まれた蛙の状態のラルフ様の頭部を、緑髪の巨躯の男は鷲掴みにすると持ち上げる。

「うあ……」

この戦場であれほど冷静沈着だったラルフ様の口から漏れる何かが裂けるような小さな叫び。

『ワタシ、虫けらの強さってよくわからないのよーん。だからぁ——死んだらごめんなさいねぇ』

振りかぶるとまるでゴミでも捨てるかのように放り投げる。

爆風を纏って凄まじい速度で城壁まで直進し、激突。城壁は粉々に砕け散り、ラルフ様は瓦礫の山の中へ消えてしまった。

「舐めすぎだべっ‼」

四つ足で地面を高速疾走していたベオが緑髪の巨躯の男の後頭部にその鋭い右手の爪を突き立てるが、金属が擦れる音とともに弾かれる。

「なっ⁉」

まだ、奴が爪や拳で避けたのなら救いがあった。だが、奴の後頭部は無傷。逆に、攻撃を加えたはずのベオの右爪は、グニャリとひん曲がってしまっている。

『残念でしたぁー』

奴はゆっくりと、ベオに振り返る。

「……」

そして目を見開きながら、己の爪に視線を落としているベオを軽く殴りつける。ベオは、凄まじい速度で地面を転がりながら、ようやく止まり、ピクリとも動かなくなってしまう。

ラルフ様とベオの実にあっさりとした敗北に、頭が上手く働かない。

お師匠様とラルフ様は旧知の仲。いつも自慢げにその偉業について聞いていた。

【世界魔導院(バベル)】の最高戦力であり、Sクラスの超人だった一人。いわば、魔導界のレジェンド。ベオも現役のSクラスハンターであり、カイからその雄姿について耳にタコができるくらい聞かされたものだ。

そんなキースが今までこの世界の絶対的強者と考えていた二人が、ああも、あっさり理不尽に潰されてしまう。こんなこと、あってはならない。

（なぜ、連続でこうもイレギュラーなことばかり起こるんだっ！）

今までキースもレーナも戦闘に特化した特別な恩恵(ギフト)を持ち、この数年血の滲むような戦闘訓練を積んできた。この世界では強者に位置すると自負していたし、それはきっと正しいんだと思う。それが、よく分からない集団に簡単に敗北して、レーナは攫われてしまう。おまけに今度は世界でもトップクラスの強者と言われていた三人のうちの二人があっさり敗北してしまった。

『さあ、ボクちゃんたち、久しぶりのごちそうよ！　たっぷり食べていいわぁ‼』

緑髪の巨躯の男の指示に右手を胸に当てていた獣の頭部をした魔物共がこちらに向けて隊列を組んで歩き出す。

「なぜだ？」

滝のような汗を流しながら、剣を構えて様子を窺っていたアルノルト様が、疑問の言葉を絞り出す。

『んー、何がかしらぁ？』

「なぜ、我らを襲う⁉」

『んふふーん。もち、食材に装飾品の素材、実験の素体、人間種ってのは色々できるからよぉ』

頭の中に直接響くおぞましい発言。

「食材？　素材？　それは本気で言っているのか？」

『もちろーん、特に強い魂魄を持つ人間の皮でできた鞄や服は素晴らしい質感なーの。メスや人の子の肉なんてシチューにするととっても美味なのよぉ』

緑髪の巨躯の男はその顔を恍惚に歪ませて、その身体を不自然にくねらせ悶える。

「クサレ外道めぇ‼」

アルノルト騎士長はそう激高すると、大剣を肩に担ぎ、緑髪の巨躯の男に向けて地面を高速疾駆する。

しかし、青と白を基調とする衣服に異国の帽子を被った灰色の毛並みの狼の頭部を持つ怪物に背後から押さえつけられてしまう。緑髪の巨躯の男の傍には、青と白の衣服を着た虎顔と鷲顔の怪物が佇んでいた。

『無駄だぁ。雑魚ぉ、貴様ごとき弱者では、パズズ様どころか我らにすらも傷一つつけられん』

嬉々として狼の頭部の怪物はアルノルト様の後頭部を掴むと顔面を地面に叩きつけた。爆風が巻き起こり、陥没する大地。虎顔の怪物がアルノルト騎士長の傍へ行くとしゃがみ込み、

『あーあ、ポチって乱暴さんだねぇ。人間って痛みや恐怖を与えすぎると肉が固くてマズくなるんだよぉ。おかしくなった状態で首を刎ねるのが一番美味いのさぁ。ねぇ、君も足掻いても辛くなるだけさぁ。僕らに従いなよぉ。そうすれば、すぱっと楽に――』

諭すように語り掛けるが、

「下種がっ‼」

アルノルト騎士長は、その虎の顔に唾を飛ばして罵倒する。たちまち、虎の顔に無数の血管が浮き上がり、悪鬼の形相を作る。

『ねぇ、ポチ、気が変わったよ。こいつ、僕に頂戴？』

『あーあ、またミケの悪い癖が出た。いやだ。いやだ。これだから猫科は』

鷲顔の怪物が肩を竦めると、呆れたように首を左右に振る。

「ピーコ！　お前――」

『くっちゃべってないですぐに捕獲しなさーい。特に若い雄と雌は牧場の繁殖に使うから傷はつけないよーに。他は好きにしていいわぁ。思う存分、食い散らかしなさーい』

狼顔の怪物――ポチはアルノルト騎士長の鳩尾に右拳を叩き込み一撃で意識を刈り取ると立ち上がり、右手を胸に当てる。虎顔の怪物――ミケと鷲顔の怪物ピーコもそれに倣い、

『『『は！　パズズ様のお望みのままに‼』』』

三者でそう叫ぶ。

「そうやって、強者ぶって好き放題していればいいさ！　でもね、もうじきこの地にあんたら

にとっての最大の絶望が現れる！」

イルザさんが一人声を張り上げる。奴らを睨みつけるその両眼にはラルフ様たちにすらあった恐怖のような負の感情が一切なかった。

「止めろ！　イルザ！」

オルガのおっさんが制止の声を上げるが、

『へー、面白いこと言うメスねぇ』

パズズが眼前でイルザさんを見下ろしながら、興味深そうにそう呟く。

「……」

無言で睨みつけてくるイルザさんとその脇のオルガのおっさんを舐め回すように観察すると、

『あなたたちのその目みれば分かるわぁ。他の家畜共と異なり、強がりじゃなくて、どうやら本心のようねぇ。ワタシたちを前にしてのこの強気な態度、十中八九、天軍が裏にいるんでしょうねぇ』

青髭に右手で触れながらそう呟くと、

『ピーコ！　この二匹を本陣まで連れて行き、背後関係を聞き出しなさぁーい。手段は問わないわぁ』

背後に控えていた、ピーコに命を下す。

『ハッ！』

敬礼をした直後、ピーコの姿は、イルザさんとオルガのおっさんの背後にあった。

「しま――」

ピーコはオルガのおっさんとイルザさんを右手に持つ槍の石突きで一突きして意識を刈り取る。そして、槍を背負うと、イルザさんとオルガのおっさんを両腕でそれぞれ抱え、空高く跳躍し、森の奥へと姿を消してしまう。

『さあ、気を取りなおして、始めなさーい』

パズズが声を張り上げると同時に、

『晩餐会だぁ！　喰いまくれぇ！』

ポチが咆哮し、ハンターたちに向けて一斉に走り出す頭部が獣の怪物共。

妙にゆっくり迫る怪物共。それをキースはボンヤリと眺めていた。

キースはきっとここで死ぬ。仮に運よく生き残れたとしても、待つのは人としての尊厳を踏みにじられる最低最悪の未来のみ。どのみち、キースたちは詰んでいる。

きっと、こいつらは四大魔王配下の魔族ですらない。だって、奴らは人を喰わないし、人間牧場などというおぞましい発想もしない。ただ、人を殺し支配する欲求を持っているだけだ。きっと、こいつらはもっと邪悪でおぞましい何か。あの魔族共が崇める異界の怪物のような救いのないものなのだと思う。

(でも、これでよかったんだ)

唯一の救いは、ここにカイがいないこと。今のカイは超越者と契約して相当な強者となっているらしい。それならレーナも救い出せるかもしれない。そうなれば、キースの最低限の希望は叶う。少なくとも、あのお人好しをこんな敗北濃厚な戦いに巻き込むのだけは死んでもゴメンだから。そのはずなのにレーナや故郷の弟と妹たち。そしてあの優しい兄を思い浮かべた時、

「そんなの——いやだ！　カイ、助けてくれぇぇっーー‼」

キースの口から出たのは自分でも意外な救いの言葉だった。

羊の頭部を持つ怪物が眼前まで迫り、キースに鋭い爪を伸ばす。その時——。

『ガヒッ⁉』

頭上から黒色の塊が降ってくると羊の頭部の怪物を押しつぶす。羊の頭部の怪物は粉々の肉片となって飛び散ってしまった。

その黒色の人型の塊はキースに振り返り、

「キース、大丈夫か？　怪我はないか？」

安否の確認をしてくる。それは今キースがこの場に来てほしくはなかったが、最も会いたかったキースにとっての兄同然の存在、カイ・ハイネマンだったのだ。

フェニックスの背に乗り、十秒たらずで目的地たるバルセの街上空へ到着する。
地上を窺うと多数の獣の頭部を持つ怪物がワラワラとハンターたちへと突進していた。
アルノルトも他のハンターたちも一応生きているようだ。そして、

「よかった。間一髪で間に合ったようだな」

ハンターたちに混ざっているキースを視界に入れて目もくらむような安堵感から、大きく息を吐き出していた。

「ここは私が処理します。翁たちは街の中で待っていてください。フェニックス、アーロン老たちを下に見える街へと降ろして差し上げろ」

『御意！』

「ちょっと、カイ――」

ローゼが何か言いかけていたが構わず、大地へと落下する。

「そんなの――いやだ！　カイ、助けてくれぇぇっ――!!」

キースは基本強がりの見栄っ張り。そのキースが私に助けを呼ぶなど、よっぽどのことだ。それだけ、どうしようもなく追いつめられていたのだろう。

耐え難い怒りとともに、私は今にもキースに襲い掛かろうとしていた羊の頭部の魔物を踏み潰しつつ、地上へと着地する。

「キース、大丈夫か？　怪我はないか？」

安否を確認する。どうやら疲労以外、かすり傷しかないようだ。頬の染みはおそらくレーナを攫った奴らにやられた傷の跡。多分、オルガおじさんに渡した高性能ポーションによる回復の名残だろう。

「カイ……なのか？」

「まあな。それ以外に見えるか？」

　そんな軽口を叩きながら、グルリと眺めまわし強者を探すが雑魚しかいない。というか違いが全く判断つかぬ。強いて言えば、あのパンツ一丁にマントを着た変質者がやけに尊大そうだし、こいつらのボスなんだろう。経験則上、この手の徒党を組む魔物は弱肉強食だし、あれが一番強いんだと思う。

　他にはあの狼、虎の頭部を持つ魔物か。あいつらの着ている服って異界の軍服だよな？　あの弱者専用ダンジョンで得た本に異界の祭りについても詳細に記載してあった。なんでも空想好きな群衆が集まって、物語に出てくる登場人物の衣服や格好を真似して見せ合うんだそうだ。そう、確か【こすぷれ】と言い、それをする者たちを【こすぷれいやー】と言うらしい。大方、あの変質者共も同様の趣味を持っているんだろう。するとあれは異界の生物というわけか。ま、駆除する魔物の生態など、どうでもいいことか。

　さーて、随分とやってくれたようだな。耐え難い荒々しい感情が疾風のように私の心を満たす中、

「動くな。一歩でも動けば即殺す」

　ぐるりと周囲に視線を向けて、殺意を込めてそう命じただけで、一歩も動けなくなる千にも及ぶ獣顔の魔物共。はっ！　この程度か、お話にすらならんな。とりあえず、瀕死の者もいるし、そのほとんどが少なからず傷を負っている。まずは回復が先決か。

【討伐図鑑】により【ヒーリングスライム】三十匹を指定し【解放】する。

「ここにいる人間たちを癒すのだ」

まるで頑張るよ、とでも言いたげに【ヒーリングスライム】はプルプルと震えると傷つくハンターたちへ近づくと、その身体を包み込み一瞬で癒してしまう。

『あ、あれはヒーリングスライム⁉』

素っ頓狂な声を上げる虎の頭部の軍服の魔物。ほう、このゲテモノ共ヒーリングスライムを知っているのか。

『なぜ、元アポロの最高位の眷属がこの地にっ⁉』

『アホがっ！　さっきの色黒のメスがその手の発言しておっただろう！　天軍がこの地に来ているのはこれで確定だ！』

『だとすると、奴はアポロの配下かっ‼』

狼の頭部の魔物も混ざり、意味不明な話題で盛り上がって叫び出す。

『お黙りぃっ‼』

マントに緑髪の変態男が叱咤の声を上げると、狼の頭部の魔物と虎の頭部の魔物は慌てて姿勢を正す。緑髪の変態男の顔からは先ほどまで常にあった余裕の一切が消失し、目を細めて私を注意深く観察していた。

『ワタシのボクちゃんたちをビビらせる眼力に、気難しく、気位の高いヒーリングスライムをも従わせる力。あなたぁ、何者ぉ？』

「知る必要はないさ。どうせ、お前らは死ぬのだから、話しても無駄というものだ」

キースを殺そうとした害虫をこの私が生かしておくことは絶対にない。そう、こいつらの死は決まっている。あとは、どうやって殺すかの手段の差にすぎぬ。

『随分と簡単に言ってくれるわねぇ。たかが地を這うムシケラにここまで舐められたのは初めての経験よぉ』

笑みを浮かべてはいるが、おそらく怒り心頭なのだろう。緑髪の変態男が蟀谷に太い青筋を張らせながら、声を絞り出す。

「もし、私とまともに戦えるというなら、私にそれを証明しろ。残念だが、今のお前たちからは雑魚臭しか感じぬ」

あのイージーダンジョン最上層の魔物の方が遥かに強い。こんな超絶雑魚に天下の高ランクのハンターが敗れた理由か。考えられる理由は三つ。一つはこいつが奥の手を隠していること。もう一つは、アルノルトたちを倒した強者が既にこの場を去った後であること。三つ目、剣帝の時同様、人質等の手段により、アルノルトたちの反撃が封じられていたこと。

『とことん不快な奴ね。ポチ、ミケ、その不快なゴミを殺しなさい！』

『『は！』』

私を挟むように武器を向けてくる頭部が獣のこすぷれいやーたち。このバカ共は、私の威圧にも耐えられているようだな。ま、あの緑髪の変態男と同様、ただ鈍いだけかもしれんがね。

『お前、死んだぞぉ！』

薄ら笑いを浮かべつつ、私に鉄の斧の先を向けてくる狼顔の魔物。

『そうだ、よりにもよってパズズ様を雑魚呼ばわりだなんて身の程知らずもいいところだし。僕ら――パズズ三獣士の手で死ねるのを――あれ？』

虎の頭部の魔物が己の両手首がずれていくのを目にして、疑問の声を上げる。

ようやく気付いたか。不用意に私の間合いに入るからさ。どうやら、単に鈍い奴らにすぎなかったようだな。

「悪いな。もう斬った」

既に高速でこの二匹を切断している。今の動きすら視認しえないか。これでも一匹につき丁度千回切ったんだがね。

『そ、そん――』

『嘘――』

各々人生最後となる遺言を発しながら、全身に細かく線が入る。次の瞬間、粉々の肉片となって地面に落下する。

『……』

暫し、緑髪の変態男は血だまりの中に沈む部下だったものの肉片を茫然と眺めていたが、顎を上げて私と視線が合う。

『――っ!!』

たったそれだけで、緑髪の変態男はまるでばね仕掛けのように飛び退り構えをとった。その顔は凄まじい恐怖に引き攣っていた。

「これは私からの最後の忠告だ。もし、奥の手があるなら、さっさと見せてみろ」

そんな緑髪の変態男に静かだが有無を言わせぬ口調で通告する。

『あ、あなた天軍の先兵ねぇ！　その出鱈目な強さ！　あなた、天軍が送り込んだ刺客ってところぉ⁉』

「あー、もう何でもいいから、早くかかってこい」

左の小指で耳を穿りながら、私は雷切の峰で肩をポンポンと叩きながらそう吐き捨てた。

今の私は普段よりイラついている。こいつの妄想に一々付き合う忍耐などありはしない。

『舐めるなよぉ！　このワタシは悪軍少佐パズズ！　天の狗ごときに負けるワタシではないわぁ！』

獣のような叫び声を上げると全身がバキバキと軋み音を上げて変貌していく。

筋肉がさらに盛り上がり、背中には蝙蝠の羽。そして頭部はライオンそのものに変わっていく。

「馬鹿が……」

私は変身の途中の奴の両腕を切断する。まさか、この私の前でそんな無防備を晒すとはな。

どこまでも、不快にさせる奴だ。

『ぐぎゃぁぁぁぁっ‼』

切断された両腕から鮮血をまき散らせながら、みっともなく絶叫を上げる。

「痛がる暇があるなら、少しは抵抗しろ！」

怒鳴りながら、今度は奴の右耳を切断した。

『変化の途中で攻撃するとは、ひ、卑怯よっ！』

「卑怯？ 私はな、今戦をしているのだ。どこの世界に無防備の敵を、理由もなく指を咥えて見ている間抜けがいる？」

憤りのままに雷切で奴の左耳を切る。耳障りな悲鳴を上げる緑髪の変態男、パズズ。

『わ、わかった！ あなたが強いのはよく分かったっ！ ねぇ、降伏するっ！』

「お前が私の立場なら、今更降伏など認められると思うか？」

私は顔を顰めながらも、奴の戯言を否定する。

『ま、待っ――』

必死に私から逃れるべく後ろに下がろうとするが、尻餅をつく。そして――

『はれ？』

己の眼前に立つ二つの両脚を視界に入れて、

『あれ、ワタシの足？』

現実を認識し、再度金切り声を上げる。

『も、もうしない！ 二度とこの世界にチョッカイは出さないわっ‼』

「私はな、もうお前の戯言に付き合うのに飽きたのだ」

喚くパズズを尻目に私は刀身に付着した血を振って落とすと【雷切】を鞘に戻す。

『み、見逃してくれるのッ？』

「お前を見逃す？　ホント、面白いこと言うな、お前？」

　こんな人類の敵の害獣をこの私が生かしておくわけあるまい。キースを殺そうとしたクズなら猶更だ。次に待つ対『凶』撲滅計画に使えるほどこいつは強くないし、私にこいつを見逃す理由がない。私が雷切を鞘に収めたのは既に私の目的が完遂しているからだ。

『ひぃっ‼　な、何ぃ、これぇッ！！？』

　奴の全身に入る無数の線。それらはゆっくりずれていく。

『ワタシの顔が、身体が崩れるぅっ‼』

　パズズは必死に己の身体の崩壊を繋ぎとめようとするが、

『いぎゃあぁぁぁっ‼』

　断末魔の声とともにバラバラのブロック状の肉片となって地面に落下してしまった。

「さて、あとはお前らだな？」

　静まり返る戦場で私は獣顔の魔物共をグルリと眺めまわす。それを合図にするように、一斉に私に背を向けて森の中へ逃げ出す獣顔の魔物ども。

「愚かものが。逃げられるものか」

　私は村雨の鞘を背中から外して左手に持ち、右手でその柄に触れる。

「【真戒流剣術一刀流】、肆ノ型――」

　私の言霊を紡ぐと私から放たれた魔力の糸は荒野を駆け巡り、千にも及ぶ獣の頭部を持つ奴らの全てを捕捉する。そして――。

「毒蜘蛛の巣」

私のその言霊とともに鞘から刀身が抜き放たれる。

ズッと獣共の頭部が地面に落下し、次いで頭部を失った体躯が血液をまき散らしながらも、糸の切れた人形のように地面へと倒れ込む。千を超える獣顔をした魔物は例外なくものを言わぬ屍となり果てた。

今の技は【真戒流剣術　一刀流】──肆ノ型、毒蜘蛛の巣。

この肆ノ型は、索敵の効果を有する魔力の糸を四方八方へと伸張し、網にかかったものに距離を無視して一太刀を浴びせる技。斬撃を空間ごと繋げられないかと試したら偶然できた代物だ。

もっとも、索敵の魔力の糸の射程は大したことはないし、何より攻撃力は一斬撃程度に過ぎないから、真の強者には大して効果などあるまい。要は、雑魚殲滅用の技ってところか。

とりあえず、終わったが、どうにも嫌な胸騒ぎがする。

キースは焦燥たっぷりの表情で私の上着を掴むと、涙をボロボロ流しながら、

「カイ、オルガのおっさんとイルザさんがっ──！」

声を張り上げる。上手く言葉にできないようだ。この様子、ただ事じゃないな。

「二人がどうかしたのか？」

キースの両肩を掴んで問いかけると、

「奴らに攫われたんじゃ」

背後からの声に振り返ると、ハンター界の英雄、ラルフ・エクセルが神妙な顔でこちらを見ていた。回復直後のせいか、ラルフの顔は真っ青であり、膝を震わせていて杖で辛うじて立っている状態だった。

攫われた……オルガおじさんも、あの色黒の女イルザもこの戦場に見当たらない。

確かにアルノルトやハンター界の英雄ラルフ、Sランクのハンター、ベオがあんな雑魚にあっさり敗北するのはありえない。この状況で最も可能性が高いのは、彼らを倒した敵は依然として存在し、そいつに二人は攫われたということ。

「舐めやがって……」

マズイな。どうにも怒りが抑えきれん。キースを殺そうとした時点で、我慢の臨界は超えていた。その上、オルガおじさんまで攫うか。オルガおじさんは、幼い頃、私を自身の子供同然に育ててくれたことがある御仁だ。今の私は他者から黙って大切なものを奪わせるほど温くはない。考えられる上で、最悪の悪夢を見せてやる。

丁度、私が意を決した時、空から炎の柱が落下し、人の形を形成していく。その炎の魔人は、私に跪くと、顎を引き、両手を水平に並べることにより、顔の上半分を隠しながら、

『我らが至高の御方様、かしこみかしこみ、申し上げます』

恭しく言葉を発する。

「イ、イフリートッ！」

ローブを着たハンターギルドのおかっぱ魔導士の幹部が裏返った声を張り上げる。そう、こ

いつはイフリート。精霊王を自称していたが、実際はただの悪霊だ。そして、こいつはギリメカラの配下。だとすると――。

「状況を報告しろ。時間がないから端的にな」

『ハッ！　ここから北東の遺跡付近に己を絶対の悪と称するティアマトという名の愚物が本陣を構えております。オルガ殿とイルザとかいう人間の娘はそのティアマトの軍の下へ攫われた模様です』

ティアマトねぇ。話の流れ的にパズズのボスのことだろう。アルノルトやベオに勝利したのなら、相当の強者のはず。だとすると、あの計画に使うのは少々厳しいかもな。どのみち、今回はオルガおじさんの安否がかかっている。遊びは二の次だ。私の手持ちの最大戦力で応戦させてもらおう。

相手の戦力は強大。中途半端な強さの者は不要。私の部下の中でも最強を誇るものどもでなければならない。

私は討伐図鑑から、各派閥を代表するものどもを出現させる。皆、大地に跪き、空に浮遊しながら、一斉に首を深く垂れる。

先頭の七つ頭の黄金の竜――ラドーンが地響きを上げつつも、一歩前に出ると、

『我らが偉大なる御方よ、何卒お命じくだされ』

皆を代表して伺いを立ててくる。

私は肺に空気を入れて、

「私の恩人が賊に攫われた！　同じく攫われた色黒の女とともに保護しろ！　それが最優先事項だ！　あとは——鼠狩りだ！　手段は問わぬ！　自重も要らぬ！　たとえ相手がいかに取るに足らない雑魚であっても、一匹残らず残さず、狩り尽くせ！」

腹の底から声を張り上げて厳命を下す。

『ひゃほっーー！　御方様からの勅命だっ！　俺がすべて殺し尽くしてやるッ！』

『ふざけないでほしいわねぇ！　それは私ら女神連合の役目よッ！』

『悪軍中将ティアマト！　あのロリっ子かぁ！　相手にとって不足なしっ！　御方様に授かったこの力で目にもの見せてやるさぁッ！』

各派閥の代表者どもは狂喜乱舞しながら森の中へ消えていく。

「オルガおじさん、無事でいてくれ」

久方ぶりに覚えた胃の腑の焼けるような焦躁に、下唇を噛み締めつつ私は戦場へと向かうべく地面を蹴り上げた。

カイが殺戮のために森の中に姿を消してバルセ前は奇妙な静寂に包まれていたが、ようやく時間が動き出す。尻もちをつく者、呼吸をしようとして咳き込むもの、極度の緊張状態から解放され嘔吐をするもの、様々だったが、例外なく皆が理解していたことがあった。それは——。

「あれに勝つのは絶対に無理だべ」

ベオがしみじみとそんな皆が思っている感想を述べると、

「ああ、俺も彼を大分過小評価していたようだ……」

額に流れる汗を拭いながら、アルノルト様が大きく頷く。

「ラルフ様、あれは一体何なんですッ⁉」

バルセのハンターギルドのおっかぱ頭の幹部が、ヒステリックな声でラルフ様に詰め寄る。

「カイ・ハイネマン。この世で一番の無能の恩恵(ギフト)を持つ剣聖エルムの孫じゃ」

このラルフ様の言葉に、

「とぼけないでいただきたい！　そんな法螺話を聞きたいわけじゃない！　貴方は何を隠しているんですっ⁉」

唾を飛ばしてすごい剣幕で捲し立てる。

「別に嘘などついておりゃせん。紛れもない事実じゃよ」

疲れ切ったように首を左右に振るラルフ様に、

「あの御方(おかた)が力のないクズギフトホルダー⁉　馬鹿馬鹿しい！　そんな与太話、魔導士なら誰も信じやしませんよ！」

そう強い口調で断言する。

「あの御方って、お前……」

同じハンターギルドの幹部の一人から奇異な視線を向けられるが、

「そもそも、あの御方（おかた）は人ではない！　我ら魔導士がずっと待ち望んでいた超越者（トランセンダー）！　しかも、おそらくこの世界の有史以来最強の！」

以前のおかっぱ幹部とは思えぬ、意外極まりない台詞を吐く。

「当たらずと雖（いえど）も遠からずじゃろうな」

咄嗟に振り返ると、白髪に同じく真っ白な長い顎鬚を垂らした翁が愉快そうに笑みを浮かべながら、近づいてくる。

「アーロン師父、御無沙汰しておりますっ！」

アルノルト騎士長も白髪の翁の前で左の掌に右拳を当てて、頭を深く下げる。一足遅れて、ローゼ殿下を先頭に複数の男女がこちらにやってきた。

「うむ。アルノルト、お主も災難じゃったが、無事でなによりじゃ」

アルノルト騎士長を労う白髪の翁。彼がアルノルト騎士長の師、カイエン流総師範、アーロン・カイエンか。

「挨拶など後にしていただきたい！　早くあの御方について教えてください！」

両眼を血走らせて叫ぶおかっぱ幹部に、数人の高ランクの魔導士たちも賛同の声を上げる。

キースも魔導士の端くれだ。カイに跪いていた存在たちについてうっすらとは理解できていた。おそらく、あれらはこの世界に本来存在してはならぬもの。キースたち魔導士が超越者（トランセンダー）、もしくは神と称する存在。お師様がいつも言っていた。魔導士たちは超常の力を有する神とやらに謁見し、理の埒外の力を得ることを生涯史上の命題としている、と。

　そして、キースたちがしていた大きな思い違いは、カイが単なる契約者ではなく、彼ら超常の存在を率いていたということ。超常者を率いるものは、超常者以外にはありえない。故に、一流の魔導士である彼らからすれば、そのカイを知りたいと思うことは至極当然のことだ。

「マリアから彼の父は人間と聞いております。マリアも人族である以上、彼は紛れもない人間ですよ」

　魔導士たちの疑問に答えたのは、アーロン老ではなくローゼ殿下だった。

「そんなはずはないッ！　人にあんな出鱈目な強さなどあるはずがない！」

「いくら強くても、彼は人族で私ローゼマリー・ロト・アメリアのロイヤルガードです」

「それだけは許されん！　彼奴は生粋の怪物だぞ？　一国が保有するには手に余る力だ。それを一介の王女の家臣にするなど正気の沙汰ではないわいッ！」

　今まで大人しく成り行きを見守っていたラルフ様が声を荒らげてローゼ殿下の言葉を全力で否定する。ラルフ様の初めて見る鬼気迫る形相に若干萎縮しながらも、

「そう言われましても、カイも快く引き受けてくださいましたし」

　ローゼ殿下は噛みしめるようにそう断言した。その言葉にアルノルト様の右頬がピクンと上がる。

　そうか。きっと、ローゼ殿下が無茶をしてカイが折れたというパターンだろう。この人、たまに意味不明な行動力を発揮するし。仕方ないなと、カイがため息交じりに引き受ける様子が鮮明に思い浮かび、それが無性に可笑しくなって、

「ははっ！　くははははっ！」

久しぶりに声を上げて笑っていた。

突然のキースの奇行に、困惑気味の視線が集中する中、

「キースや、何が可笑しいんじゃ？」

ラルフ様が代表してキースに尋ねてきた。

「すいません。でも、カイの奴、結局、あまり変わってないなって」

そうだ。言動はかなり変わったが、カイの根幹は昔から大して変わっちゃいない。あいつの心根は、結局、優しいあいつのままだ。

「昔の彼奴を知る儂からすれば、変わりすぎだと思うんじゃがな」

アーロン総師範が真っ白な顎髭に触れながら、ぼんやりとそんな感想を述べると、

「まったくだ」

ラルフ様も大きく頷く。

「話を戻しましょう。ラルフ様は、カイ君がどこの組織に所属すべきとお考えですか？」

アルノルト様が、ギルド長にその発言の意図を尋ねる。

「どの国にも属さぬ組織、それはハンターギルドに決まっておる！　それ以外の組織に属することには儂は断固として反対する！」

ラルフ様がそう即答すると、周囲の魔導士たちから、一斉に賛同の声が上がった。そう来るとは思っていた。カイの存在は今まで存在した際どい国家種族間のパワーバランスを粉々に崩

しかねない。というか、たとえ数十万の兵をカイにぶつけても倒せるとは到底思えない。死体の山を築くだけだ。それこそ、あの獣顔の怪物たちと同様に。

「心配いりませんよ。今の彼はそもそも誰かの下につくような人間ではない。我らのような純粋な騎士にはなりません。どちらかというと、ローゼ様を支える後見人的な関係に落ち着くと思います」

　アメリア王国は紛れもない大国だ。その王族の後見人的関係。そんな関係になれる者など、超高位貴族か、王族親類縁者くらいだろう。いくら強くても、一介の少年がなれるものでは断じてないはず。そのはずなのに――。

「ふざけるな！　後見人など、そんな不敬、許されるものかっ！」

　逆の意味での拒絶の言葉がおかっぱ魔導士幹部から飛ぶと、他の魔導士たちも次々とそれに続く。それを他のハンターたちが呆気に取られて見ていた。

　そんなある意味、カオスな状況で腕を組んで考え込んでいたアーロン老が神妙な顔で弟子のアルノルト様を凝視し、

「アルノルトよ、お主、カイ・ハイネマンの強さの秘密を知っておるのか？」

　今、この場の全員が一番知りたい事項を尋ねた。

「あくまで私の個人的な状況分析にすぎません」

「だが、お主は確信しておるのだろう？」

「はい」

「教えろ！」

　身を乗り出すアーロン老にアルノルト様は大きく首を左右に振って、

「きっと、それは彼の根幹にかかわることで、おまけに推測の域を出ません。ですので、師父の命でも軽はずみなことは言えません」

　きっぱりと拒絶する。

「どうしてもか？」

「はい」

「そうか……なら仕方ないのぉ……」

　がっくりと肩を落とすアーロン老にアルノルト様は苦笑しながら、

「では私が確信していることを一つだけ。確かに彼は、この旅が始まる前までは弱く無力だったということでしょうか」

　補足説明する。

「旅が始まる前まで弱かったか……ふむ、あの武神の強さは才能や恩恵（ギフト）などという薄っぺらいものでは到達できぬ性質のもの……とすれば……」

　思考の渦に飲まれているアーロン老に、

「強さの原因などどうでもよい！　カイが現に強いことが重要なのだ。彼奴はハンターギルドがもらう。アーロン、構わんな？」

　ラルフ様はアーロン老に有無を言わせぬ口調で尋ねた。

「ああ、もちろんじゃ。儂もあの武神を弟子にしようなどと大それたことは望まんしの。基本実力至上主義のハンター界に身を置くのが一番軋轢の少ない方法じゃて」

「ならいい！　さーて、忙しくなるぞ！　早急にあの男のハンターランクを上げねばならん！いくぞ！」

両眼をギラギラと輝かせつつ叫ぶと、

「「はい！」」

魔導士たちも興奮気味に顔を赤らめながらも、大きく頷きバルセの街へ駆けていく。

「まだ、戦いは終わっちゃいねぇんだがな。ありゃあ、完璧に舞い上がっちまってる」

野性的な武道家風の男が両腕を組みつつも呆れたように呟くと、

「カイ君の勝利を疑っていないという点では俺も似たようなものだが」

アルノルト様が今も爆走するラルフ様たちの後ろ姿を見ながら、ぼんやりとそんな感想を述べた。

「まあな、カイ・ハイネマンからすれば、全てただの雑魚だろうしよ」

「あの悪名高い悪軍中将が、木っ端雑魚扱いされたところなど、初めて見たのである」

心の底からげんなりした顔で紫の異国の服を着た女性が首を左右に振る。

「アスタ、貴方はこの地を襲った敵について知っているのですか？」

「一応。でも要らぬ心配である。マスターが動いた以上、結果は既に出ている上に、今回はあの図鑑の変態どもがマジになってしまっている。お前たちの想像通りの結果にしかなりようがないのである」

アスタと呼ばれた紫の異国の服を着た女性が、若干諦めの入ったため息を吐くと、指をパチンと鳴らす。刹那、ある光景が映る。

そこには対立する二者の勢力が映し出されていた。

◇◆◇◆◇◆

ピーコが主たるパズズ様の命により、気絶した人間二匹を抱えながら遠征軍本陣に向けて飛行していると、突如前方にどす黒い雲が発生する。

『何よ、あれ？』

刺すような強烈な悪寒が背中を駆け巡り、急停止して方向転換しようとするが、その黒雲はあっと言う間にピーコの周囲を覆い尽くしてしまう。

『ま、回り込まれた？』

だが、この黒霧からはパズズ様同様、悪邪系の匂いがする。まず、天軍ではあるまい。おそらく、ティアマト軍の監視網にでもひっかかってしまったのだろう。それなら——。

『パズズ様の命により、尋問のためこの人間二匹を本陣に連行している最中よ！　ティアマト様にお目通りを願うわ！』

声を張り上げるが、その黒雲からの返答はない。ただ、その悪寒による警笛はもはや無視できぬレベルまで膨れ上がっていた。

『な、何とか言いなさいよ！』

不安を誤魔化すべく声を張り上げる。それに答えたのは、

「無駄だぁ、羽虫ぃぃ」

ピーコが左腕に抱えている人間の女だった。咄嗟に視線を落として確認して、

『ぎひゃっ！』

そのあまりの悍ましさに無様にもみっともない悲鳴を上げてしまった。

女の両眼は黒色の渦に変わっており、口は三日月に耳もとまで裂けて、真っ黒な渦ができていた。

必死だった。懸命に女を振り落とそうとするが、女の右手がピーコの喉首を掴む。

「貴様は我らが至高の御方の大切な方に危害を加えようとした！　それは決して許されぬ大罪にして背信行為！　なあ、そうではないか？」

右腕に抱えていた長い耳の男が真ん丸の黒渦の口で叫ぶと、

『然り！　然り！　然り！　然りぃぃぃ！』

大声を上げつつ黒霧から出現してくる無数の存在ども。それらを一目見て、

『ぎひぃぃぃっ――――――！』

今度こそ、喉が潰れんばかりの悲鳴を上げてしまった。

別にピーコが、特段臆病なわけではない。むしろ、今も取り囲んでいる存在どもを目にした

ら、おそらくパズズ様とて同じリアクションをしたことだろう。そのくらい、周囲を今も取り囲んでいるものどもは常軌を逸していた。それはピーコなど本来、謁見することすら叶わぬ、この世でも名の知れた悪神、邪神たち。

『なぜ、貴方様方がッ⁉』

ピーコが金切り声を上げるが、女はそれには答えず、

「貴様らぁ、我らゴミムシは我らが神に唾を吐いたこの身の程知らずのクソクズカスをどうすべきなのだ⁉」

グルリと周囲の悪神、邪神を眺め見るとそう問いかける。

『楽には殺さぬ！　永劫の苦しみを与え続けてやるっ！』

一つ目の悪神が叫ぶと、

『異議なし！　異議なし！　異議なし！　異議なし！』

怒号のような同調の言葉が大気を震わせた。

『あぁぁぁ……』

ピーコの喉の奥から罅割れた悲鳴が漏れ出る。

もうピーコは理解している。その理由は微塵も見当すらつかなかったが、自らが何か決して触れてはならぬ化け物たちを本気で怒らせてしまったことを。

『あああぁぁぁぁぁぁーーーーッ！』

喉の限りの声を張り上げながら、ピーコの意識は黒く塗りつぶされていく。

ピーコの姿が黒雲に飲み込まれた後、額に角のある三白眼の長身の男が姿を現し、

「なるほどな。とっくの昔に御方様の恩人は保護済みだったってわけか」

ため息交じりにそう独り言ちる。突如、角のある三白眼の男の前にギリメカラが出現し、

『至極当然！　攫われてすぐ、二人はハンターギルドに送り届けておる！』

腰に両拳をあてると、さも当然という形相で大声で返答する。

「全てが茶番ってわけか。お前ら、マジで最悪に性格が悪いのな」

角のある三白眼の男は丸眼鏡のフレームを押し上げながらしみじみとした感想を述べると、

『これも全て御方様の描く物語よ！　あーあ、素晴らしい！　あの悪軍中将ティアマトすらも掌で転がすだけでは飽き足らず、骨の髄まで利用しようとは我らごとき、ゴミムシには到底思いつかぬ！』

ギリメカラは涙を流して両手を組んで天を仰ぐ。そのあまりに異様な姿に、角のある三白眼の男は険しい表情で、

「御方様はお前らを使って何をなさるおつもりなのだ？」

今最も気になっている事項を尋ねる。

『生贄だ』

「生贄？」

『ああ、御方様を激怒させた下郎どもの中に「神喰らい」の能力を有するクズがいるらしい。

つまり、もう我の言わんとしていることが分かるはずだ』

「……」

角のある三白眼の男は暫し、半口を開けて金縛りにでもあったかのように微動だにしなかったが、

「マジか……やっぱ、御方様はパネェなぁ……」

興奮気味にその言葉を絞り出した。

『そうだ！　そうであろう！　悪軍中将さえも贄にする壮大な計画。この世のどこを探しても御方様にしか絶対に思いつかぬ！』

「そりゃそうだろうよ。御方様以外がその案を提案すれば、ただの自滅願望のあるイカレ野郎だしなぁ」

面白そうに、顎に手を当てて所感を述べる三白眼の男。

『だが、これで舞台は次のステージに上がるぅぅ！　我らが神の願いが成就されるのだぁぁぁあーーー！』

両腕で空を仰ぎ、大気を震わせんばかりの声を張り上げる。

「御方様の描く最悪のストーリーか。俄然、興味が湧いてきたなぁ。見届けさせてもらうとしよう」

三白眼の男も悪質な笑みを浮かべながら、姿を消す。

ギリメカラは再度ぐるりと周囲を見渡すと、

『現在、ライガとフックの教練はロノウェの仕切りだ！　故に手持ち無沙汰な我らも参戦する！』

鼓舞する言葉を吐く。刹那、割れんばかりの歓声が巻き上がる。

『一切の慈悲のない蹂躙。それこそが我ら神の望み！　ならば、我らゴミ虫どものやることは一つだけだっ！　殺せ！　壊せ！　潰せ！　砕け！　我らの至高の大神の御心（みこころ）のままに！』

咆哮があがり、この場この時、討伐図鑑の中でも最大で最も悪質な派閥もこの戦争（茶番）に本格参戦する。

太古の神殿だったものは今や、宮殿のような様相へと変貌している。その巨大な建物の前で、ティアマト軍は主による大号令に備えるべく待機していた。その本陣の一際大きいテントの中で、三メルはある巨人が酒を飲んでいた。

『パズズの奴めッ！　上手くやりやがって！』

悪軍大佐キングは、もう何度目かになる悪態をつく。今回のティアマト様の現界の功績により、パズズには悪軍一番槍の褒章が与えられた。

悪軍の一番槍。それは悪軍に所属するものとして誉であり、最大の栄誉。おそらく此度の恩賞により、パズズはまず間違いなく進級する。下手をすれば、キングと同じ大佐まで二階級特進するかもしれない。

『くそっ！　あの程度の少しごますりが上手いカス雑魚がこの儂と同階級だと⁉　冗談ではないわ！』

キングの右手に持つアダマンタイト製のグラスはグニャリと折れ曲がる。

ダメだ。怒りが抑えられん。きっと、今あのパズズの勝ち誇った顔を目にしたら、キングは殴ってしまう。少々、頭を冷やさねばならぬ。やはり、この憤りを抑えるには弱者をいたぶるに限る。都合よくこの世界は人間（弱者）で溢れている。それを捕えて遊びにでも使えばこの鬱憤も少しは晴れることだろう。

『キ、キング大佐ッ！』

テント内に転がるように飛び込んでくる側近に眉根を顰めて、

『騒々しいぞっ！　何事だっ⁉』

声を荒らげて問いかける。

『そ、外に大軍がおり我らを包囲しておりますっ！』

包囲？　既にパズズが先陣を切っているのだ。いくらパズズが弱いといっても人間ごときに敗れやすまい。だとすると答えは一つ！　天軍による攻勢だ。

『パズズめ！　しくじりおったな！』

これはいい。実に好都合。包囲されている時点でパズズは死んでいるか逃亡したかのいずれか。少なくとも降格は免れまい。そして、ここでキングが奴らを撃退すれば念願の将官へと進級することができる。

　意気揚々とテントを出て周囲を確認するが、

『んなッ!?』

　驚愕の声が喉から飛び出る。それらは数的には千そこら。少なくともキングたちティアマト軍、三万と比較すれば取るに足らぬ数。そのはずなのに、生まれ出でて初めて覚える肌が焼けるような戦慄が身体中を突き抜けていた。

『お、おい、あの先頭にいる竜って破壊竜ラドーンか？』

　巨大な七つ頭の黄金の竜に指をあてて、幹部の一人が声を震わせる。

『ラドーン？　そんな馬鹿なこと……は？　はぁぁッ!?』

　吃驚仰天に声を張り上げていた。当然だ。あれはラドーン。忘れるはずもない。過去に竜たちの王道楽土を作らんと数多の竜神たちを率いて天と悪の両陣営に戦をしかけて敗北した最強の竜の大神。あの大戦で天軍、悪軍双方が多大な被害を被ったのだ。あの戦争に一兵卒として参加していたキングがあの怪物を忘れるはずがない。

『う、嘘だろ、あれは不死神フェニックス？』

『戦女神、アテナとネメシスもいるぞっ！』

　決して交じり合わないこの世で最強を自負する神々たち。それがキングたちを取り囲んでいる。そんな意味不明な状況の中、さらに最悪は加速する。

　空に生じたいくつもの巨大な剣たち。それらが大地に突き刺さり、道のようなものを形成していく。

　そしてその剣の道のわきに参列する存在たちを一目見て――。

『ば、ば、馬鹿なぁぁッ‼』

　キングは喉が潰れんばかりの大音声をあげていた。あの最前列で佇立している白色の人型の御方は、元悪軍中将ドレカヴァク様。次期大将が確実とまでいわしめた最恐の悪神。あの御方だけではない。他の参列する神々は名のある悪神、邪神たち。

　そして、その剣の道から一人の大した特徴もない灰色髪の人間の子供がゆっくりと歩いてくる。

　その少年の傍に控える九つ尾を持つ銀髪の女と獅子顔の戦神。あれらも知っている。妖神九尾の狐と、神獣王ネメア。奴らだけではない。悪軍を取り囲む者たちは、全てが一度は伝え聞いたことのある最強の神々たち。

『ありえん！　ありえるはずがないわ！』

　その神々たちは大地で、大木の上で、空中に浮遊しながら一斉に少年に首を垂れる。

　混乱する頭で必死に叫んでこの非現実すぎる現状を否定する。

　灰色髪の人間の子供は肩に担ぐ長剣の剣先をキングたちに向けると、

「開戦だ。一匹残らず駆逐せよ」

　そんな無情な命を下す。

　刹那、三万もの悪軍の前方の数千の悪兵たちが宙に浮きあがる。そして超巨大な真っ白な手により平叩きにされる。ボシュッという破裂すると音とともに、たった一撃で数千の最強を誇った悪兵たちは原形すらとどめぬ肉片となる。

間違いない！　ドレカヴァク中将の能力。あの御方がこの戦に参戦しているのは明らか。あの御方にはティアマト様とて勝利する保証はない。いや、おそらくまともに戦えば十中八九、敗北する。ましてや、キングたち一介の将校には抗うことすら不可能。

（か、勝てるわけがないッ！）

生存本能。今キングを支配していたのはその一言に尽きる。その本能の赴くままに他の将兵など一切無視して後方の空へ退避を試みようとするが、

『貴様、将の分際で己の部下を見捨てて敵前逃亡するのか！　だから、悪軍共には反吐が出るのだ』

背後に紅の円形の武器を背負う全身黒色ののっぺらぼうの存在に、キングは首を鷲掴みにされてしまう。

『堕天使、アザゼルぅーー！』

こいつも、知っている。というか、悪軍なら一兵卒でも知っている。堕天使アザゼル。天の使いが神格を得た突然変異体。天軍、悪軍の双方と対立し、双方に多大な損害を与えるも捕縛されて処分されたと聞いていた。

『貴様のような屑への我らが神の救いは、死、ただ一つのみ』

その言葉を最後に体の中心から強烈な痒みが生じ、それらが急速に全身へと広がっていく。

『ぐけけけ……』

奇声とともにキングは溶解していき、

『キング大佐が負けたッ‼』

その部下たちの悲鳴を最後に、その意識はゆっくりと闇へと落ちていく。

そして——悪夢の幕は上がる。

肌の露出度が高い赤色の衣服に身を包んだ美女ネメシスを震えながらも取り囲む悪軍兵たち。

『いいか、外見に騙されるな！　全力で——』

悪兵の指揮官の言葉は全身に絡まった無数の紅の糸により遮られる。ネメシスが指先を動かした時、ズルっと取り囲む悪兵たちの全身に亀裂が入り、粉々の砂となり崩れ落ちてしまう。

「くだらない。実にくだらない。そして、か弱き女を攫うなど実に不愉快ですわね」

不愉快そうに吐き捨てる。それとは一転、ネメシスは遠方で戦場を眺めているカイに視線を向けると顔を恍惚に染めて、

「愛しの我が君よ。我が愛をここに！」

熱く偏った愛を語ると、

「妾の愛しい旦那様に色目を使うな、でありんすっ！」

九尾が口を尖らせて非難の声を上げる。

「い、色目など使っていませんわっ！　貴女こそ、旦那様などと不敬な発言をするなと、何度言ったら分かるんですっ！」

「妾は旦那様とお呼びすることを許されているでありんす！」

「ありえませんし、そんなこと、絶対に許しませんっ！」

歯を剥き出しにして睨み合うネメシスと九尾を悪兵たちが一斉に取り囲み、

『舐めるなぁっ！』

その部隊長らしき男が声を張り上げる。

「うるさい！」

ネメシスが赤色の糸で一閃し、

「邪魔でありんす！」

九尾が右手に持つ扇子で薙ぎ払う。

包囲している悪兵の半分はネメシスの赤色の糸により赤色の砂となり、もう半分は九尾の扇子から出た黒色の球体に触れて、消し飛ばされる。

「どうやら、一度、とことん話し合う必要があるようですわね」

「望むところでありんす」

二柱（ふたり）がお互い薄気味の悪い笑みを浮かべつつ、戦闘態勢をとった時、

「マスター、マスター、ノーちゃん、あの人間たちを鍛えるの手伝っているでしゅ。褒めてほ

しいでしゅ」

顔のほとんどを真っ白な髪で隠された少女が、カイの腰に抱き着き、そのお腹に顔を押し付けていた。

「うむ。そうか。ご苦労様だ」

カイは右の掌で白髪の少女の頭をそっと撫でると、

「うみゅう」

少女は幸せそうな顔で目を細める。

「な、何をやっているでありんすっ！」

「ノルン！　抜け駆けするなですわっ！」

九尾とネメシスが憤怒の形相でカイからノルンを引き離すべく駆け出した。


黄金の竜の頭部の一つの大口から放たれる業火。それらは一瞬で悪兵たちを灰燼と化す。さらに、もう一本の頭部からは凍てつくブレスが吐かれて悪兵たちを丸ごと凍結させた。

さらに、別の頭部の双眼が光ると、黄金の雷が天から落下し瞬時に細胞一つ残さず蒸発させる。

『ゴラァ！　ラドーン、俺たちまで巻き込むつもりカっ！』

『さっきの一撃で周辺の敵のほとんどが吹き飛んじゃったわよッ！　御方様に褒めてもらえなかったらどうしてくれるのっ！』

戦場の至る所から猛烈な批難の声が飛び交う中、それを意にも介さずまるで不沈空母のごとく、巨大な黄金の七頭竜は悠然と歩み、敵勢力の一切を蹂躙する。

一筋の閃光が大地を縦横無尽に走り抜けて、その度に悪兵たちの首は空に舞い燃え上がる。その閃光が止まり、角の生えた三白眼の青年——酒呑童子が、紅の刀身の刀剣を片手に佇んでいた。

「やれやれ、この程度か。悪軍ってのはもう少しやると思ってたんだがな」

少し、落胆気味に刀身についた血糊を払う。

「ま、その分、御方様の遊びがあるし、別にいいけどよぉ」

再度閃光となって悪兵たちの首を刎ねていく。

『な、なんだ、これ⁉』

悪兵たちの立つ地面から黒色の無数の手が伸びる。

『ぐぎゃ！』

その黒色の手に触れただけで、悪兵たちの全身は黒色の粒子となって崩壊していく。

鼻の長い怪物ギリメカラは、両手を組んで口端を引くと、

『我らが偉大なる父よ！　崇敬の神よ！　我らの強い深い信仰を貴方様に！』

声を張り上げる。

そして、三つ目を興奮に血走らせ、戦場を地響きを上げながら、蹂躙していく。

——ティアマト御殿

そこは悪軍の拠点であり、悪軍中将ティアマトの居城である。

真っ赤な絨毯と、その先にある玉座には水色の髪をツインテールにした幼い少女ティアマトが踏ん反り返っている。そして、その玉座へと続く絨毯の両脇にはティアマトの配下の者たちが参列していた。

「玩具はまだなのねっ！　確保したはずじゃなかったのねっ」

立ち上がりヒステリックに喚きながら、地団太を踏むティアマト。たったそれだけで、足元の地面が砕けて、その破片が傍に控えるメイドの右腕を吹き飛ばす。

『くかっ！』

真っ赤な鮮血がまるで紙吹雪のように落ちる中、メイドは片膝を突いたままで必死に痛みをこらえる。

「うーうー！」

そんなメイドを目にして、さらに癇癪を起こす女神。参列一同にあったのは己もいつ似たような目にあうかも分からぬ恐怖の感情。そんな中、最前列で佇立していた二本の角にサングラ

スをした長身の軍服の男が一歩前に出ると、

『ティアマト様、このモーヴが保管庫を見てきますっ！　しばしの御待ちを！』

恭しく一礼してそう進言する。

『早くするのね！　妾、もう待てないのねっ！』

『御意で、ございます』

モーヴは再度一礼し、部屋を出て行く。


その殺風景な地下室には二つの手術台が置いてあり、そこの台には各々、人族の子供が寝かされていた。モーヴは満足そうに幾度も頷くと、

『これらへの仕込みは？』

若干ズレたサングラスのフレームを右手の中指で修正しながら、血糊の付いた白衣を着た小柄でやせ細った鬼に尋ねる。

『ご指示通り、【反魂の神降し】で使われた土地神モドキ共のあのふざけた能力を複製し、これらに移植中です』

『魂を喰らって強制進化する力ねぇ。確かに、土地神モドキには過ぎた力ではあるなぁ』

『しかし、本当に効果があるものでしょうか？　相手はあのティアマト様ですよ？』

白衣の痩せた鬼が焦燥たっぷりの声を上げるが、モーヴは左手でその鬼の頭部を鷲掴みにすると、

『いいかぁ？　それ以上は話さぬが吉だぜぇ』

右の人差し指を口に当てて笑顔のまま、そう語りかける。

『はひっ！』

白衣の鬼は姿勢を正して敬礼をすると、カタカタと震えながら首を深く垂れる。

『それらを連れてこい！』

モーヴは意気揚々と背後の部下たちに指示を送って王座の間へ戻る。

眼前に並べられた二人の幼い少女に、

「いいのね！　すごくいいのね！」

ティアマトは目を輝かせ、声を弾ませて近づくと抱きしめたり、頬擦りをしたりする。

『お気に召しましたかぁ？』

モーヴの疑問に、

「うん、とっても気に入ったのね！　最高の玩具なのね！　妾の部屋に連れてきて世話をさせるのねっ！」

ご機嫌にそう叫びながら、少女の一人の手を掴んで歩き出そうとした時、

『▽◇○×◆ΠΓッ！』

少女とは思えぬ獣のような声を上げながら、ティアマトに抱き着く。

「ど、どうしたのね？」

困惑気味に語りかけた時、もう一人の少女もティアマトに抱き着いていく。

「ティアマト様ッ！」

先ほど右腕を吹き飛ばされたメイドが濃厚な狼狽の色を顔一面に張り付かせながら、声を張り上げる。

『起　動(アクティベイト)！』

刹那、モーヴの指がパチンと鳴らされる。少女たちの口や目から出る大量の黒色の泥。それらは大きく広がり、まるで怪物の口のような形となる。

「くっ！」

少女たちを引き離して離脱しようとした、丁度、その時、

『貴様らぁ、ティアマト中将閣下は大変お疲れだぁっ！　休ませて差し上げろぉッーーー！』

モーヴが大声を上げて右手を向けるとティアマトの足元に巨大な魔法陣が出現し、その全身を黒色の鎖で雁字搦めに拘束する。他の参列していたティアマト軍の将校たちも茨や赤色の拘束具、内側に針の付いた金属の箱などの拘束系の術式を一斉にティアマトに対して発動する。

「離すのねっ！」

ティアマトが少女たちを跳ね除けようとするがビクともしない。駆け寄ろうとしたメイドの女性も他の将校により組み伏されてしまっていた。

『無駄ですよぉ。流石の貴方であっても、この数と強度の拘束型の術から逃れるにはもうしばらく必要です』

モーヴが口角を耳元まで吊り上げてティアマトに告げる。

「お前たち、裏切ったのねっ⁉」

ティアマトの非難の言葉に、

『裏切る？　悪いが、あんたの悪は軟弱すぎる！　第一、たかが人間（ムシケラ）を愛でて傍に置くなど、正気とは思えないんだよぉッ！　人間（ムシケラ）は家畜！　その役目は、食材、素材、労働力程度しかありえねぇっ！』

モーヴはそう勝ち誇ったように今までの丁寧な口調とは一変して荒々しくも断言する。

「こんなことをして、大将閣下方が――」

『それは気にすんなよぉ。既にマーラ様より、許可はいただいている』

モーヴはその顔を醜悪に歪めながらも、ティアマトにとって破滅の言葉を口にする。

そもそも、ティアマトの奴は他種族を支配しようとしているのだ。モーヴたち悪軍の目的は悪の本懐を遂げること。すなわち、悲痛、苦痛、考えられる上で最高の絶望の中、命を奪うことにこそある。それこそが悪であり、断じて他者を支配することではない。特にティアマトの奴は下等生物の餓鬼どもを傍に置いて我が子のように愛でるという極めて質の悪い趣味がある。さらに餓鬼共に泣きつかれ下等生物の両親を匿ってもいるらしい。こんなものは悪ではなく、あの胸糞の悪い天軍の行いであり、到底看過できるものではなかった。それゆえに、見かねた六大将マーラ様がティアマト処分をモーヴに命じたのだ。つまり、これはマーラ様の御意思。これは反乱ではなく、不穏分子の粛清に過ぎないのだ。

「う、嘘なのねっ！」

『真実だぜぇ。だがよぉ、マーラ様の御許可の存否を今ここであんたと議論するつもりはねぇよ』

「ーっ⁉」

モーヴが再度パチンと指を鳴らすと同時に、大口を開けた黒色の泥はティアマトを呑み込み、咀嚼してしまう。

数回、咀嚼した後、二人の少女たちから黒色の泥が分離。二人の少女たちとティアマトは抜け殻のようになり、ともに落下して床に伏す。空中に残された黒色の泥は一つの大きな黒色の塊となっていく。

「モーヴ、貴様ぁっ！」

激語するメイドにめんどうになったモーヴは顔を顰めつつ、

『分からねぇなぁ。貴様も、さっきそれからクソのような扱いを受けたばかりのはずだろ？むしろ、オレに感謝してほしいものだがなぁ』

素朴な感想を述べる。

「貴様ごときが、あの御方を語るなっ！　あの御方は――」

『煩わしい！』

モーヴの姿がブレると、メイドを無造作に蹴り上げる。メイドは数回転しながら壁に激突して、呻き声を上げつつも動かなくなってしまった。

『さあ、始めようかぁ！　たった今から、中将ティアマトを贄にした最強の悪神の誕生だっ‼』

両腕を掲げて天を仰ぐと、参列していた将校たちもモーヴに深く首を垂れる。さっきのメイドの側近以外、こいつらは篭絡済みだ。あとは呪術により取り込んだ土地神モドキ共の能力を使ってティアマトの力を取り込むのみ。

モーヴの胸部の中心に埋め込まれた赤色の勾玉が急速に発光していく。モーヴは黒色の泥の球体に右手を突き入れると水色の小さな球体を掴んで取り出す。そして、その己の胸の勾玉に付着させた。

水色の光と赤色の光が交じり合い、モーヴの身体の内部に吸収されてしまう。同時にモーヴの身体の表面はボコボコと泡立ち始め、卵の殻のようなものに包まれてしまった。

数十秒後、卵の殻に亀裂が入り、中からサングラスをした牛の頭部に黒色の翼を生やした怪物が羽化する。

『……』

羽化したモーヴは己の全身をマジマジと凝視していたが、

『素晴らしい……素晴らしいじゃねぇかぁッ‼　この無限に湧いてくるような力！　悪軍中将すらも間違いなく超えている！　今のオレに比較するものなど現六大将閣下ぐらいだろうよ！　これなら、次期悪軍大将も確実だぁぁっ！』

歓喜の声を張り上げる。今のモーヴは控えめに言っても中将を超えている。もしかしたら、あの伝説の元悪軍中将、ドレカヴァク様にすら匹敵するかもしれない。

『おめでとうございます！　モーヴ様！　いえ、モーヴ中将閣下！』

『これで、あの我儘な小娘の気まぐれに付き合わされなくて済む！』

『まったくだ！　何が可愛いは悪だ！　中身の詰まっていない悪など怖気が走る！　あれの悪は、我らが信じる悪ではない！　腑抜けの産物よ！』

『心配無用だッ！　これから晴れて我が軍はモーヴ中将軍となる！　マーラ様からその事前の許可はいただいているッ！』

モーヴは満足そうに幾度も頷くと声高らかに宣言した。

『素晴らしい！』

『我らがモーヴ中将閣下万歳ッ！』

部屋中に響き渡る歓声。

『さあ、ティアマトに取り入っていたあのいけ好かねぇ、パズズを排除した上で、キングを悪軍総指揮官としてこの世界を征服させろ！　いいか、オレはティアマトのように甘くはねぇ！こっからが、我ら悪の本領だっ！　全身全霊を悪に注ぎこめぇぇーーー！』

モーヴが大号令をかける！

『はっ！　モーヴ中将閣下のお望みのままにッ！』

拍手をしていた蛸顔の配下が敬礼をして、玉座の前を小走りに出て行く。

『では、今から祝い酒だ！　おい、コック長ッ！　例のものをこいつらに振る舞え！』

玉座の間の奥の部屋の調理室から、コック長たる真っ白の白衣に真っ白の頭巾を頭からすっぽりかぶった小柄な男が、カラカラと銀の巨大な台を運んできた。その台の上には真っ赤な酒とグラス、そして複数の皿が置かれている。そして、その全ての皿には釣鐘型のクロシュがかぶせられていた。

『それらはティアマトが保管していたとびっきり共だ』

顎をしゃくると、コック風の小柄な男が小さく頷き、皿の一つのクロシュを取り外す。その中から出てきたのはまだ幼い美しい少年。少年は俯いて目を押さえて泣いている。

『この美味そうな餓鬼共を貴様らに振る舞う！　天軍との戦争のため、英気を養え！』

割れんばかりの歓喜の声が将校たちから一斉に上がる。やはり、腹が減っては戦どころではないからな。この点、ティアマトが貯蔵していた餓鬼共の食材としての価値は間違いなく一級品。部下たちにとって最大の労いとなろう。

『さあ、コック長よ！　この美味そうな餓鬼どもを調理せよ！』

モーヴの指示に、コック長は恭しく一礼すると、クロシュを次々に開けていく。

そこから出てくる少年少女。それらはやはり両手で目を押さえてシクシクと泣いていた。

『ん？』

その僅かに生じた違和感にモーヴは目を細める。その全ての餓鬼共の目をこする仕草、泣き声、一挙手一投足が気色悪いほどシンクロしていたのだ。

『おい、コック長、それらは――』

モーヴがコック長にこの食材について尋ねようとした時、皿の上の餓鬼共は一斉に立ち上がると、目を擦りながら、奇妙なダンスを踊り始め、

『ベルゼバブデブー♪　ベルゼバブデブー♪　ブーブー、ブーブー、バブバブ♬』

透き通った声でコーラスを歌い始める。

(何かが変だ……)

ジワジワと全身に広がる危機感に、モーヴは右手を強く握り締めていた。

その少年、少女は両手で顔を覆うと、クネクネと身体を揺れ動かし、ゆっくり両手を開く。

『なッ⁉』

突然変貌した蝿の顔を一目見て強烈な悪寒が電撃のごとく全身を走り抜け、咄嗟に後ろに下がって距離をとる。

『おい、他神からの攻撃だっ！　直ちに戦闘態勢をとれッ！』

モーヴの命が飛び、将校たちは各々の武器を構えて臨戦態勢をとる。

これは本能だ。このはけ口のない、耐え難い陰鬱な圧迫感。あの蝿モドキはマズイ！　天軍だろうか？　違うな。あれはモーヴたち同様、悪の匂いがする。

(ま、まさか、あの最強悪魔ベルゼバブの眷属か⁉)

そう自問してみたが、

(馬鹿馬鹿しい！)

荒唐無稽の結論を左右に首を振って否定する。あれはあらゆる神々を恐怖のどん底に陥れた

最強にして最凶の存在。何柱よりも強く、何柱よりも邪悪、何柱よりも悍ましい。誰の下にもつかず、あらゆるものに気まぐれに悪意をばらまく。そんな神々の中でも遭遇することが最大の不運と称される厄災だ。奴はあの悪名高き【神々の試煉】に封印中という噂。こんな軟弱な世界にいるはずがない。

ともかく、この蠅の神共は危険だ。だとすれば――。

このティアマト御殿には、三体の中佐が配置されている。頭のネジが飛んでおり、扱いにくい奴らだが、実力だけは確かだ。今は手段を選んでいる場合じゃない。

『おい、外にいる三中佐を直ちにここに招集せよッ！』

『はっ！　直ちに！』

蛙顔の将校が硬い表情で敬礼をして玉座の間を出るべく、その大扉の前まで来た時――。

蛙顔の将校に無数の亀裂が入る。一呼吸後、扉ごとその蛙顔の将校の全身は無数の破片まで粉々に分解される。

その破壊し尽くされた巨大な扉から灰色髪の人の子らしき者が、極端に刀身の長い刀剣を片手に部屋に悠然と入ってきた。

『なんだ、お前？』

見た感じ、ちっとも強いようには思えない。というか、ティアマトが好みそうなただの人間の餓鬼だろう。もしくはあの蠅頭の奴らが逃がした餓鬼だろうか？　いや、ならなぜあの扉は壊され、部下は死んだんだ？

灰色髪の人の子は混乱の極致にあるモーヴたちを、まるでゴミでも見るかのような冷たい視線で眺めながら、

「無抵抗な子供を夕食の晩餐にしようとするか。やはり、あのパズズとかいうクズ魔物同様、この世界とは決して相容れぬ生物のようだな」

そう独り言ちる。

『おい、その餓鬼を殺せ！』

あの蝿の神共と比べ、灰色髪の餓鬼からは微塵も強さを感じないのだ。不安要素は手早く排除するに限る。ま、苦痛と絶望を与えて殺すという本来の悪軍の主義に反するが、今は緊急事態、致し方あるまい。

『たかが、下等生物の餓鬼がッ！　モーヴ中将閣下に代わり、この儂が挽肉にしてやる！』

一つ目の巨神が、巨体とは思えぬ俊敏さで灰色髪の餓鬼の間合いにまで踏み込むと右手に持った神器であるハンマーを振り下ろす。

爆風を纏って迫るハンマーが灰色髪の餓鬼に届く刹那、その振り下ろしたはずの巨大な右腕と一つ目の巨神の生首が空中に舞い上がり、地面に落下する。直後、頭部と右腕を失った胴体が倒れ、地響きを上げた。

『は⁉　な⁉』

今、何をした⁉　どうやって、右腕と首を切り落としたのだ⁉　ただ気付いたら、一つ目の巨神が頭部と右腕を失い絶命していたのだ。

灰色髪の餓鬼は哀れなものでも見るような視線をモーヴたちに向けつつ、

「下等生物か。言っちゃ悪いが、お前らの自力と武力は生来を語るレベルではない」

刀剣を振って血糊を落として、そう断言する。

『こ、このオレたちが生来を語るレベルではないだとッ⁉』

あまりの侮辱に我を忘れて激高していた。当たり前だ。こいつからはちっとも強者の圧のようなものは感じない。おそらく、幻術のようなもので翻弄し、天軍から授かった武器で勝利したのだろう。

「ああ、この世界は強者で溢れている。お前らのような未熟な弱者など一瞬で駆逐されるほどにな。ともかく、お前らでは話にならん。早く、ボスのティアマトとかいう魔物を出せ」

まるで直に手を下す価値もないような奴の言動により、その怒りは頂点に達するが、

(あの蝿の神もいるのだっ！　冷静になれいっ！)

冷静さを取り戻すべくそう念じながら、大きく息を吸い込んで吐き出す。

こいつからは悪の匂いはしないし、この蝿の神とは無関係だ。おそらく天軍の刺客だろう。たまたま、両者の襲撃が重なっただけ。だとすれば、厄介な術を使われる前にこの灰色髪の餓鬼を殺し、三中佐の到着まで時間を稼いで蝿の神共を包囲殲滅する。

『それは幻術の異能を使う。封術をした上で殺せ』

配下たちに命じると、地面に浮かぶ魔法陣により、この部屋一帯を覆うドーム状の封術が完成する。そして、油断なく奴を包囲し武器を構える配下のものたち。

『これで、もうそのふざけた術は使えまい』

「最も愚かな選択をするか」

灰色髪の餓鬼はそう吐き捨てると、異様に長い刀剣を背負う鞘に収納してしまう。

『ふんっ！　大口を叩いて、結局、観念したのか。命乞いをしても無駄――』

モーヴの言葉は灰色髪の餓鬼が踏みつけた左足の音により妨げられる。ティアマト御殿の床にクモの巣状の亀裂が入り、取り囲んでいる部下たちはゆっくりと崩れていき、細切れの肉片となって地面にばら撒かれた。

『……』

この意味不明な現実を頭が受け入れられない。ただ、モーヴが極めて大きな勘違いをしていたことにこのとき、はっきりと気が付いた。

（あ、あいつの左手に持つものは、一体なんだ？）

灰色髪の餓鬼の左手には布袋が握られている。

「ん？　あーあ、これか」

灰色髪の餓鬼は左手に持つ布袋を地面に放り投げると、三つの球体がごろりと転がる。

『ーーっ⁉』

それらは、この宮殿を守っていた悪軍の中でも最高戦力と言っても過言ではない、三体の中佐たち。

「もしかして、お前、こんな雑魚の到着を待っていたのか？」

心底不快そうに尋ねてくる灰色髪の餓鬼に、

『ざ……こ？』

何とか疑問の言葉を絞り出す。

三中佐は軍の指揮能力は皆無だったが、純粋な戦闘能力だけなら、大佐のキングすらも超えていたのだ。それを雑魚。つまり、こいつは――。

「なら、もういい、終局だ」

最悪の結論に到達した時、その灰色髪の餓鬼の雰囲気が一変し、モーヴを凝視してくる。

『ひっ⁉』

おそらくこれは本能だ。何か巨大な蜘蛛の糸で雁字搦めとなり、羽交い絞めになっているような強烈な圧迫感。その悪質で強烈なイメージにより、咄嗟に背後へと跳躍する。

（なぜ、今の今まで気付かなかったっ⁉）

今も噴き出るこの冷たい汗。この悪質極まりない感覚には覚えがある。悪の中の悪である、悪軍総大将に謁見した時。あの時と同じ、抗えぬ圧倒的威圧感。それが、このさして強そうにも思えぬ灰色髪の餓鬼から感じていた。

（い、今のオレは中将を超えて、限りなく大将に近い存在のはずっ！）

なのに、あれにはモーヴでは絶対に勝てぬ。それを骨の髄から理解してしまった。

天軍の刺客？　そんなわけあるかっ！　今のこいつからは天軍側にあるような善の気配が微塵もしない。むしろ――。

『な、なあ、あんた、天軍じゃないんだろう？　なら、オレと組まないかい？　あんたのような真の強者なら大将閣下たちは喜んで迎え入れてくれるぜぇ』

必死だった。どうにかこの場を切り抜けるべく、甘い言葉で説得を試みる。しかし、それはある意味破滅への一本道。

「配下を死地に追いやって、お前は命乞いをする気か？　まったく、どこまでも不快な奴だ」

ただ、そう口にする。そして、奴は変貌した。吹き上がる黒と赤の闘気。それらが舞い上がり、まるで蛇のように奴の全身に纏わりつく。

『ぎがががっ⁉』

ただ殺気を向けられているだけのはずなのに、両膝から力が抜けて床に吐しゃ物をまき散らしていた。

「もういい、これ以上、お前は話すな。計画前につい殺してしまいそうになる」

『く、来るなぁ、バケモノめぇっ！』

懸命にあの怪物から逃れるべく奴に背中を向けて走り出そうとするが――。

『ぶへッ⁉』

無様に顔から地面につんのめる。同時に脊髄に杭でも突き刺されたかのような強烈な痛みがモーヴを襲い、絶叫を上げていた。痛みの先を見ると、両足は根本から切断されていたのだ。

「ゆめゆめ、私から逃げられるとは思わぬことだ」

奴はゆっくりとモーヴに近づくと、その腹に刀身を突き立て床に縫いつけてくる。

恐ろしい！　恐ろしすぎる！

この怪物のモーヴを見る、その冷徹な目が恐ろしい！

この怪物の得体の知れぬ不気味さが恐ろしい！

悪軍中将を超えたモーヴを一切の抵抗すら許さず蹂躙するこの怪物の強さが恐ろしい。

この怪物の無慈悲に笑っているその顔がひたすら恐ろしい。

この怪物よりも、六大将に喧嘩を売った方が遥かにマシだ。

「ベルゼ」

灰色髪の怪物が、コック長にそう呼びかけると――。

『至高の御方ちゃま。どうぞご命令を』

コック長は見知った蝿の大神へ変わり、灰色髪の餓鬼に跪く。

『べ、べ、べ、ベルゼバブぅぅっ⁉』

そんな馬鹿なことがあってたまるか！　忘れもしない！　あれはベルゼバブ、この世で最悪の災厄。そんな、真正の邪悪の権化を従えている。それが意味するところは――。

「そいつは次のゲームに使う贄だ。死ななければ基本何をしても構わん。指示があるまで、お前が遊んでやれ」

『御意でちゅう』

キシャキシャと歓喜の声を上げつつ、蝿の大神はモーヴを見下ろす。

『助げでぐれ』

声から出たのは悪軍中将さえ超えた自分とは思えぬ、実にみっともない奇声。

「断る。お前には命乞いをする資格すらない」

灰色髪の怪物がそう宣告した時、黒色の霧がモーヴの視界を奪う。

『嫌だァぁぁぁぁッ！』

その絶叫を契機にモーヴの安楽だった生は終わりを告げる。

第五章　凶討伐

強者として臨んだ相手の軍は、実に弱く、全く歯ごたえがなかった。

なにせ、討伐図鑑の愉快な仲間たちにより、一切の抵抗すら許されず葬られているのだから。

討伐図鑑の仲間たちはビギナー向けのダンジョンの住柱であり、私よりも圧倒的弱者だ。もちろん、Bランク以上のハンターの実力はあるだろうが、真の強者に抗えるほどでは断じてない。それが一方的に蹂躙しているのだ。少なくとも、こいつら悪軍とやらがアルノルトやベオに勝利できるとは思えない。そのティアマトとかいう魔物が強者の可能性はあるが、あまり期待はしない方がよさそうだ。

要するに、彼らを倒した強者は既にこの地を去っていると解するのが妥当。まったく、どこまでもくじ運のない。

「ん？　今……」

今、くじ運のないと考えたのか？　強者と戦えないから？　いや、そんなはずはない。私の希望はそれとは真逆のスローライフのはずだから。

ともかく、既にギリメカラからオルガおじさんとイルザ嬢を無事保護したとの連絡があった。開戦前にその報告を受けていたことからも、ギリメカラによって端からオルガおじさんたちの安全性は確保されていたということだろう。

もはやこの戦にも大した執着はない。というか若干馬鹿馬鹿しくなってきていた。もし、ティアマトというのがそれなりに筋の通った相手なら、遊びを早めに切り上げてさっさと駆除して終了させようと思っていた。

予め奴らの居城に潜入調査を命じていたベルゼバブから、少年少女を保護した旨の報告を受ける。保護した少年少女を白雪に引き渡し、バルセのハンターギルドまで送り届けるように指示を出す。

その後、殲滅するべくティアマトの居城に乗り込むが、黒色の翼を生やした牛の魔物とその配下共に遭遇する。少年少女の格好をしたベルゼバブの眷属が皿の上にいるのだ。状況から言って保護したあの少年少女たちはあの牛の奴らに食われる予定でもあったのだろう。ま、相手は魔物だし、ある意味、予想の範疇。あとは、敵に手応えがあれば、多少楽しめたのだが、これまた予想通り、とにかく奴らはとても弱かった。牛の魔物だけは幾分マシだったが、スライムがポイズンスライムに一ランクアップしたようなイメージだ。お話にすらならず、瞬殺する。

事態が私の予想からズレ始めたのはむしろここからである。

『お願いいたします！　どうか！　どうか！』

その戦闘直後、這いつくばって額を床に押し付けて懇願の言葉を吐く背に羽を生やしたメイドの女。事情を聴くべく癒したら、このメイドの女はティアマトの側近を名乗り、主であるティアマトを助けるよう嘆願してきたのだ。

「そうは言っても、世界を滅ぼそうとした魔物を助ける義理が我らにはない」

「あの御方はこの世界を滅ぼすことを真に望んではいません！　もとより、あの御方が生きてきたのは冥界。力と略奪だけが全ての世界です！　あの御方はよくも悪くも純真です！　他世界を滅ぼすことが使命であり、唯一の道だと、信じ込んでしまっているだけなんですっ！」

「うーむ、環境ってやつか。だがな、結局選択するのは自分だ。そして奴は自ら弱者を殺戮することを選んだ。ならば、自分が弱者となればそうされても仕方あるまい。そうではないか？」

「ええ、その通りです！　そういう私もあの御方に故郷を滅ぼされた口です！　あの御方の癇癪で何度死にそうな目にあったことか……」

「滅ぼされたね。お前、奴を恨んでいないのか？」

「恨んでいない……と言ったら嘘になります。あの御方は私から故郷と両親、友を奪いました。当初はずっと殺したいほど憎んでいた」

「分からんな。ならなぜ、ティアマトの生存を望む？　肉親や友の仇なら奴がどうなろうと知ったことではないだろう？」

「そうですね。我ながら変だとは思います。でも私はあの御方の純真さに触れました。優しさにも触れました。少なくともあの御方が私を故意に傷つけたことは一度もないし、幼く震える私をずっと抱きしめてくださいました。理由は他にもあるような気もしますが、多分そんなところです」

ふむ。自らの仇を救いたいか。中々興味深い。正直私も他者を責められるほどまっとうな人間ではない。というか、きっと私は真の意味で敵対すれば誰だろうと容赦は一切しない。私も立場が違えばティアマトのように子供の仇となることは十分ありえることだろう。

「分かった。だが、助けるか否かはこちらで調査後、我らでの話し合いで決めさせてもらう」

「構いません！　ありがとうございますっ！」

涙を流して両手を組むメイドに、

「礼を言うのは早いぞ。そもそも、技術的に可能かどうかも不明なわけだしな」

「いえ、貴方ならきっと最良の答えを導き出していただけると私は信じています」

メイドはクスッと笑うと、そんな有難迷惑なことを自信満々で言ってくれやがったのだ。


その後ベルゼバブがコック長や研究長とやらを尋問した結果、いくつかの新情報を得ることができた。

まず、この保護した少年少女はティアマト軍とやらに滅ぼされた孤児であり、ボスのティアマトに育てられた民族の子たちらしい。自ら徹底的に蹂躙しておいて、その孤児を育てるなど神経を疑うが、その子たちはなぜか、あのメイド同様、そのティアマトという魔物にめっぽう懐いていた。それこそ、このままそのティアマトを私が滅ぼしたら恨まれるほどには。

そして、結論から言うとティアマトの魂はあのモーヴとかいうクズに溶け込んでしまっており分離は不可能。アスタの予想では、今回モーヴが発動した魂の吸収・進化の能力が劣化コピーであったことが原因であるようだ。つまり、そのオリジナルを見つけ、吸収させれば理論上、分離も可能。そして、魂吸収・進化の能力は『凶』のメンバーであるシュガーとペッパーが持っていた。元『凶』のメンバーであるジルマからの情報を総合して考慮すると、オリジナルはどうやら『凶』の隊長が保有しているらしい。

要するにだ。ゲームの目的が、ティアマト分離の手段でもあったというわけだ。まあ、ティアマトはどのみち、モーヴに敗れるような弱者にすぎぬわけだし、ギリメカラかメガミ連合の連中にでも教育させてその腐りきった根性を叩きなおした上で、私の監視下に置けば、生かしておいても別に脅威にはならぬであろうよ。

――バルセの宿の個室内

そんなこんなで、あとは、ゲームの開始の狼煙を待つだけ。

キースから色々問い詰められるが、レーナは無事だから安心するようにとのみ伝える。『凶』とかいう組織に私に偶然会いに来たレーナとキースが狙われたのだ。奴らの中に情報を仕入れるのに特化した奴がいるのは明白。下手にレーナの無事を公にして私の目が届かない場所で奴らに先手を取られるのだけは避けねばならないし、奴らに逃げられるのも御免だからな。

ハンターギルドからの呼び出しを無視してバルセの宿にこもって約一日時間を潰していると、ギリメカラが黒色の衣服を着ている二人の人間を従え、私の前に姿を現す。

『御方様、奴らが動きました。賊二匹の気配を消失した後、レーナ様に実験をしようと地下の実験室へ向かいました』

ジルマへの尋問から、奴らの隊長スパイとやらには『凶』のメンバーが死んだ際にその気配の消失を知る手段があるらしい。

ここで、モーヴにより魂の吸収・進化に使われた少女二人は生きていた。面倒なことにこの少女二人にシュガーとペッパーという愚物の魂が移植されていたのだ。この点、奴らの持つ魂の吸収・進化の能力は劣化コピーだったため、アスタでも分離は不可能だった。罪のない少女を処分するなど言語道断だし、今後の彼女たちの生活に支障があってはならぬ。故にどうするか検討中だったわけだが、アスタ曰く少なくともシュガーとペッパーの記憶が戻るような事態にはならないようなので、要経過観察とした。

そして、アスタが少女たち二人を独自の結界内へ入れて、その少女たちの中にあるシュガーとペッパーの気配を先ほど故意に消滅させたところだったのだ。

「了解だ」

レーナに実験ね。レーナ自身ではないとは分かってはいるが、どうにも気分の良いものではないな。ともあれ、これでゲームの開始だ。精々、悪夢を見てもらうとしよう。

「カイ様！　今までのご無礼、どうかお許しを‼」

ライガが突然跪くと、そんな突拍子もないことを口にする。ギリメカラ、思想教育はするなと厳命しておいたろうが……。

「ギリメカラ……」

非難をたっぷり有した視線にギリメカラは全く動じず、むしろ胸を張って、

『我は御方様がどういう御方か、少々、教育しただけであります』

「その教育が行き過ぎだと言っているんだ」

私は新たな狂信者など間に合っている。というか、このゲームの趣旨は彼ら自身にけじめをつけさせることが目的なわけで、人の部下が欲しいわけじゃない。

「いえ、ギリメカラ様はカイ様について最小限にしか話してくださいませんでした。これはあくまで俺たちの選択であり、己で出した結論です」

「そ、そうか……」

どうも、信憑性はかなり怪しいが、本人がそう言い張るんだし、私が否定するのもおかしな話だ。

「では、行くとしよう」

どの程度、強くなったかは知らぬが、敗北濃厚な戦いにギリメカラが送り出すことはありえまい。もし、二人に勝てる見込みがないなら、正直に無理だったと伝えてくることだろう。

「全てが終わった後に、できればお願いしたい儀がございます」

フックが思いつめたような表情で進言してくる。ギリメカラの頬がピクッと痙攣する。

「ああ、上手く成し遂げられたら、善処しよう」

「「ありがたき幸せ‼」」

歓喜の声を上げる二人に、若干肩を落としながらも、私たちはペスパールの領主の館へ向かう。

――ゴーストタウン――ペスパールの領主の館
既に主を失った老朽化した館には、数人の男女が寛いでいた。

「シュガーとペッパーまでやられたってのか？」

ターバンの美青年、ソルトが声を荒らげると、

「委細はしらん。だが、今まであった二人の気配が完全にこの世界から消失した。これはおそらく――」

白服を着た『凶』の隊長が、読んでいた本をパタンと閉じて返答する。

「カイ・ハイネマンの仕業ってか！　そのカイ・ハイネマンってのは一体全体何なんだよッ！」

「さあな。ただ、俺の勘はこの上なく正しかった。いや、少し違うか。俺の勘すらもどうやら過小評価だったらしい」

「で？　どうするおつもりデスカ？」

チリが果実酒をチビチビと喉に流し込みながら隊長に尋ねる。

「計画を一旦中止、ここから直ちに離脱する」

立ち上がる隊長に部屋に同室していた一同から奇異な目が向けられる。隊長がターゲットを

見逃したことなど過去にほとんど経験がなく、当然の反応かもしれない。

「あの女、どうするんだ?」

ヴィネガーにとって大して強くも感じなかったカイ・ハイネマンなど心底どうでもいい。それよりも、あのレーナという玩具の方が遥かに気になっていた。

「むろん、置いていく」

「えー、なら、オレにくれよ。あれ結構いい素材だし、あの手の頑固な女の悲鳴が、オレはとってもとっても大好きなのさぁ」

隊長は暫し考え込んでいたが、

「そうだな。多少の時間稼ぎにはなるだろう。一定時間後にキメラ化して襲い掛かるようにしておけ」

「了解しまシタ」

命じられたチリは顎を引くと席を立ちあがる。

「俺も見物するぜぇ。糞生意気で強気な女がボロボロになって悲鳴を上げるのにオレはキュンキュンしちまうんだぁ」

悪質な笑みを浮かべてヴィネガーもチリと共に地下室へと続く隣の扉へと入っていく。

地下の階段を下りていくと、領主の薄暗い地下牢の隅に悲壮感たっぷりの表情で座る少女レーナに近づき、

「喜べ、お前の晴れ舞台だぜぇ」

　その耳元で囁く。

「晴れ舞台？」

「ああ、人を止めるのさ。どんなキメラがいい？　蜥蜴の胴体で上半身素っ裸とか？　いやそれとも、醜い狒々の顔に、蜘蛛の胴体とかどうかねぇ？」

「それでは、完璧に人間ではなくなっていマス」

「別にいいだろう？　悲鳴は聞こえるんだし」

「断固として拒否シマス。私のキメラは拷問の道具ではなく芸術。絶妙なパーツで仕上がっていなければならないのデース」

　珍しく右拳を固く握って熱く語るチリ。チリはことキメラ生成だけは一切の妥協はしない。もっとも――。

「だとさ。でも、こいつの芸術心ってマジで気持ち悪いから、オレの提案の方が遥かにマシに思えると思うぜぇ」

　嘘ではない。ヴィネガーも、よくもまあこんな悪趣味なものを創る気になるものだと、頻繁に思うくらいだ。

「やだぁ……」

　両手で顔を覆って泣き出すレーナにゾクゾクと胸の奥から嗜虐心が湧いてくるのが分かる。

「では行くとしましョウ」

泣き喚き暴れるレーナの後ろ襟首を持ちながら、実験室へ引きずっていく。

実験室に放り投げた時、レーナは下を向いてシクシクと泣き出してしまう。

「いい……いいよ。お前、最高だぜぇ」

ヴィネガーは恍惚の表情を浮かべながら両腕で自身の身体を抱きしめる。普段気の強い女が痛みと恐怖で泣き喚き、絶叫を上げる。それがたまらなく興奮するんだ。

「くすん！　くすん！　くすくすくすくす！」

レーナの鳴き声に混じる不純物。それがカラカラという笑い声だと気付き眉を顰める。

「何が可笑しいってんだ？　とうとう気でもおかしくなったかぁ？」

まあ、この部屋にはチリが持ち込んだ鋸だの、包丁だの、斧など解体するための様々な道具が置いてある。頭のネジが飛ぶのは無理もないことかもしれない。

「ええ、気が可笑しくなりましたぁ」

まるでバネ仕掛けのような不自然な動きで立ちあがると、ゆっくりとその顔を上げる。

「——ッ⁉」

その顔を視界に入れて思わず出そうになった悲鳴をどうにか呑み込み、レーナから距離をとると重心を低くする。

「どうしたのぉ？　私の顔に何かついてるぅ？」

レーナの両方の窪んだ眼窩と不自然に真ん丸な口の中は暗く、ウゾウゾと虫が蠢いていた。

「チリッ！　こいつってっ⁉」

呆けているチリに尋ねると、

「エ、エエ、この強烈な圧からも精神生命体カト」

普通憎たらしいほど冷静で表情を動かさないチリの顔は恐怖に歪み、大粒の汗が伝っていた。

「それは見れば分かるぜぇ！」

今回ばかりはチリを責める気は更々ない。そういうヴィネガーもさっきから、あれは危険であり、今すぐこの場から逃げるべきだと、五月蝿いくらい危機意識が警笛を鳴らしていた。

「どうしたのぉ？　動悸が速いよぉ？」

レーナだったものが一歩踏み出す。それだけで床から虫がウゾウゾと這い出してくる。

「ひっ！」

とうとう口から飛び出る悲鳴。背後の扉から逃げようとした時、

「ダメダメ、逃げられないよぉ」

背後から首を掴まれる。

「きぃ!?」

まさに心臓を鷲掴みにされたかのような恐怖により、硬直する。刹那――。

『遊びもそのくらいにしておけ！　レーナ様のお姿での戯れは許されん！』

天井から降ってくる野太い声。

「ハッ！」

レーナだったものは、慌てて姿勢を正すと右手を前に向けて、左手を後ろに回して軽く会釈

をし、

「我はギリメカラ様の第一の眷属、疫鬼！」

口角を耳元まで釣り上げる。虫がウゾウゾとレーナだったものの全身を蠢き、その姿はゆっくりと変貌を遂げていく。そのあまりに悍ましさに、膝が笑って歯が煩いくらい鳴り響く。

「バ、バケモノ、近づくんじゃねぇぜぇ！」

喉の奥から拒絶の言葉を吐き出すが、

『そんなに怖がらなくても、よいよいのです。我は特別に貴様ら下等生物の願いを叶えるために来たのですから』

「オレたちの望み？」

聞いちゃいけない。本能がそう叫んでいたが、つい尋ねてしまっていた。

『もちもちろんろん、キメラ化ですよ。貴様ら下等生物二匹はキメラ化が大好きなのだろう？この我が特別に貴様らをキメラ化してやる。安心なさい。我の能力なら貴様ら以上に精巧なキメラが出来上がるはずです』

ヤバイ！　こいつはマジでヤバイ！　きっと本気だ。本気でヴィネガーたちをキメラ化しようとしている。

自身の髪留めを外した途端、額に目が浮き出る。その額を残して仮面が形成される。この姿になれば、逃げることくらいできるはず。そんなヴィネガーの甘い期待は——。

『取り押さえなさい』

いつの間にか存在した白色の布で全身をグルグル巻きにした怪物にたちまち取り押さえられてしまう。どさりと真横に落下する気配。やはり、チリが変身した姿で白目をむいて仰向けに倒れていた。

『さあ、それでは始めますかねぇ』

どこか陽気な疫鬼の声に、

「やめろぉぉぉぉぉーーーーー！」

ヴィネガーは最後の力を振り絞って、拒絶の言葉を吐き出したのだった。

「あいつら何ちんたらやってやがる」

ターバンを頭に巻いた男、ソルトが苛立ち気に椅子を蹴り上げる。

「落ち着け。だが、確かに少々かかりすぎだ。呼びに行ってもらえるか？」

「もちろんだ！」

ソルトが地下室へと続く扉を開けようとした時、地下から階段を上がってくる音。

「どうやら終わったようだな」

ソルトが扉の取っ手を掴んで開けようとした時、

「ソルト！　扉から離れろ！　何か変だッ！」

隊長から有無を言わせぬ指示が飛び、咄嗟に飛び退って身構える。

隊長も魔導銃という遺跡から発掘した武器を扉に向けて構えていた。

そして、扉が開く。違う、開いてしまった。そこから出てきたのは――。

「う、嘘だろ……」

ソルトが声を震わせる。その扉から出てきたのは、蜘蛛の胴体から猿の上半身を生やしたようなキメラだった。ヴィネガーとチリはレーナという少女をキメラ化しようとしていたのだ。これだけだったら、やりすぎだと叱責する程度でさして驚きやしなかっただろう。そう、その胴体の蜘蛛の複眼の位置に、ヴィネガーとチリの顔が張り付いていなかったら。

『どうですぅ？　我の作品も中々のものでしょう？』

全身黒ずくめに帽子をかぶった小男が背後から出てくると、キメラの胴体を撫でる。

「ソルト！　逃げるぞ！　絶対に戦おうと思うな！　ここからの離脱だけを考えろッ！」

隊長が声を張り上げると、魔導銃のトリガーを引く。いくつもの銃弾が黒ずくめの小男に殺到する。しかし、銃弾は全て黒ずくめの小男に衝突する前に停止してしまう。黒ずくめの小男はその銃弾を鷲掴みにすると、口の中に入れてもぐもぐと食べてしまう。

『ありがとう。美味しくいただかせていただきます』

そして、ポケットからナプキンを取り出して口を拭く。

「お前は――」

ソルトが何かを言いかけるが、黒ずくめの男はその眼前に現れると口を鷲掴みにして、

『ストップ、それ以上は口にするな！ 実に不快な匂いがする！ 我の信仰を侮辱するような最大級の不快な匂いが！ お前にはまだ役割が残っているのです！ もし怒りで我が間違って殺してしまったら、どう責任を取るつもりですか⁉』

ソルトの顔の前で左の人差し指を左右に数回振る。

隊長は舌打ちをすると、右の眼帯に手をかける。隊長が本来の姿になれば、こいつに勝てぬまでもここから逃げることができる。

「それはメインディッシュだ。まだ使わない方が吉だぞ」

突然背後から声がする。

『御方様‼』

黒ずくめの男はソルトを床に放り投げると、跪く。その扉の前には三人の男たちが佇んでいたのだ。

「疫鬼、ご苦労さん。少々やり過ぎな気もするが、ま、自業自得か」

灰色髪の男は黒ずくめの男、疫鬼に労いの言葉をかけると隊長とソルトを見回す。

「お前は？」

どこか感情の全くこもらない隊長の疑問に、

「私はカイ・ハイネマン。お前たちがレーナを人質に呼び出した本人だ」

灰色髪の男が名乗りを上げる。同時に鼻の長い怪物が忽然と姿を現し、カイ・ハイネマンに跪き首を垂れる。

(はは？　こいつらから逃げる？　無理だな。どうやっても俺たちには不可能だ)

ソルトは腰の柄から手を放す。きっと、隊長でも同じ。あの黒ずくめの男ならともかく、こいつらを振り切るなど可能とも思えない。

「さて、私の大切なものを傷つけようとした以上、私はお前らを決して許さん。仮にどんな能力を使ってこの場から逃れようと、地の果てまで追っていって必ず制裁を加える」

淡々とそんな狂い切った宣言をする。

「交渉は？」

「すると思うか？」

隊長の問いにカイ・ハイネマンは面白そうに逆質問する。

「いんや、俺たちの負けだ。好きにしろ」

銃を下ろす隊長に、初めて意外そうにカイ・ハイネマンが顔を顰めて、

「予想以上に、潔いじゃないか。私はお前の仲間をそんな感じでぐちゃぐちゃにしたわけだが、憎くないのかね？」

ソルトたちにとって自明の理を尋ねてきた。

「俺たちも似たようなことは腐るほどしてきた。もっとエグイこともだ。してきた以上に惨めに朽ち果てる覚悟くらいできているさ」

カイ・ハイネマンは暫し顎に手を当てて考えていたが、

「ふーむ。そう来たか。お前、中々いいぞ。むろん、お前らのやったことには不快感しか覚え

ぬが、最低限の戦人の矜持がお前にはある」

　意外な台詞を口にする。

「はっ！　見逃してくれるってのか？」

　隊長が肩を竦めて床に唾を吐く。その答えは隊長自身一番知っているんだと思う。

「まさか。さっき言ったろう？　お前らを決して許さんと。お前らの行先は既に決定している。だが、私の条件を満たせば戦人として殺してやる。どうだ？　これだけのことをしでかしたお前らにとって、これは最大の慈悲だぞ？」

「ほざけ」

　隊長が右手の魔導銃を強く握りしめて、左手の手袋を脱ぎ捨てる。どうやら、隊長もやる気のようだ。ソルトだって勝てる勝負だけしてきたわけじゃない。やってやるさ。勝てぬまでも一矢報いてやる。腰の鞘から長剣を抜き放ち構えをとる。

「ふむ。皮肉だな。この世界に戻ってきて私が実際に見た中でお前の剣術が一番まともだよ。それこそ、あの未熟な剣帝よりもずっとな」

　どこか寂しそうに笑うと、顔を真剣なものへと変えて近くに控えるフードを深く被った黒服の二人へ視線を向ける。

「テメエ、俺を覚えているか？」

　黒服フードを外して金髪の男が激高する。それは、いつぞやのソルトが生贄としてあの遺跡の攻略を焚きつけた哀れで間抜けな駆け出しハンターだった。

「ああ、あんな胡散臭い話を鵜呑みにした間抜けだろ？」

「そうだ、間抜けさ。俺が愚かだったせいで、俺の大切な仲間は死んじまった。そして、バルセに怪物たちの襲撃を招いた。全て俺の選択した結果だ。だからこそ、俺自身でけじめをつけなきゃならねぇ」

ライガとか言ったハンターは背中に背負う巨大な剣を外すと構えをとる。

（マジかよ……）

その挙動は今まで見たどんな剣士よりも精錬されていた。ソルトが唆したとき確かにこいつは弱く、そこらへんにいる新米ハンターに過ぎなかった。だが、今のこいつからは、強者の威風を感じる。

「よいのか？　私的にはそいつの相手はお前たち二人でするものと考えていたんだがね」

「ええ、これは俺の甘さと弱さが招いた罪。その十字架を俺はこれからもずっと背負って生きて行かなければなりません。こいつに俺一人で勝利しなければ、俺は二度と死んだあいつらに顔向けできない。そんな気がするんです。だから、俺一人でこいつに勝つ！」

「舐めるなよ、小僧」

そう虚勢をはったものの、目の前のハンターが気を抜けない相手であるのはもはや明白。もし、あの仲間のフードを頭から被っている黒色短髪の男まで戦闘に参加していたら、いくらソルトが変化しようが敗北は必至。そんな気がする。

「舐めちゃいないさ。今ならテメエの強さが嫌というほど分かる。今の俺でもよくてトントン。

フックの協力さえなければ、きっと勝利は難しいんだろうさ」

どういうことだ？　この短期間であまりに変わりすぎだ。仲間の死も一因ではあるんだろう。

だが、その程度でここまでの変化は訪れない。何より、今のこいつの練度は桁が外れている。

多分こいつはソルトの奥の手の変化を知って、この発言をしている。

「そうか、ライガはこう言っているが、フック、お前はそれでいいのか？」

「はい。ライガの好きにさせてやってください。お願いいたします」

フックがカイ・ハイネマンに頭を深く下げる。

「本当にいいんだな？　私は危なくなっても助けたりはしないぞ？　これは真剣勝負だからな」

「もちろんです！」

ライガが顎を引き、カイ・ハイネマンは口角を吊り上げると、

「いいだろう。この私がこの死闘の立会人となる。お前もそれでいいな？」

隊長に尋ねる。

「ああ、俺もそれでいい」

カイ・ハイネマンは掌を数回叩くと、

「ではさっそく始めよう。両者尋常に正々堂々と殺し合え！」

号令を下す。刹那、両者は衝突する。

ライガの大剣がソルトの首を切らんと迫るのを蜘蛛のようにかがめて避けると、長剣で奴の腹部を一刀両断にせんと横断する。ライガは大剣を左手で持ち替えると、無理矢理大剣の軌道を変え、地面に突き刺す。ソルトの長剣はあっさり大剣により弾かれ、体勢をやや崩したところに、ライガの遠心力がたっぷり乗った左回し蹴りが右頭部にクリーンヒットする。

視界に火花が散る中、大剣がソルトを縦断しようと振り下ろされるのが見える。必死に意識を繋ぎとめつつ、地面にぶちまけた果実酒の水たまりを指定して【水界】の能力を使用して移動する。

（こいつが不利⁉ 勝利が難しいだと⁉ 馬鹿を言うなッ！）

確かに変化した今の状態なら絶対的な身体能力はややソルトが上だ。しかし、肝心要の戦闘技術に天と地ほど差があった。既にもう何度もこの奥の手である【水界】により九死に一生を得ている。このソルトの能力、【水界】は水を自在に移動する能力。雨の日や河原、海の付近では無敵に近い力を得ることができるが、このような屋敷の中では大幅に能力を制限されてしまう。

もちろん、外に出れば水は豊富にあるし、ソルトの有利にはなるのだろう。だが、外に出ることを許してくれるほど、ライガの追撃は甘くはなかった。しかも――。

「お前、奥の手を隠しているな⁉」

多分こいつは奥の手を隠している。そして、本来こいつはその能力を中心の戦いを最も得意とするのだろう。

「ギリメカラ様方からいただいた力のことか。それは使わねぇよ」

「あ⁉ 舐めてんのか？」

「違うね。あれは本来の俺の力じゃねぇ。借り物の力なだけさ」

「借り物の力？」

「そうだ。これはあくまでお前と俺のタイマン。この戦いだけは俺自身の力のみで挑まねばならねぇんだよ。たとえこの勝負に敗北したとしてもな」

「けじめってやつか。そういや、一度だけ俺もあったなぁ……」

隊長をチラリと横目で見ると、見たこともない苦悶の表情で下唇を噛みしめていた。

（まったく、冷静なあんたらしくもない。そんなみっともない顔をするんじゃねぇよ）

ソルトたちは偶然、過去に享楽的で悪質極まりない神に遭遇しこの世界に放り投げられた。以来、元の世界に帰る。それだけを夢見て今までこの世界をさ迷い歩いてきた。生きていくために汚いことは全てやった。だが、昔は確かに人としての一線だけは決して越えはしなかった。そう。隊長が人を止めてしまったあの時まで。あの時、絶望的な状況でソルトたちは隊長に全てを押し付けて逃げてしまったんだ。結局、あれからだ。ソルトたちが人の道を完璧に踏み外してしまったのは。

「そろそろ、終わりにしようぜ！」

ライガが大剣を構えてくる。真っ直ぐな目だ。もう少し早く、こんな奴と戦っていたら、少しは結果が違かったのかもな。

「そうだな」

長剣を上段に構える。勝負は一瞬にして一撃。焼けるような緊張感の中、ソルトは全力で地面を蹴った。そして——。

「負けちまったか……」

ライガの大剣がソルトの長剣ごと袈裟懸けに切り裂いていた。

仰向けに倒れるが、敗北したというのに気持ちは妙にすっきりしていた。

「小僧、悪かったな」

なぜ謝る気になったのかはソルト自身にも分からない。もちろん、それで許されるとも思っちゃいない。ただ、無性にそうしたかったんだ。

「スパイ、少し先に逝っているぜ」

「ああ」

顎を引く隊長に、

「どうか、悔いのない戦いを……」

この人が満たされることを願いながら、ソルトの意識は失われる。

ライガは大剣でターバンの男ソルトの長剣とせめぎ合っていた。ソルトは変化とやらを使用し、蝙蝠の羽に角を生やした魔物のような姿となっている。おそらく、あれがあいつらの隊長スパイの『精神生命体を喰らって己や近しい仲間の力とする能力』なのだろう。そして、遂にライガの大剣がソルトを捕え、勝負は決した。

「見事だった」

未熟者同士の戦いとはいえ、中々見応えがあった。

ライガが姿勢を正すと私に一礼する。『凶』の隊長もソルトと短い会話を交わすと私と向き直る。

ふむ。外道組織のボスとしては中々の面構えじゃないか。さて、あれを使うとするか。

私がパチンと指を鳴らすと、

「それを使って力を得ろ」

忽然と生じるモーヴだったもの。

「これは？」

『凶』の隊長スパイはあっけにとられた様子でピクピクと痙攣しているモーヴだったものを凝視しながら、問うまでもない事実を尋ねてくる。

「そんな雑魚でも一応は精神生命体だ。もし、お前がそいつを使って私に一定の価値を示したなら、約束通り戦人として扱ってやる」

しばし、スパイは私の顔を凝視していたが、弾かれたように笑いだす。そして――。

「お前、マジでイカレてるよ」

そう呆れたように失礼極まりない感想を述べると、右の眼帯に手をかけて外す。血管が浮き出る右目に映る魔法陣がモーヴを認識しクルクルと回転する。そこからの反応は劇的だった。モーヴは光の粒子となってスパイの右目へと吸い込まれていく。ボコボコとスパイの全身が脈打ち、新たな生物へと変貌していく。

しばらくして、ゆっくり立ち上がるスパイ。あのモーヴとは比較にならぬ圧だ。これなら、能力制限下の今の状態ならベルゼバブの時のような戦いができるかもしれぬ。なぜか、躍る気持ちを全力で抑えつけつつ、

「さあさあ、魂がしびれるような闘争をしよう」

私は今の自分らしからぬ台詞を吐き、背中の鞘から村雨を取り出す。

「言ってろ！」

スパイが床を蹴って、高速で動き回りながら、右手と同化した魔導銃とやらでこちらを砲撃してくる。私はそれを難なく村雨で跳ね返す。銃弾はスパイにそのまま巻き戻って衝突する。

「ぐっ⁉」

スパイは全身から流血しながらも、驚愕の表情で私を凝視していた。

「私に飛び道具は効かぬ。もっと真剣になれ！　私に届く攻撃を考え抜け！　私の攻撃をしのぐ方法を想像しろ！　でなければ一瞬で終わるぞ」

私は特殊な歩行術でスパイの懐に飛び込むと、その全身を村雨で一閃する。血反吐をまき散

らし、凄まじい速度で回転するスパイは、領主の館を粉々に破壊しながら消えていく。さて、奴がどこまで抗えるか、見せてもらおう。

私がゆっくりと歩む中、スパイは建物の屋根を高速で疾駆して私に対して遠距離から正確無比の砲弾を放ってくる。私に殺到する砲弾は全て私の『月鏡』により跳ね返されて奴の全身を抉っていく。

私が地面を蹴って奴の距離を喰らいつくす。

「なッ⁉」

狼狽に目を見開くスパイの足を払って、数回転する奴の腹部を踏みつける。

地面が陥没して巨大クレーターが形成された。

「言ったはずだぞ。気を抜くなと」

私は左足のつま先で奴の胸倉をひっかけると、蹴り飛ばす。砲弾のように一直線で建物を粉々に破壊しながらスパイは吹き飛んでいく。私は地面を蹴って奴の飛ぶ方へ向かうと、左拳打をお見舞いする。スパイの身体がくの字に折れ曲がり、地面へ叩きつけられる。

「くそっ！」

咄嗟に飛び起きると、銃を油断なくこちらに向けるスパイ。

うむうむ、活きがよくて結構だ。並みの魔物なら既にこの数回の撃ち合いで終わっている。だがまだまだ、私を納得させるには足りぬ。

「バケモンめ！」

憎々しげに吐き捨てるスパイに、

「もう打ち止めか？　ならばもう終わりにするが？」

「いやまだだ！」

呪文のようなものを詠唱すると、左手を中心に立体型の魔法陣が形成される。同時に背に漆黒の四枚の翼が生えて両眼が赤黒く発光する。どうやらここからが本領発揮ってやつかもな。

奴が左手の人差し指と中指を立てると、黒色の翼から複数個の羽が離れ、それらが分裂を繰り返していく、空一杯を埋め尽くす黒羽の群れ。

「中々強そうじゃないか」

スパイの左手が振り下ろされ、数万にも及ぶ黒羽は私に殺到する。全ての黒羽を指定して、

「【真戒流剣術一刀流】――肆ノ型、毒蜘蛛の巣」

距離無効の攻撃を繰り出した。いくつもの爆発が連鎖し発生して爆風が全てを粉々に粉砕する。そして、建物全てを巻き込み、灰燼と化す。

「ばか……な」

あんぐりと大口を開けて私を凝視するスパイに、

「今のは40点。あれで私が傷つくかについては甚だ疑問だが、一応防がせてもらった」

先ほどの攻撃の評価を述べる。別に驕っているのではない。今の攻撃をまともに食らっても私は傷つかぬ。だが、そう悲観するものでもない。中々の戦闘センスのせいだろう。攻撃が繰

り出すほどに精錬されてきている。ふむ、面白くなってきた。

「ほざいてろっ！」

空中に飛翔し、上空へと昇っていく。右腕の銃口が数倍に形成されていき、私に照準を合わせる。

「死ねえぇぇ！」

咆哮とともに白銀の光が視界一杯に染まる。

私は地面を蹴り上げる。大地が粉々に破裂して私は瞬きをする間もなく、スパイを飛び越えて、その背後に移動していた。

「や、やったか？」

先ほどスパイの砲撃で焼けただれる大地を目にして汗を拭うスパイの耳元で、

「今のは30点。せめて私を地面に縫いつけるだけの術でも行使しなければ、当たる道理がない」

囁く。振り向くスパイの顔は驚愕に目を見開いていた。そのスパイを私は大地へと蹴り落とす。

一筋の閃光となり、スパイは数回転しながら、大地に深く突き刺さる。

ボロボロになりながら立ち上がり、スパイは口から出る血を拭いて重心を低くすると、左手に剣のようなものを顕現させる。本当に多彩な奴だ。多分、あれは他の精神生命体を吸収し、奪ったものなのだろう。

しかし、武術は身体能力があればいいってもんじゃない。さて、どうなるかな。

鼻歌を口遊(くちずさ)みながら、私は村雨を握りしめて奴に向けてゆっくりと歩き出す。

スパイが疾駆し、私との距離を詰めると喉に渾身の突きを放ってくる。それを最小限の動きで躱すとその剣先が軌道を変えて、私の首を追跡してくる。それを村雨で受けると、接近した状態で私の顔面に右腕の砲弾を放ってくる。身体をコマのように回転させて避けると同時に、奴の腹部を蹴り上げる。

数回転して地面を幾度もバウンドするスパイに肉薄し、

「驚いた。今のは70点。お前、剣術も多少使えるのか。最後の連携は中々よかったぞ」

賞賛の言葉を吐く。剣術自体は酒呑童子の足元にも及ばぬほど未熟だが、大砲の連携は中々楽しめた。もっとも、あの程度の数歩先のフェイントなど目をつぶっても避けられてしまう。

「くそぉぉ！」

左手で村雨の鞘を背中から取り外し、獣のごとき咆哮を上げる奴をその鞘で、霞、天倒、人中、喉仏、月影、明星、水月の急所を七連突きする。これは奥義にまで昇華しないただの人を壊す技巧。だが、こと人型に対して絶大な威力を誇る。

「ぐが……」

それでも刀剣をつっかえ棒にして、立ち上がるスパイ。

「まだ立つか。鞘で突いたとはいえ、本当に丈夫な奴だな。そうだな、次の攻撃に全てを賭けろ！　褒美に私も剣術というものを見せてやる」

初めて私は左手に持つ鞘に村雨を収めて構えをとる。そういえば、こうして戦闘でマジの構えをとるのも数万年ぶりかもしれん。もちろん、スパイの自力は私にとってさしたる脅威にはなりえない。現にその気になれば、いつでも殺せる。だが、ここまで絶望的な実力差がありながらも、懸命に食らいついてくる泥臭い闘争に対するこいつの姿勢に、少しだけ当てられてしまったのかもしれない。

スパイは上空へ跳躍し、右腕の砲弾を私のいる場所とは逆方向へと向ける。そして刀剣を持つ左腕を限界まで引き絞る。なるほど、今のこいつの持つ最速の攻撃ってわけか。

なら、私も答えねばなるまいな。

重心を低くして左手に村雨の鞘を持つ。そして、その柄に右手を触れて、全神経を集中する。

「おおおおおぉぉぉぉぉッーー‼」

白銀色の砲撃が夜空に迸り、スパイは私に向けて疾駆する。そして、私に迫るとその刀身を私の脳天向けて振り下ろしてくる。私に届く直前で、

「【真戒流剣術一刀流】、参ノ型――月鏡」

私の言霊とともに振りぬかれた村雨の剣戟が奴の剣を払うと同時に、奴の胴体を真っ二つに横断した。

どうやら終わってしまったようだ。私がスパイに近づくと、

「今のは……なんだ？」

「名は、【月鏡】。私の持つ唯一のカウンターの技だ」

ギリメカラたちですら勘違いしているが、真の【月鏡】は対遠距離攻撃に対するものではない。むろん、元々は魔法剣のシルバーの遠距離攻撃を防ぐために編み出したカウンター系の技ではあるが、この数万年であらゆる種類の攻撃に対する絶対的カウンターの技にまで昇華している。これがこの真の【月鏡】であり、私が本気の時使用する技だ。

「全く手も足も出なかった。端から相手にすらならなかった、お前のその強さ、一体なんなんだ?」

仰向けに倒れ込んだまま、どこか呆れたようにスパイは私に問いかけてくる。

「私が強いんじゃない。お前が弱いだけだ」

中々楽しめはしたが、やはり、こいつも私と命の取り合いまではできなかった。それでも、一応の戦闘が成立したのだし、かなりマシな方だとは思う。

「お前、それ本気で言っているのか?」

頬をヒクヒクさせながら自明のことを尋ねてくるスパイに、

「ああ、この世界は強者で溢れている。気を抜けぬ相手だらけ。ま、負けるつもりは微塵もないがね」

軽口を叩く。ま、随分長くその強者との戦いをしちゃいないがね。

「そうか。俺は弱いか。随分と言われたことがなかったなぁ」

「それは井の中の蛙のような状況だったのだな」

私の何気ない感想に、

「全くだ」

『凶』の隊長は笑みを浮かべると、瞼を固く閉じて、

「俺は戦人だったろうか？」

「辛うじてだがな」

「なら、戦人の情けを欲しい。後生だから、仲間を殺してやってくれ！」

必死形相で俺の袖を掴んで懇願してきた。あーあ、ギリメカラの眷属の一人、疫鬼の悪質な遊びでできたあれね。レーナをキメラ化しようとしたわけだし、全く同情は感じない。だが、スパイとの戦闘のお陰で多少なりとも鬱憤や怒りは減弱している。サクッと殺してやるくらい構うまい。

「かまわんよ」

「恩に着る」

安堵したのか、大きく息を吐き出すと次第にスパイの黒色の翼が風化していき、変化前の姿へと戻ってしまう。

『御方様、此奴ら「凶」の事後処理、この我に任せていただけませぬか？』

ギリメカラがこんな提案をしてくるとは珍しいな。

「ふむ、どうするつもりだ？」

『此奴は兎も角、レーナ様に不敬を働いたクズ共を我らは許すことができませぬ』

やっぱり、そう来たか。ギリメカラは私の感情に最も敏感に反応する。私にとってレーナや

キースがどれほど大事かはギリメカラも承知している。そのレーナをキメラ化しようとしたわけだし、ある意味、ギリメカラたちにとって最大の禁忌。怒り心頭なのは間違いない。

「しかし、私はこいつを戦人として扱うと決めた。あのキメラ化されたクズ共の処分はその戦人と私との約束だ。反故にするつもりはない」

私も戦人である以上、守らねばならぬ信念がある。

『ならば、この奸物共の我への眷属化と再教育化の機会の許可をいただきたく存じます！』

ギリメカラの眷属化と再教育ね。今のギリメカラたちに委ねれば、ある意味、拷問以上に凄惨な結果となりかねない。スパッと殺す方がよほど、こいつらにとって幸ある未来だろう。だが、仮にもレーナをキメラ化しようとしたわけだし、そこまで気を使う必要が確かに私にはない。スパイとの約束の趣旨はあくまでキメラ化の解除にこそあるわけだしな。

「いいだろう。当面のこいつらの処理はお前たちに任せる。ただし、あの悪趣味なキメラ化だけはすぐに解除しろ。それでスパイとの契約の履行とする」

これが落としどころだろうさ。まあ、奴らに眷属化がそもそも可能なのかが不明だし、この度の事件のスパイの責任は別途考えねばならないだろうが。

『あ、ありがたき幸せ!!　必ずや御方様のお役に立てるよう再教育いたしますッ!!』

ギリメカラが両手を組んで、そう歓喜の表情でむせび泣く。

「スパイからティアマトを分離しなければならん。それが済み、私の条件を満たせば、そいつも基本お前たちの好きにしていいさ」

『御意！』

ギリメカラは顎を引くと、スパイとともにその姿を消失させる。もはやこの地は原形をとどめぬほどの有様だ。もしかしたら、運よくソルトやあの哀れなキメラも死んでいるかもしれないが、まあ、あのギリメカラの様子では期待は薄かろうな。

「さて、帰るとするか」

帰路につこうとした時、アスタが姿を現す。その顔はいつになく鬼気に迫っていた。

「ん？ どうかしたのか？」

「マスター、今のあれは？」

「『凶』の隊長だな」

「そういうことではないのである！」

声を張り上げるアスタに、

「いきなり大声を出すなよ」

顔を顰めて諌めるが、

「答えるのである！ あれは何であるか⁉」

「だから、『凶』とかいう組織の隊長だ。あのモーヴとかいう牛の魔物を贄にして吸収させたら、それなりに戦えるようになった」

元があのクソ雑魚だしな。大した期待はしていなかったが、予想以上には楽しめた。

「それ、マジで――いや、マジで仰っているのであろうな。だからこそ、イカレている。いや、イカレすぎている！」

「おい、アスタ！」

両手をわななかせながら、滝のような汗を流して絶叫するアスタに、若干引き気味に声をかける。

「今のは悪軍でいえば六大将クラス！　天軍でいえば六天神並みの自力があった。あんなバケモノをいとも簡単に作り出し、挙句の果てには、それをそれなりに戦えるようになった⁉　思考が完璧に常軌を逸しているのである！」

意味不明な妄想たっぷりの台詞を垂れ流すアスタに、

「そんなことは知らぬよ。いずれにせよ、弱者には違いない。ギリメカラに委ねた以上、奴が処理するだろうさ。もし、仮に解き放たれてもあの程度ならAランクのハンターに駆除されて終わりだろうよ」

そう断言する。あれはこの世界ならあくまで中堅に位置するにすぎまい。私でなくても、勇者や魔王など真の強者相手なら一瞬で勝負は決まっていたのは間違いない。

「……」

アスタは頬を壮絶に引き攣らせながら、奇怪な生き物でも見るかのような目で凝視していたが、

「やはり、貴方はイカレているのである」

その捨て台詞を最後に夜の闇に溶け込んでしまう。

さて、私も帰るとしよう。今度こそ私は帰路についたのだった。

ソルトが意識を取り戻すと、そこは荒れ果てた荒野だった。そして傍にいた二人を目にし、声を張り上げる。

「チリ！　ヴィネガー！　お前ら、無事なのか⁉」

二人は顔を見合わせつつも、

「無事というか……」

「エエ、なぜ元の姿に戻れたのか不明デスガ」

困惑気味に二人は答える。

状況から言ってここに『凶』のメンバーを連れてきたのは、あの怪物たちの主、カイ・ハイネマンだろう。だとすると、まだ全く終わっちゃいないということか。

突如、晴天の空に黒雲が出現するとそれらは急速に広がっていく。

「こ、これってまさか、あれぇ⁉」

ヴィネガーが金切り声を上げて蹲(うずくま)って震えだし、チリも硬直化して全身から滝のような汗をダラダラと流し始めた。よほどの恐怖だったのだろう。多分、この様子では二人がカイ・ハイネマンに反抗するのは無理。そういうソルトもとてもじゃないが、あんな怪物と事を構えるなど二度とゴメンだった。

（なるようになるか……）

ある意味、諦めの境地で様子を窺っていると、荒野に次々に出現する怪物たち。一体一体が今まで目にしたこともない圧倒的とも言える強者の圧を感じる。

あっという間に、ソルトたちを取り囲む無数の超越者たち。

そして、カイ・ハイネマンに疫鬼と呼ばれていたあの全身黒ずくめに帽子をかぶった小男が、ソルトたちの前に現れると、

「ぎひぃっ！」

「きはっ！」

ヴィネガーとチリがつんざくような悲鳴を上げる。

疫鬼は姿勢を正すと周囲を取り囲む超越者に恭しく一礼し、

『こちらにおわすのは、最大派閥「悪邪万界」の最高幹部の方々だっ！　本来、我らがお目通りになれるお歴々ではないのだぞっ！　図が高いぃーー！』

怒号を張り上げる。

「はひっ！」

「ハイッ！」

二人は両眼から涙を流し、鼻水を垂れ流して這いつくばる。疫鬼、一柱に対してさえもこのざまなのだ。しかも――しかもだ。今もソルトたちを取り囲んでいる存在たちは、その疫鬼さえも、お目通りが難しいという。どう考えても、過剰戦力。抗うこと自体無駄というものだろ

う。

『こんなカスのような力しか持たぬ雑魚が御方様に弓を引いたのか？』

八つの目を持つ怪物が訝しげに尋ねる。

『そうだ。特にそこの眼鏡の男と女はキース様を傷つけ、レーナ様をよりにもよってキメラ化しようとした』

刹那、憤然の咆哮が地鳴りのように周囲に響き渡る。

『我らが信仰に唾を吐くクズに死を！』

一つ目の怪物が叫ぶと、

『死だとぉ⁉ そんなものは生ぬるい！ この世の地獄を見せてみせようっ！』

上半身が鮫の怪物が即座にそれを否定する。

『そうだ！ 楽にはさせぬ！ あらゆる苦痛と絶望を与えるのだッ！』

次々に上がる台詞は、ソルトたちにとってまさに悪夢の声。とうとう、チリは泡を吹いて気絶し、ヴィネガーも両手で頭を抱えて許しの声を上げてカタカタと震えだす。

『それで？ ギリメカラ、御方様は我らにどんな指示を？』

妙に冷静な白色の人型の何かが、鼻の長い怪物、ギリメカラに尋ねる。

『我らが至高の御方は、この者ども「凶」の長であるスパイを戦神と認めた』

荒野にどよめきが走る。

『御方様が戦神と認めるなど、何万年ぶりだろうな』

のっぺらぼうの存在が両腕を組みながら独り言ちる。

『そうですね。我らの中の数柱、ベルゼバブ以外ではほぼ皆無ではないかと。だからといって、我らが神を辱めたこのクズ共を許す理由にはならないのではないですか？』

強い非難を含んだ真っ白の人型の何かに、

『その通りだ！　もちろん、すんなり、御方様が許すはずがあるまい！　この魂まで腐りきった愚劣な者共を我らの眷属とし、再教育せよ！　それが、我ら信じる神の神言だっ！』

一瞬の静寂の後、歓喜が爆発した。

『そうか！　そうかぁっ！　此度も我らの派閥はそんな重大な使命を賜ったのだなっ！』

『素晴らしい！　こんな不敬を犯したミジンコさえも殺さず取り込むその慈悲深さ！　まさに、我らが信じる神！』

『感謝を！　ううっ……わが父に感謝をおぉぉッ！』

飛び跳ねてはしゃぎまくる超越者たちに、ギリメカラは右手を上下させて落ち着くようなジエスチャーをし、

『ノルン、時間はたっぷりある。いつもの奴をやってくれ！』

「らじゃー、でしゅ」

長い白髪の少女ノルンが右手を挙げると、空中に巨大な魔法陣が浮かび上がる。

ギリメカラはソルトたちの前で腰に拳を当てると、三つ目が紅に染まっていく。そして――。

『我は貴様らの教官の一柱、ギリメカラであーーる！　覚悟をしておけ！　今から貴様らにひ

と時の平穏もない！　休みなく、貴様らの腐りきった根性を叩き直してくれるッ！　そう！　徹底的になッ！』

両腕を広げて咆哮を上げる。それに呼応するかのように他の超越者たちも獣のような叫び声を上げる。

それはソルトたちの修行という名の拷問が開始された瞬間だった。

エピローグ

　全てが終わり、ローゼとキースの待つ宿に戻ると、ギリメカラにより宿にレーナが届けられたと報告を受ける。

　キースの案内の下、部屋に入るとベッドから上半身を起こしているレーナと視線がぶつかる。

「カー君？」

　暫し、きょとんとした顔で私を眺めていたが、次第に目じりに涙がジワリと浮かぶ。そして、ベッドから飛び起きると私にジャンピング抱きつきをしてくる。そして、私の胸に顔を埋めると動かなくなってしまった。

「うむ。レーナ、久しいな」

「う……ん」

　多分泣いているのかもしれない。無理もない。ギリメカラにすぐに保護されたとはいえ、大分怖い思いをさせてしまったからな。

「心配ない。もう大丈夫だ」

　昔のように右手で後頭部をそっと撫でていると、ゴホンッと咳払いをされる。ローゼが隣で微笑んで座っていた。目が全く笑っちゃいないが、大方、部屋にいるのに無視されたことでも根に持っているんだろう。まったく、狭量な奴め。

「カイ、全て終わったんですか？」

「ああ、とりあえず全部な。あとは事後処理だ」

ローゼに答えた時、

「カー君、少し口調変わったぁ？」

レーナが見上げながら尋ねてきた。

「うむ、イメチェンってやつだ」

「実際はイメチェンってレベルじゃないと思うんだが」

後ろから余計な茶々を入れてくるキースに、

「ええ、きっと、中身までイメチェンしているんでしょうね」

ローゼも相槌を打つ。私にとって鬼門の話題を全力でスルーし、話題を変えることにした。

「レーナも少し背が伸びたな」

「うん！　伸びたよぉ！　カー君はあまり変わってなくてよかったよぉ！」

何がよいのかさっぱりだが、レーナは私に抱き着くとクンクンと匂いを嗅いでくる。これは昔からのレーナの癖。動物のようだからやめるように言っても結局直らなかった悪癖だ。まあ、男性では兄妹同然の私にしかしないから、さして問題があるわけでもないが。それにしても、十万年前のことのはずなのに、数年前のこととして記憶している。そんな奇妙な感覚ではあるが、確かにこうしてみると鮮明に思い出すことができる。

「そうだ。レーナ」

「うん、なーに？」

私から離れず笑顔で見上げてくるレーナの頭を一撫でして、キースにも振り返り、

「ただいま」

私は十万年越しの挨拶をしたのだった。


それから、レーナはすぐにいつもの天真爛漫な様相に戻ったので、この数日キースとともにバルセの観光に彼女の気が済むまで付き合った。あの獣人の身請けの日にはまだ期限があるし、アーロン老の説明では神聖武道会で私は失格ではなく、あくまで棄権扱いであり賞金は支払われるとのことだ。今その手続き待ち、つまり、全てのミッションは一応クリアということ。

そして、ほどなくして王都からレーナとキースのお迎えの使者がくる。使者たちも心底心配している様子だった。特にあのメイドっぽい女はレーナに抱き着き声を上げて泣いていたし。あの様子では王国で大層大切にされているようだし、私も一安心というものだ。

それにしても、レーナの件を知らせてまだ数日しか経っていないのにこの迎えの速さだ。実に皮肉なことではあるが、ある意味、王国にとってはローゼよりもレーナの方が今は重要性が高いのかもしれない。

「ねぇ、カー君」

抱き着きながら上目遣いで見上げてくるレーナに小さなため息を吐く。これはレーナが私に何かしてほしいことがあるときの癖。

「ん？　なんだ？」

「カー君、ローゼちんと当分一緒に行動するんだよね？」

「ああ、実に遺憾ながらそうなるだろうな」

私の返答に隣のローゼが咳払いをしつつ、私の脇をつねってくる。こんな些細な皮肉すらも許容できないとは、全く大人気(おとなげ)ない娘だ。

「そう！　よかった！」

何がどうよかったのかは全く不明だが、満面の笑みで馬車に乗り込んでしまう。

「キース、引き続き、レーナを頼むぞ」

「任せとけ。お前もあまり、無茶すんなよ」

オルガおじさんと異口同音の台詞を吐くと、キースも馬車に乗り込む。

突然、レーナが馬車から顔と右手をチョコンと出すと、

「またねぇ！」

ブンブンと振る。

「ああ、またな」

若干そのニュアンスに首を傾げつつも、私たちも宿に戻る。

　スパイが目を覚ましたのは、見慣れぬ一室のベッドの上だった。

　傍にいたメイドの女は一礼すると、部屋から出て行く。彼女と入れ替わるように、

「よう、隊長！」

　ターバンの青年ソルトが右手を挙げて部屋へと入ってきた。

「ソルト！　お前、生きていたのかっ！」

「ああ、カイ様の慈悲のお陰でな」

「カイ様か……それは――今はいい。チリとヴィネガーはどうなった？　まだ、キメラのままか？」

　ソルトがカイ・ハイネマンに敬語を使う理由など、聞きたいことは山ほどあるが、一番の危惧はそれだ。スパイは所詮、敗者。勝者たるカイ・ハイネマンが約束を守る必然性など本来ないはずだから。

「いんや、キメラ化はあれからすぐに解除されている。二人は今、ギリメカラ様方と特殊教練中で当分戻っちゃ来れねぇよ」

「特殊教練、それは？」

「ああ、思い出すだけでゲロ吐きそうな地獄の鍛錬さ。心配するな、あの教練はそう悪いものじゃねぇよ。俺もあれで初心に戻れたし」

　そう答えるソルトの表情は妙に晴れ晴れとしており、否定的な感情は微塵も感じられなかった。

「訳が分からないんだが」

「あーあ、もうじき分かるさ」

そんな意味深な発言をすると、ソルトは人差し指を扉に向けて歩き出す。ついてこい、ということだろう。

スパイたちは死ぬはずだったのだ。今更、躊躇う理由もない。ただ、この生き生きしたソルトはかつての幼少期の野望に満ち溢れていた頃のものとそっくりで、スパイはこの時純粋な驚きを覚えていた。

ソルトは宿を出ると近くの空き地へと向かう。そこには紫髪にハットを被った女が佇んでいた。

「アスタ様、連れてきました」

「それでは行くのである」

アスタと呼ばれた紫髪の女がパチンと指を鳴らすと、景色が歪む。気が付くと眼前には巨大な扉が聳え立っていた。

「こ、ここは？」

十中八九、空間転移の能力だろう。空間を操る能力は伝説上の力。実際にその使い手と会うのはスパイも初めてだった。アスタは扉の前で、スパイに向き直ると、

「一つ、警告しておくのである。ここの扉の中にいるのはこの世の悪。文字通り、最恐にして

最強の怪物である。くれぐれも愚かな態度はとらないのが身のためである」

「そんなの知っているさ」

少しでも気を抜くと即死。カイ・ハイネマン、あれはそんな最上級の恐怖の塊だった。仮にもあれと戦ったのだ。今更、そんな当然のことを指摘されるまでもない。

「分かったであるな？」

アスタはスパイを凝視しながら、意味不明な念押しをしてくる。

『わかったのね……』

突如、スパイの中から聞こえてくる消え入りそうな小さな少女の声。

「お、おい、ソルト、これはどういう——」

ソルトにこのふざけた現象を尋ねるが、

「すぐに分かるさ」

先ほどとは一転、今だかつてないほど厳粛した顔で扉の先を凝視していた。

「では、お前たちの武運を祈っているのである」

そして、扉がゆっくりと開かれ、スパイは扉をくぐる。

壁に描かれた趣味の悪い装飾に、階段の上まで真っ赤な絨毯が伸び、その先には玉座があり、カイ・ハイネマンがひじ掛けに頬杖を突いて座っていた。そして、その絨毯の脇に参列する超越者たちは次元が違った。

（はは……本当にあれは最悪だ）

予想はしていたが、ここまで出鱈目だとは想像もつかなかった。おそらく、あれらは今までスパイが出会った精神生命体とは全く別の生きものだ。

周囲から注がれる圧力に奥歯を食いしばり、どうにか平静を保って歩き出し、カイ・ハイネマンの前まで辿り着く。

『御前(おんまえ)で姿を見せぬとは無礼であろうっ！』

獅子顔の怪物が檄を飛ばすと、

「はひっ！」

スパイの中から湧き出るようにして出現する二本の角を生やした水色髪の少女。

あまりのありえぬ事態に目を白黒させているスパイに、

『平伏せよ！』

鼻の長い怪物の野太い声が響き、スパイたちの身体は自然に両膝を突いて額を絨毯に着けていた。

『頭を上げよ』

さらに野太い声が響き、顔だけ自由が戻る。

「スパイ、お前とはあの一戦以来だな」

カイ・ハイネマンの疑問に、

「はい」

顎を引く。たった数言話(すうこと)しただけなのに、汗腺がぶっ壊れたように汗が絶え間なく流れ出る。

隣の水色髪の少女も平伏したままカチカチと歯を鳴らしていた。

本当にスパイはこんなバケモノと一戦交えたのだろうか。あの時ハイになって、感性が麻痺していたとしか思えない。勝つか負けるかではない。これと戦うということ自体が最大の愚行だ。

「まずは現状認識だ。お前たち二人を分離しようと試みたが、失敗に終わった。いや、それも正確ではないか。中途半端に成功した。それが最も近いかもしれん」

スパイとそこの水色髪の少女を分離する？ スパイの能力『魂喰らい』のことだろうか？

だが、スパイが取り込んだのはこの少女ではなく、あの牛に翼が生えた精神生命体だったはず。

第一、スパイの『魂喰らい』は一度取り込んだら、分離などできない仕様だ。

混乱の極致にあるスパイを尻目に、

「お前たちは二つで一つ。そんな生物になってしまったようだ。まあ、これもお前たちの行いの結果。潔く受け入れてもらう。それでここからが本題だ」

突然、カイ・ハイネマンの声色が変わり、その発せられる圧が段違いに跳ね上がる。

「お前たち二人に問おう。お前たちは他者を傷つけることが楽しいか？」

「楽しくありません」

「嫌いなのね」

スパイと水色髪の少女の返答が見事に重なった。

「では次だ。ならなぜ、他者を踏みにじってきた？」

「やるしかなかったから」

「やらないとダメなのね」

やはり、スパイと少女の返答は重なる。カイ・ハイネマンのひじ掛けを打つ人差し指の音が響き渡っていた。

「お前たちは今までの行為を悔いているか？」

「……多分、後悔しているのね」

「悔いてはいます」

悔いている？　そんなことは決まっている。悔いているさ。特にあの時、人として最も大切なものを捨ててしまったことは今でも夢に見るくらい悔いている。だが、それは今更なのだ。いくら後悔しても、スパイの行ってきたことに変わりはしない。それは紛れもない事実。

カイ・ハイネマンは初めて玉座から身を乗り出し、

「では最後の質問だ。スパイ、ティアマト、今のお前たち二人にとって最も大切なものはなんだ？」

「あの子たちなのね！　妾はどうなってもいい！　あの子たちだけは助けてほしいのね！」

必死に懇願の言葉を叫ぶティアマトをカイ・ハイネマンは右手で制して、スパイに返答を促してくる。

「俺も仲間です。俺と同じく人の道を外れた外道ですが、それでも俺にとっては今まで苦楽を共にしてきた大切な家族だから」

カイ・ハイネマンがチラリと、傍に控える緑髪の少女を見ると、

『御方様、この者たちは一切偽りを述べてはおりません』

少女はそう即答する。

カイ・ハイネマンは口角を吊り上げると、両膝を両手で叩いて玉座から立ち上がる。

「いいだろう！　合格だ！　今回の事件のお前たちの将としての責任は、その質問でチャラにしてやる。ギリメカラ、スパイたちの眷属化はできそうなんだな？」

カイ・ハイネマンは鼻の長い怪物ギリメカラに尋ねる。

『可能です。本来、図鑑は人を眷属にできぬ仕様でありますが、「凶」共はあの魂の吸収・進化の能力により既に純粋な人とは言い難くなっておりますれば』

「そうか。私はこの世界で好き勝手暴れたお前たちを野放しにするほど、お人好しではない。だから、枷を付けさせてもらう」

「枷？」

「スパイ、当初の予定通り、お前はギリメカラの眷属。ティアマト、お前は——そうだな、ネメシス、お前の眷属として再教育してやれ」

『御意！』

「承りましたわっ！」

浮かれた声で返答する二者に、

「ではこれでお開きだ！」

その言葉とともに、カイ・ハイネマンが颯爽とこの玉座の間から去ると、他の超越者たちも次々に姿を消してしまう。水色髪の少女も、ネメシスと呼ばれた赤色の衣服に身を包んだ長身の美女に引きずられるように連れていかれてしまう。

立ち上がろうとするが完璧に膝が笑っており、よろめき倒れそうになってしまう。それをソルトが支えてくれた。

「ご苦労様だ、隊長」

「ああ、マジで肝が冷えた」

此度の事件の将としての責任か。おそらく選択を誤っていたら、スパイはきっと――。

「ま、俺はあまり心配しちゃいなかったがね。結局、カイ様と隊長は似ているところがあるからな。あの人なら、あんたという人を理解してくれる。そう思っていたさ」

どこか得意そうにソルトが語った時、双子らしき黒髪の少女がこちらに駆けてくるとスパイの前にくる。そして――。

「ソルト、それってスパイッ⁉　うっそぉ、マジでシブイおじ様じゃん！」

「へー、スパイも随分、老けたんだね！　やっぱ苦労したの⁉」

興奮気味に捲し立てる。

「お、おい、ソルト、これってどういうことだ⁉」

「ああ、今のその二人はペッパーとシュガーだよ」

「はあ？　意味が分からんぞ！」

「だから、隊長と同じくその嬢ちゃんたち二人と魂まで同化しちまって分離が不可能だったのさ。隊長たちよりもさらに不完全だったから、その嬢ちゃんたちの許可でのみ、こうして表に出て来れるようになったってわけ。もっとも、精神は幼い頃に逆戻りしているようだがね」

「すまんが、少し整理をする時間をくれ」

この黒髪の双子の少女の中に、ペッパーとシュガーの魂も入っており、少女たちの許可の下、人格が切り替わることができるようになったってことか。

「ちなみに、ジルマもベルゼバブ様の眷属になっているようだぞ。ま、この前会ったら、別人のようになっちまっていたが」

まさか、ジルマも生きているとはな。だが、疑問もある。

「なあ、ソルト、なぜあの超越者たちは、この俺たちを生かしたんだと思う?」

あの超越者たちからすれば、『凶』などただの羽虫集団。大した価値はあるまい。殺すことが、一番手っ取り早い方法だ。こんな敗者復活戦のような方法をとる必要はないはずだから。

『それはあの御方が、貴様を気に入ってしまったからだ』

背後を振り返ると、鼻の長い怪物が佇んでいた。

『ギリメカラ様ッ!』

ソルトが鼻の長い怪物に跪き、首を垂れる。

『この数万年であの御方がまともに戦えたことなどほとんどなかった。ましてや、戦神と認めたものなど我らの中でも一握り。ああは言っていたが、御方様はきっとあの時嬉しかったのだ。

だから、これはあくまであの御方のご意思。それだけよ』

　そうか。だからあいつはあの時あんな寂しそうな顔をしていたのか。少しだけあのカイ・ハイネマンという存在が分かってしまった。あいつが心の底から望んでいることも。そして、それが決して今後も叶うことがないだろうことも。それをギリメカラたちは熟知している。

「俺もカイ様にこの命が続く限り、絶対の忠誠を誓います！」

　あの恐ろしくも素直じゃない存在のほんの一握りを理解したとき、口から出たのは己のものとは到底思えぬ従属の言葉。

『ふっ！　当然だ。貴様はもう既に我の眷属なのだからな。あの御方のために存分に働いてもらう。本日は最後の休息だ。明日からはその腑抜けた根性を徹底的に鍛えなおしてやる。覚悟しておけ！』

　ギリメカラはそんな台詞を吐くと、その姿を消失させる。

「仕切り直しだ」

　記憶と肉体を失った仲間が二人に、目下地獄の教練中の者が二人。別人格のようになってしまった仲間が一人。そして――

「隊長、命令してくれ」

　もう一度前に進まんとする仲間が一人。

　そうだな。あの強力無比な存在に仕えたのはいい切っ掛けだ。もし許されるなら、ここから、また歩き出すとしよう。

「いくぞ。まずは次の仕事の計画でも練ろう」

もちろん、あのどうしようもなく強くて天邪鬼な存在のための計画を！

神聖武道会の賞金が出るのを待機している間に、スパイとティアマトの分離の処理が完了する。

もっとも、アスタを以てしても二者の分離は困難を極め、混じり合って存在していたモーヴとかいう愚物の魂を生贄に消費する形で不完全ながらの分離が成される。とはいえ、一日八時間のみティアマトがスパイの魂の中に入らねばならないという制限があるだけで、基本は別行動が可能だし、当初の計画になんら支障はない。あとは、スパイとティアマトの将としての責任だけだ。

スパイもティアマトも一組織の将。ならば、その組織の行動の責任は負わねばならぬ。もし、将として価値を見出せなければ、二人を眷属にする話も白紙。誰が何と言おうと、それなりに重たいペナルティーを課そうとは考えていた。

シルケ樹海の最奥にあるティアマトの元居城を利用して、赤面してしまうような状況の下、スパイとティアマトにいくつかの質問をする。結果、二人は見事私の試練を突破する。とはいえ、あの二人を少し調べればあれは自明の結果と言えるかもしれないが。

ここで意外な事実が二つ。一つはペッパーとシュガーと同化した双子の少女たちだ。彼女たちはペッパーとシュガーの能力をほぼ承継していた。さらに、ペッパーとシュガーの意識も幼少期の頃のままで彼女たちの中に重なるように存在し、話し合うことすらできるようになっていた。サトリ曰く、大人の記憶は完全に消滅しており、二度と戻ることはないらしい。とすれば、今のペッパーとシュガーは完璧に無垢な子供。責任を問えるものではなくなっている。さらに、あの二人の能力を承継していたことから、今後、アメリア王国の王侯貴族にいつ取り込まれてもおかしくはない。元より双子が孤児であったこともあり、ローゼと相談し、我らが保護することとしたのだ。

もう一つが、あのジルマだ。どうやら、ベルゼバブに妙に気に入られてしまったようで、眷属の申請をしてきたので許可を出す。私にとってジルマなど心底どうでもいい存在だ。ベルゼバブが使いたいというなら使えばいいさ。

そして、賞金が出る丁度二日前に、ハンターギルドに呼び出される。

バルセのハンターギルドの幹部たちが列席する中、ギルド長たるラルフ・エクセルの口から切り出された話題は私にとって意外極まりないものだった。

「本当にいいんですか？」

目の前に積まれた白金貨の山を目にして、躊躇いがちに尋ねる。

「構わん。ハンターは成果絶対主義。受けて当然だ」

これは間違いなく裏がある。正直、この御仁だけには借りを作りたくはない。

単刀直入に言おう。目の前の小柄なマッチョにも一度会ったことがある。これも過去に祖父に対面させられたという経緯だが、アーロン・カイエンとともに今の私にとってどうにも苦手な御仁の一人。あと二日後に神聖武道会の賞金も出るし、信条的には辞退したいが、それをすればこの御仁の顔を潰すことと同義。ハンターとして以後無難な生活設計を計画している私としては、ハンターの英雄的存在のこの御仁に睨まれるわけにもいかぬ。

「では、ありがたく頂戴いたします」

百枚の白金貨を袋の中に入れると、

「今回の件でお主のハンターランクはEからDへと上がった。ほれ、これが変更後のギルドカードだ」

ラルフが先ほど預けたギルドカードを投げてくる。

「はあ？　私は昇格など希望しちゃいませんが」

確か、説明では昇格の申請があって初めてギルドが審査する仕組みだったはずだ。だからこそ、安心していたわけではあるのだが。

「ハンターランクの上昇は、評価を満たす限り、Cランクまでは支部のギルド長に独自の裁量権がある。申請などそもそも不要じゃから安心しろ」

「ちょっと、待ってください！」

冗談ではないぞ。これ以上変な地位に雁字搦めになれば、今後の私の世界中をめぐる気長なスローライフの旅が頓挫しかねん。

「うむ、一ランクしかアップしなかったことを嘆いておるのじゃろ？　心配するな。次のCランクへの道筋もちゃんと考えている」

　このおっさん、何言っていやがる！

「そういう意味じゃなくてですね――」

　ギルド長は喜色満面の顔で反論を口にしようとする私の右肩をポンポンと叩くと、

「喜べ、このバルセのハンターギルドでこの処置に反対の者は一人たりともいないし、ハンター内での今後のお前の地位について、ローゼ王女と話し合っている」

　そんな不安しか覚えない戯言を口走る。

「あのですね――」

「あと、王女の要請で今回の事件について一切の他言無用も徹底させておる。それがお前の希望じゃろ？」

「それはそうですが――」

「お前も疲れているだろうし、ゆっくり休むがいい」

　ギルド長は私の言葉など歯牙にもかけず、一方的に捲し立てると立ち上がり、恵比須顔でスキップしながらも部屋を出ていってしまった。幹部たちもなぜか、私に丁重に頭を下げて退出していく。

　なんだ、ありゃ？　流石にこんな状況は想定外もいいところだ。あの悪質王女（ローゼ）と話し合っているって、逆に不安になるわ！　くそ、どんどん私の輝かしいスローライフから全速力で逆走している気がするぞ。

だが、他言無用が徹底されていたのか。どうりでこの件についてアルノルトを始め、事件の詳細について尋ねても誰も口にしないわけだ。ま、情報が洩れぬこと自体、良しとすべきだろうさ。

気を取り直して部屋を出てハンターギルドを出る。その時、二人の男と遭遇する。いや、正
確には私を待っていたのだろう。

「ライガ、フック、お前たちもご苦労だったな」

二人は姿勢を正すと胸に右手を当てて一礼すると、

「カイ様、俺たちは今後、このバルセの街を守ることにしました。最近、色々、キナ臭いこと
が多いし、何よりここは俺たちの街だから」

フックが一点の曇りない表情でそんな報告をしてくる。

「仲間たちの件はもういいのか？」

二人のその吹っ切れたような晴れやかな表情を見れば、聞くまでもないかもしれないが。

「はい。けじめをつけましたから。これで俺たちも前に進めます」

「そうか。それはよかった」

前途ある若者が前に進むのだ。それは喜ぶべきことだろう。

「何かあったら、連絡をよこせ。力を貸そう」

私の言葉に、ライガは口端を上げると、

「その必要はありませんよ。俺たちはギリメカラ様の配下。すなわち、カイ様に仕える信徒の一人。それはこれからも変わりやしません」

そんな有難迷惑なことを言いやがった。

「あのな、ギリメカラたちから何を吹き込まれたかしらんが、私は人間だ。だから――」

「ギリメカラ様の前では口が裂けても言えませんが、貴方が人間だということは承知しています」

人と納得してもらえれば信仰対象となるというふざけた負の連鎖から離脱できると踏んでいたのだが、当てが外れた。

「いやいや、だとすると、さらに意味が分からんぞ？　なぜ、人の私の信徒となる？」

「それは貴方が人であるからです」

「うん？　どういうことだ？」

「それは――いえ、改めて言葉にするまでもない。ですが、俺たちのような輩はきっと増えていくと思いますよ。俺たちはカイ様のためならいつでもこの命を懸けます！」

「いや、だからな――」

「我らが信仰と忠誠を貴方に！」」

踵を合わせて右拳で胸を強く叩き、そんな迷惑極まりない台詞を言うと、恭しく一礼して人混みに消えていく。

「これって、さらに悪化してやしないか？」

自問自答してみるが、どうしても否定しきれず、私は大きな溜息を吐きつつ、ローゼたちの待つ宿への帰路につく。


ハンターギルドから奴隷商に払うだけの十分な報酬を得た。神聖武道会の賞金を待つ必要がなくなり、さっそく現在身請けに来ている。

「ほら、約束の二百万オールだ」

ナヨナヨした奴隷商の男に白金貨二枚を渡し、前金の八万オールの返却を布袋ごと受ける。

祖父からもらった金銭だしな。大金が入ったとはいえ無駄には使いたくはない。

ちなみに、鉄貨が十オール、銅貨百オール、銀貨が千オール、金貨が一万オール、白金貨が百万オールの価値がある。つまり、私はあの雑魚魔物集団の討伐で一億オールを獲得したということになるわけだ。

くしゃみをすれば吹き飛ぶような雑魚魔物共を駆除しただけで、一億オールとはどうにも金銭感覚がガバガバになるな。

「まいどぉ。お連れしなさーい」

支配人と思しきナヨナヨした男の指示で、黒服たちは部屋の奥から獣人の銀髪の少女の手を引いてくる。身なりはもちろんだが、血色も良い。どうやら奴ら、私との約束を守ったようだな。奴隷商なりの矜持というやつかもしれん。ま、人身売買屋共の理屈など心底どうでもいいがね。

「私はカイ・ハイネマン。カイでいい」

右手を差し出すと少女は恐る恐る握り返し、

「ミュウ……です」

たどたどしい口調で自己紹介をする。

「か、か、可愛い!!」

真っ白なローブを頭から被り、プチ変装していた迷惑王女が怪鳥のような奇声を上げてミュウに抱きつき頬擦りをする。

「ふへ?」

目を白黒させているミュウに、さらにローゼは顔を恍惚に染めてその全身にペタペタと触れる。

「うーん。この耳のもふもふした手触り! 尻尾の毛並みも最高!!」

「ひっ!?」

身を縮こませながらも、泣きそうな顔でミュウは助けを求めるべく私を円らな瞳で見上げてくる。

「止めんか! 子供を怖がらせてどうするっ!」

益々エスカレートする変態王女の豹変ぶりに内心ドン引きしながら、右手でローゼの後ろ襟首を掴むと彼女から引き離し、

「大丈夫だ。この女は変態だが、悪い奴ではない」

そんな全くフォローになっていない言葉を告げて、左手でミュウの頭を撫でる。

「……」

ミュウはコクンと無言で顎を引く。

「行こう！」

アンナが優しそうに微笑むとミュウの右手を掴んで宿へ向けて歩き出す。

「はい……」

私たちのこのやり取りに、少し前のアンナなら烈火のごとく怒ったんだろうが今や突っ込みすらしなくなったな。それはそれでどうかと思うわけだが。

「カイ、いい加減、下ろしてほしいんですが？」

感慨深く、アンナとミュウの後ろ姿を眺めていると変態王女（ローゼ）の非難をたっぷり含んだ声が鼓膜を震わせる。

「うむ、すまん、すまん」

ローゼの襟首から手を離す。

「衣服が伸びたらどうしてくれるんです？」

細い腰に両手を当ててローゼは、問い詰めてくる。

「子供に変態行為をするからだ」

「ただ、抱きしめて、頬擦りして、モフモフの尻尾やら耳を撫でただけじゃないですかっ！」

この姫さんマジで頭痛い性格をしていらっしゃる。

「それを社会通念上変態行為というのだ」

「むう」

納得がいかぬように頬を膨らませるローゼを無視して今も興味深そうにこちらを眺めているナヨナヨした奴隷商の男に視線を移す。

「一つだけ忠告しておこう」

「何かしらぁ？」

「私が此度(こたび)、お前たちと取引したのはこの国の腐ったクズルールに沿って商いを営んでいたからだ。正直、私は幼子を獣と称し平然と鞭を打つお前たちを心の底から嫌悪している。だからもし、一歩でもそのルールを踏み外せば――」

私は言葉を切る。ゴクリと喉を鳴らす奴隷商たち。

私は奴らをグルリと見渡し、口の端を大きく吊り上げると――。

「粉々に砕く。楽にヴァルハラに行けるとは思わぬことだ」

自身でもぞっとするような声色で宣言する。急速に血の気が引いていく奴隷商共。

「も、もちろんよ！　最後の一線は絶対に踏み外さないわッ！」

悲鳴のような裏返った金切り声を上げるナヨナヨした奴隷商の男に、

「努々(ゆめゆめ)忘れるな。今のお前たちは崖っぷちでつま先立ちしているようなものだということを」

それだけ口にすると、奴らに背を向けて歩き出す。

忠告はした。あとは奴ら次第だ。ダンジョンの本で学んだ犯罪心理学的に奴らがこの業界にいる限り、十中八九、足を踏み外す。奴らがそれから逃れるには、職業を転職するしか方法はない。それは一番奴ら自身が思い知っていることだろうさ。

「なんだ?」

歩きながらもご機嫌な様子で私の顔を横から覗き込んでいるローゼにその意図を尋ねる。

「やっぱり、私のロイヤルガードは貴方だけです」

「だから、あくまで私は適任者が見つかるまでの臨時だと言っとろうが」

ローゼはクスリといたずらっ子のような笑みを浮かべると、

「そう口では言っていても、貴方はきっと私が己の信念を曲げない限り、最後まで付き合ってくれます」

以前も馬車の中で話した趣旨の台詞を口にする。

「勝手に判断するな。私はそこまで救いようがないお人よしではない。とっとと後任を見つけて押しつけるさ」

世界漫遊の旅に出る。これは決定事項なのだ。何としても実現して見せる。

「またまたー、こんな美少女のナイトになれて本当は嬉しいくせにぃ!」

片目を瞑って私の腹を右肘で何度もついてくるローゼに深いため息を吐くと、

「真の美少女は、自分で美少女とは言わんものだ」

ローゼの顔がいいのは認める。認めるがどうもこの破天荒な性格がな。私としては素直になった今のアンナの方が女としては若干ポイントが高い。

「ぶー、カイ、その発言、レディーに失礼だと思いますよ！」

不満げに頬を膨らませるローゼに肩を竦めると、

「それはどうも。何分、そのレディー様の扱い方に慣れていないもんでね」

事実だ。その手の扱いを希望するなら、それこそ人気絶賛中のこのアメリア王国の勇者御一行殿にでも頼むがいいさ。

「カイは、変わらないでくださいね」

ボソリとそんな意味深な言葉を呟くローゼに、

「それはお互い様だな」

私もそう返答すると宿に向けて歩き出す。

◇◆◇◆◇◆

四大魔王——闇の魔王アシュメディアの居城——闇城玉座の間
「とても信じられんな。本当にこの地に降臨なされたのは我らの神だったのか？」
重鎮の一人の疑問に、
『遺跡の封印が解かれたとの噂が流れた直後、バルセの街で一斉に不審者の捜索が開始され退避していました。故に、我らはバルセを離れていたので、実際に一連の現場を目にしたわけではありません。ですが、状況から言っておそらくは……』

黒装束の男の自信がなさそうに肯定する声が玉座の間に響き渡る。

「我らの神をも下したのは、やはり、伝説の勇者か？」

「一応可能な範囲で情報収集をしてはいますが、どうやらバルセ全体に事件について箝口令が敷かれているようで、はっきりしません。申しわけございません」

黒装束の男は俯き気味に、謝罪の言葉を述べる。途端に、玉座の間の至る所から、焦燥たっぷりの言葉が飛び交う。

「静まれ」

玉座に座す重苦しい女の声に、重臣一同口を閉ざす。一瞬で玉座の間には耳が痛くなるような静寂と緊張が訪れた。

「爺はどう考える？」

黒色の法衣を纏った青色の肌の美しい少女は、脇に控える同じく青色の肌の小柄な老人に問いかけた。

「勇者はいくら強くても人。人では神を倒せませぬ」

「ならば、この事態、どう見る？」

「考えられる可能性は二つ。

一つ――我らが神を倒したのが神である場合。

一つ――儀式が不完全で現界したのは神でもなんでもない弱き者だった場合。

このいずれかですじゃ」

「はぐらかすな。爺はいずれだと考える？」

「仮に我らが神を下す神が現界するようなことがあれば、今頃、我らはこうして呑気に話してなどいられますまい。それが答えですじゃ」

「ふむ、それもそうか」

老人の断定的な言葉に玉座に座す美少女も大きく頷き、重臣たちから安堵のため息が漏れる。

「いずれにせよ儀式の精度を上げる必要がある。そういうことか？」

「はい。異界とのゲートを繋ぐことには成功しているのです。儀式方法には不備はなく、今回の失敗はおそらく、儀式場自体が不完全だったからにありますまい。ならば――」

「新たな儀式場を見つければよい。そう爺は言うのだな？」

「その通りです。今次の儀式場の候補を絞り込んでおりますれば、もうしばらくのお時間をいただきたく……」

「うむ、頼んだぞ」

玉座に座す美少女は右の親指と人差し指で鼻根部を触れると、

「まったく、人間共が異界から勇者などというバケモノを召喚さえしなければ、こんな他力本願な方法に頼ることもなかったものを……」

疲れ果てたように独り言ちる。重臣たちの顔は、例外なく苦渋に歪んでいた。

「勇者は強い。そして人間共は我ら魔族という種の根絶を願っているのです。このまま無策で放置しておけば、我ら魔族に待つのはよくて奴隷、最悪、根絶やしですじゃ」

「分かっておる！　分かっておるが、憎き人族とは言え無辜の民を巻き込むのはどうにも納得がいかぬのよ」

「王よ。それは——」

「爺、言わんでよい。重々承知しておることだ」

青肌の美少女は、天井を見上げて瞼を固く閉じる。

それを合図に脇に控える重鎮たちも一礼すると玉座の間を退出していく。

「そうだ。余は我が民を導かねばならぬ。たとえこの身がどのような汚辱にまみれようともな」

青肌の美少女の呟きは出口から吹き抜けてくる強風に煽られ、掻き消えていく。

ネイルは部下にハンターギルドの狗を自称する黒色フードの集団について伝えることを禁じていた。これはその者たちの口から洩れた『悪の深淵』という言葉がどうしてもネイルには引っかかっていたから。この何気ない判断の結果が、主たる魔王アシュメディアの人生をこの世で一番恐ろしい怪物の物語へと引きずり込むことになろうとは、この時、ネイルは夢にも思わなかった。

中立地帯にある巨大な塔。そこは世界中の国の種族の子息子女が集う一大学術魔導都市である。

――【世界魔導院】

その最上階の一室には四人の男女が一堂に会していた。

「それで、その少年の力は真実なのですか?」

豪奢な木製の椅子にもたれかかりながら、女神のごとく美しい金色の髪の女性が半信半疑の顔で三人に尋ねた。女性の耳の先は長く、その着用する真っ白のローブの背には金の不死の神鳥の刺繍が施してある。

「それはもう。お師匠様すらも凌駕する武をもっています」

真っ赤なバンダナをした剣士風の男――ブライが右拳を強く握って力説する。

「実際に戦っていますので、それはボクも保証しますよ」

眼の細い黒ローブの男シグマも即座に同意した。

「彼の強さ自体は、ラルフから既に報告を受けています。そういう意味ではなく、もっと根源的なことです。ミルフィーユ、彼の力についてあなたが感じたことを言ってみてください」

金色の髪の女性は、銀髪の少女に視線を向けると静かに尋ねる。

「彼は間違いなく我が国、いやこの世界が遭遇した歴史上最強の超越者(トランセンダー)です」

はっきりとした声で言い放つ。

「超越者(トランセンダー)？　調査によるとカイ・ハイネマンは人間のようだぞ？　しかもとても信じられんが、『この世で一番の無能』とかいう冗談のようなギフトホルダーだ」

ブライが眉を顰めてミルフィーユに尋ねるが、

「はい。ブライ先生の言う通り、私も彼は人間だと思います」

きっぱりとそう断言する。

「うーん、ボクにはミルフィーユ君の言いたいことが見えないんだけど？　それどういうことと？」

シグマの素朴な疑問にミルフィーユは口角を上げると、

「先生たちは人の本質とは肉体と心のいずれにあると思います？」

そんな意味不明なことを尋ねる。

「面白いこと聞くね。ボクら魔導士にとって肉体は所詮、器に過ぎない。魂こそが人の本質。その魂の表出である心が人を定義づけるのさ」

「……肉体と言いたいところだが、人の器にゴブリンの魂が入っても人とは言わねぇだろうしな。俺も心だ」

ブライも顎を摩りながら、返答する。

「私も心だと思います。で？　それがどうしたというんです？」

金髪の耳が長い女性が身を乗り出す。その黄金の瞳はこれ以上もうはぐらかすな。そう強く告げていた。初めて目にするタワー長の鬼気迫る様相に喉を鳴らすブライとシグマを尻目に、

「彼の心は人、その器は超越者（トランセンダー）。故に定義上、彼は人です」

まるで歌うようにミルフィーユは断言した。

「要するに彼は少なくとも己を人と思い込んでいると？」

「はい」

金髪の女性は席を立ち上がり、塔の窓から遥か下にある地上の風景を眺めていたが、

「使えるかもしれませんね」

そう独り言ちると、三人をぐるりと見渡し静かに口を開く。

この場で紡がれた話により以後、カイ・ハイネマンが渇望する平穏な人生設計は大きく狂っていくのである。

――グリトニル帝国天上御殿

繁栄を極めているグリトニル帝国帝都の中心にある宮殿の最上階にこの天上御殿は存在する。天上御殿の内部は真っ白な大理石でできており、定位置に設置された石柱には超一流の職人が施した彫刻が成されている。

そして、大扉から玉座まで延びる道には真っ赤な絨毯が敷かれており、その両脇には帝国の重臣たちが参列していた。

玉座に座すのは、初老に白髪の男。男の衣服の上からもわかる鍛え抜かれた肉体に、その全身に刻まれた傷跡は、歴戦の戦士であることが容易に窺われた。これが征服帝と称される現グリトニル皇帝——アムネス・ジ・グリトニル、その人である。

「繰り返せ！」

普段滅多なことでは表情を崩さない現グリトニル皇帝——アムネス・ジ・グリトニルは、珍しく声を荒らげて、敗残兵たる召喚部隊(サモナー)の副長に問いかけた。

そのあまりに鬼気迫る皇帝アムネスの様子に重臣たちから息を飲む音が木霊する。

「当初は計画が上手く推移し、一時は王国騎士長アルノルトに土を付けましたが、灰色髪の少年が参戦して全てをひっくり返されました。イフリートは屈服、エンズ様は殺され、ジグニール殿も剣術で敗北し、帝都に帰還途中、六騎将を辞する意思を表明し姿を消してしまい……」

副長は片膝をつき、視線を床に固定しながら消え入りそうな声で先ほど報告した内容を繰り返す。そのあまりに衝撃的な内容に騒めく室内。

「静まれ」

アムネスの抑揚のない制止の声により一瞬で静まり返る。

アムネスは両腕を組んで背後の柱に背中を預けている左目以外全て黒色の装束で覆われた男に眼球だけを動かし、

「フォー、どう思う？」

端的に尋ねる。

「その鼻の長い怪物が絶対服従を誓ってるんだ。その灰色髪の小僧とやらは、その鼻の長い怪物を魅了する何かをもっているんだろうよ。テイム系の術か、もしくはそもそもその鼻の長い怪物以上に強いのか……」

今度こそ室内は豆が弾けたような喧騒に包まれる。そして――。

「鼻の長い怪物よりも強いって……あのね、フォー、それって暗にその坊やがイフリートより強いって言ってない？」

全身鎧姿の金髪の女が両手を細い腰に当てて、黒装束の男フォーへと尋ねる。

「ああ、その通りだ。基本、奴らは弱肉強食。奴らが進んで己より弱い者に首を垂れることは絶対にない」

「なら、テイム系の術ではないですかね？　流石に人種でフォーさん以外、イフリートにガチンコで勝てるようなバケモノがいるとは思えませんし」

坊ちゃん刈りにした小柄な男性が、四面体の物体を両手で転がしながら、やる気なく答える。

「それもそうだなぁ」

赤髪の巨人が大きな欠伸をしながら、相槌を打つ。

「その灰色髪の小僧を六騎将に引き入れろ。手段は問わん」

皇帝アムネスの厳格な言葉に、

「勇者の召喚はどうする？」

黒装束の男フォーが皇帝アムネスに尋ねるが、

「そんな些事、どうでもよい」

吐き捨てるように呟く。

「陛下、逃亡したジグニールはどうします？　始末しますか？」

赤髪の巨人の眠そうな問いに、アムネスは首を左右に振り、

「捨てておけ。その灰色髪の男がジグニールの生存を望む以上、奴との間に無駄な軋轢を生みたくはない。それより、孫の逃亡を理由にアッシュバーンを六騎将に復帰させろ」

「御意！　そのようにいたします」

赤髪の巨人が一礼し、他の者たちも一斉に帝国式の礼をすると部屋を退出していく。

「フォー、お前ならその灰色髪の男に勝てるか？」

残された黒装束の男に皇帝アムネスは静かに尋ねる。

「ああ、問題ない」

「我が帝国に従わぬようなら、殺せ」

「了解した」

右手を挙げた途端、黒装束の男の姿は煙のように消える。

「イフリートを超える超人の獲得か。奴を獲得すれば、フォーに続き我が帝国は魔族絶滅のための兵器を二体も獲得できる。すれば、あの広大な大地が我が手に――」

征服帝の歓喜と欲望に溢れた笑い声がたった一人となった天上御殿内に響き渡っていた。

ここはアメリア王国の最北西端にある密林地帯。ここの周辺は元獣人族の治める土地だったが、アメリア王国がそれを奪い支配した土地である。

この樹海はそのアメリア王国の奴らの支配区域の北側を覆うように広がる樹海。この樹海は方向感覚が狂う。さらに毒の樹木や食人植物など様々な凶悪な自然のトラップが存在する。

天下のグリトニル帝国ですらも、この樹海からのアメリア王国の侵攻を不可能と判断したくらいだ。普通の神経をしていれば、絶対に踏み込むべきではない死地。

ならなぜ、ジグニールがこんな場所を彷徨っているかというと、軍を抜けたから。帝都への帰還中、書き置きを残してジグニールは隊を離れた。いや、もう恰好を付けるのは止めよう。要するに、ジグニールは脱走したのだ。

あの灰色髪の剣士に剣で負けた。完膚なきまでに敗北した。これが事実上、アルノルトに負けた時のように僅差の差での敗北ならどれほどよかっただろう。だが、現実は全く話にならなかった。多分、あの灰色髪の男にとってジグニールなど、今まで雑魚とみなしてきたその辺の新米剣士たちと大差あるまい。

世界は上には上がいる。故に先の強者との魂が震える闘争のために、日々の鍛錬を怠ってはならない。それは幼い頃から祖父に口が酸っぱくなるほど言い伝えられてきたこと。

だが、同年代にも、いや祖父以外で帝国にも今の今までジグニールに剣術で勝てる者は存在しなかった。だから、今まで祖父の忠告を蔑ろにしてきた。祖父の反対を押し切って六騎将などというくだらない組織に所属してしまった。

剣士として全てを手に入れた。そう滑稽なほど己惚れてしまっていたんだ。だが、いざ蓋を開けてみれば、ジグニールの剣術など子供だましに過ぎなかった。きっとジグニールは、最も剣士として大事なものすらも、忘れてしまっていた。

「もう、戻れねぇよな」

口から出た呟きに故郷には金輪際戻れない。その事実を認識し、心の臓が締め付けられる思いがする。

現皇帝アムネス・ジ・グリトニルは冷徹だ。仮にも軍を脱走したのだ。ジグニールが逃亡したせいでガストレア家は下手をすれば取り潰しになる。それは分かっていた。祖父たちに多大な迷惑をかけてしまうことも。それでも今の状態で帝国に戻れば、ジグニールは二度と剣士として剣を握れなくなる。そんな予感がしていたのだ。だから、こんな何の得にもならない行為をしている。

突如、高木の間から複数の黒色の塊が突進してくる。

『グオオオォォォッ‼』

背後から右手を振り下ろしてくる熊に似た魔物の首を長剣で切り落とすと同時に、その返す刃で木々の枝の上から襲い掛かってくる巨大猿の脳天に突き立てる。

利那左足に鈍い痛みが走る。咄嗟に視線を落とすと大蛇がジグニールの左足首に噛みついていた。

「くそっ！」

大蛇の頭部に剣を突き刺し、引き裂く。

急いでナイフで噛まれた箇所を抉り、なけなしの酒と薬草を塗り付ける。

しくじった。きっとあれは毒蛇。滑稽だ。本当に滑稽だ。あの程度の魔物にすら後れを取るようで、よくもまあ今まで恥ずかしげもなく最強の剣士を名乗れたものだ。しょせん、ジグニールなど、その辺にありふれている三流剣士に過ぎん。

霞む視界。汗も全身から溢れ出す。これは麻痺毒か。ここで意識を失えば、まず魔物の餌だ。ここは今までヌクヌクと生きていた場所ほど甘くはない。遂に全身の力が入らず、両膝をついて冷たい地面に仰向けに倒れる。

「くはは……」

乾いた笑いが口から漏れる。軍を脱走しても結局、真の剣士にはなれず、ここで一人寂しくのたれ死ぬのか。

「それも仕方ないか」

これは才があると己惚れて剣と向き合わなかったつけだ。こんな状況になったからこそ分かる。真の剣の道とは己を錬磨する果てなき茨の道。そこに到達点などあるはずもないのだ。それはあの灰色髪の男の存在が皮肉にも証明している。

「だけど、嫌だなぁ……頼むよ。剣の神様。もう一度だけ、俺にチャンスをくれッ！」

左手で空を掴んだとき、ジグニールの意識は失われた。


瞼を開けると見慣れぬ天井が視界に入る。起き上がろうとするがピクリとも動かない。唯一動く首だけを動かすと、銀髪の獣人の童女の心配そうな顔が視界に入る。

「あ、気が付いた！　お父さん、お母さん！」

銀髪の獣人の童女は顔をパッと輝かせると、パタパタと騒がしく部屋を飛び出していく。

しばらくして、髭面に金髪の巨漢の獣人と銀髪の獣人の女がともに入ってくる。

「お前は、アメリア人か？」

金髪に巨漢の獣人は、有無を言わさぬ口調で尋ねてくる。チラリと己の状態を見ると、ベッドに縄で雁字搦めに括り付けられている。返答によっては、きっと命はないんだろうな。どうせ一度失った命だが、精々、足掻かせてもらうとしよう。

「いや、俺は帝国人だ」

銀髪の女の顔が強張るのが分かる。それはそうだ。帝国は他種族を侵略してのし上がった国。獣人族にしてみれば、敵以外の何ものでもないから。

「なぜ、この地に来た？」

金髪巨漢の獣人はそんな返答に困る質問をしてくる。

「それは、なんとなくだな」

「なんとなく？」

「ああ、俺も祖国から追われる身だからさ。ようは逃げてここまで来たんだ」

ようやく、少しだけ金髪巨漢の獣人と銀髪の女の顔から険が取れる。

「何をやって逃げている？」

「脱走だ。今までの自分のやってきたことが嫌になっちまってな」

「それを証明できるか？」

「いんや、信じてもらうしかねぇよ」

「そうか……」

金髪巨漢の男は、顎に手を当てていたが、

「分かった。面倒ごとは御免だ。傷が治ったらすぐ出て行け」

「あなた！」

銀髪の女の焦燥たっぷりな声に、

「こいつの目は腐っちゃいない。大丈夫だ」

そう述べると立ち上がって、銀髪の女と部屋を出て行ってしまう。

それからしばらく、厠以外で部屋から出ないように指示を受けるだけで、特段拘束されるわけでもなく過ごす。ジグニールの傷も大分癒えた。もう、動くこと自体には支障がない。

「それでね、それでね、もうすぐミュウを迎えに行くの」

童女ミィヤは弾むような声で、もう何度目かになる言葉を口にする。

先の戦争でアメリア王国軍に攻められた際、故郷の街からミィヤとその妹は先に脱出させられた。ミィヤはすぐに保護されたが、妹ミュウだけが王国人に捕まってしまったのだという。

そして、アメリア王国の都市——バルセの奴隷商に売られた情報を掴んだところのようだ。

「それより、あんたら二人はよく逃げ切れたな？」

金髪巨躯の獣人ガウスと銀髪の女ウルルを眺めながら、素朴な疑問を口にした。

攻め込まれたのはアメリア王国でも有数な高位貴族の軍。その包囲網を突破するのは並大抵なことではなかったはずだ。

「もちろん、残った者たちは死を覚悟していたさ。俺たちはある人に助けられたんだ」

ガウスは遠い目をして噛み締めるように答える。

「ある人ってのは？」

「悪いがそれは言えん。だが、お前と同じ人族だと言っておこう」

元々ガウスは口が堅い。漏らすことはあるまい。それにその情報はジグニールにとって大して重要ではない。別に構わんさ。

「俺を助けたのもそのせいか？」

「ああ、俺たちは人族全てが悪だとは思っちゃいない。それはあの戦場で十分に思い知った。なにせ、あの包囲を許したのは同族の醜い裏切りだしな」

腐っているのはジグニールたち、人族だけではない。そういうことかもしれない。

「それで知り合いの人族の商人にミュウの身請けを要請した。すぐにバルセの奴隷商と交渉し、無事保護してくれるはずさ」

「その知り合いってのは、あんたを助けた人間か？」

「ああ、あの人の部下だ。実のところ、この場所もその人の紹介だし、全く頭が上がらんよ」

「そうか……」

仮にもアメリア王国政府軍の包囲を切り抜けられるほどの手練れを抱える存在など、この世界でも限られている。おそらく――。

突然の足音にジグニールの思考は遮られる。勢いよく扉が開かれると、

「商人の旦那が戻ってきた！」

村の獣人の若い男が叫ぶ。

「本当か！」

外に向けて走り出すガウス。ウルルとミィヤもその後を追うので、ジグニールも後に続く。

ガウスたちの建物の前には、人だかりができており、その中心には、形の良い髭を生やした紳士が佇んでいた。

紳士は姿勢を正すと、

「申し訳ない」

ガウスたちに頭を深く下げたのだった。

「ミュウが買われてしまったか……」

がっくりと肩を落とすガウスに、真っ青に血の気を失うウルル。ミィヤは妹に会えないと知り、泣き出してしまった。

「ええ、どうやら一足遅かったようです」

「それで、誰に身請けされたんだ？」

「それが、奴隷商に尋ねても異常な拒絶反応を見せるだけでした。おそらく口止めでもされているんでしょう」

「心当たりはあるのか？」

商人は首を左右に振ると、

「ただ、尋ねた際のあの商人の尋常ではない怯えよう。大国の高位貴族か、もしくは王族か、あるいは裏社会のキング共か……」

最悪だ。一度身請けした者を、さらに身請けするのは相当な苦労だ。しかも、相手が高位貴族や王族なら、そもそも金銭では解決しない可能性すら出てきた。

「分かった。俺が探しに行こう」

立ち上がるガウスに、

「やめておいた方がよろしかろう。貴方は目立ちすぎる。捕まれば処刑されますよ？」

静かに諭すように口にする。

「だったら、どうすればいいというのだっ⁉」

声を荒らげるガウスに、

「今、お嬢さんを身請けした者を部下たちに調査させています。今しばらくのお待ちを」

穏やかに説得の言葉を口にする商人。

「すま……ない。少々、動転していた。色々動いてくれてありがとう」

ガウスは商人に頭を下げた。嚙み締めた下唇からは僅かに血が滲んでいた。

（まったく、俺は何を考えてんだろうな……）

逃亡の身だというのに、こんな何の得にもならないようなことをしている。

「俺がそのミュウとやらを見つけて来てやるよ。少なくとも獣人のあんたよりはよほど動きやすいと思う」

「君は？」

商人は品定めでもするように、ジグニールを眺め観る。

「ジグだ。その娘を保護するまで好きに使ってくれ」

少しの間、商人は髭を掴んで考え込んでいたが、

「分かりました。当面は私の護衛ということでお願いします」

神妙な顔で顎を引く。

「了解だ」

「いいのか、ジグ？　お前も追われているんだろ？」

ガウスが焦燥たっぷりな顔で尋ねてくる。

「へっ！　一度あんたに救われた身だしな。借りは利子を付けて返そうと思っていた。全く問題ねぇよ」

ガウスは顔をくしゃくしゃに歪めると、ジグニールに深く頭を下げて、

「娘を頼むッ！」

懇願の言葉を絞り出したのだった。


ジグニールに目的ができた。そして、この目的を遂げるために、ジグニールも動き出す。こうして、ジグニールとミュウが繋がり、それはあの最強の怪物と結びつく。それだけならさしたる問題はなかった。少なくともこれから起こる壮絶な騒乱の原因にはなりえなかっただろう。しかし、グリトニル帝国、獣人族、アメリア王国そして、四大魔王——闇の魔王アシュメディアの各々の思惑が絡み合い、事態は混沌の様相を呈していくのである。

あとがき

　こんにちは、力水です。

　今、本シリーズの二巻の書籍化の作業があらかた終わり、ほっと一息ついているところです。

　本書の二巻はWEB版ではまだほとんど出てきていないレーナとキースが登場しました。

レーナを攫った凶と、偶然出現した悪軍。本来なら、どちらも絶対絶命の危機のはずですが、結局、カイというイレギュラーの怪物にとっては大した脅威にもならず、圧倒的な力により粉砕されてしまいます。

　実のところ、凶のボス、スパイは当初の予定では単純な悪役として倒してしまうつもりでしたが、書いている途中で妙な愛着がわき、此度晴れて敗者復活の運びとなりました。ティアマトについては、瑠奈璃亜先生のイラストがあまりに素晴らしかったので、このキャラを残すことになりました。

　カイたちが生きる世界レムリアでの討伐図鑑の愉快な仲間たちによる初の大規模戦闘に、ギリメカラたちの壮絶なる勘違い、そしてこの作品でお決まりのカイの無双などが、本書の見どころでしたが、楽しんでいただけたなら嬉しいです。

　さて、次が気になる三巻の予告です。舞台のメインはWEB版とは全く異なる完全な新ストーリーになる予定です。

具体的には、獣人族のミュウを保護するために、元グリトニル帝国剣帝ジグニールが動き出します。そこに、カイと接触しようとする帝国に、民を救おうと足掻く四大魔王アシュメディア、獣人族の不穏分子の鎮圧を望むアメリア王国は互いの思惑のもと行動を起こす。そこに、さらなる世界的レベルでの危機が迫り、事態はさらなる混迷を極めていきます。

また、カイと愉快な仲間たちの無双シーンはふんだんに予定されておりますので、ぜひぜひ、読んでください！　また本作のコミカライズも目下進行中ですので、ご期待ください！

それでは最後に謝意を。

まずはイラストを描いていただいた瑠奈璃亜先生！　本作品の女性キャラは可愛く、男性キャラはとってもかっこいいです。特にカイの戦闘シーンは私が一番好きなシーンです。キャラ設定についても様々なアドバイスをいただいて、納得のいくものになったと思います。どうもありがとうございます。

次に本書の編集に尽力くださった担当のN氏。いつもするどいご指摘でかなり修正が大変でしたが、とっても良いものが作れたと思います。ありがとうございます。この作品を世に出してくださった双葉社様、心から感謝いたします。

そして、何より一巻と二巻をお読みいただいた読者の皆様。私が今こうして本作品を書けているのは、皆さまの暖かな応援のおかげです。本当にどうもありがとうございます。

それでは、次巻でまた皆さまにお会いできるのを心から楽しみにしております。

本書に対するご意見、ご感想をお寄せください。

あて先

〒162-8540 東京都新宿区東五軒町3-28
双葉社　モンスター文庫編集部
「力水先生」係／「瑠奈璃亜先生」係
もしくは monster@futabasha.co.jp まで

超難関ダンジョンで10万年修行した結果、世界最強に ～最弱無能の下剋上～②

2022年7月3日　第1刷発行

Mり01-02

著者　力水

発行者　島野浩二

発行所　株式会社双葉社
〒162-8540
東京都新宿区東五軒町3-28
電話　03-5261-4818（営業）
　　　03-5261-4851（編集）
http://www.futabasha.co.jp
（双葉社の書籍・コミック・ムックが買えます）

印刷・製本所　三晃印刷株式会社

フォーマットデザイン　ムシカゴグラフィクス

落丁・乱丁の場合は送料双葉社負担でお取り替えいたします。［製作部］あてにお送りください。
ただし、古書店で購入したものについてはお取り替えできません。
［電話］03-5261-4822（製作部）

定価はカバーに表示してあります。

ISBN978-4-575-75307-3　C0193
Printed in Japan

Mノベルス

ハズレスキル『ガチャ』で追放された俺は、わがまま幼馴染を絶縁し覚醒する

～万能チートスキルをゲットして、目指せ楽々最強スローライフ！～

木嶋隆太

illustration 卵の黄身

公爵家の五男に生まれたクレストは、家族内で肩身が狭く、幼馴染の婚約者には奴隷のように扱われていた。そんなクレストは、鑑定の儀で『ガチャ』というスキルを獲得できるスキル」を手に入れた。これで家族内での立場が改善されると思っていた。しかし、使い方が分からず嘘をついていると思われ、魔物が跋扈する森に追放されてしまった――。追放された先で魔物を討伐した時『ガチャ』を使用するためのポイントが手に入っていることに気が付く。そこでポイントを貯めて回してみると、生活に便利なスキルや戦闘に使えるスキルなどを獲得することができた。クレストはそれらのスキルを使い自由で快適な生活を目指すことに……！

発行・株式会社　双葉社

Mノベルス
冒険者ギルドの
万能アドバイザー
Adventurer's Guild
Universal Advisor
～勇者パーティを追放されたけど、
愛弟子達が代わりに
魔王討伐してくれるそうです～
虎戸リア
ill. 赤井てら
冒険者のレドはパーティ管理や、ギルドや商人との交渉、戦闘時の指揮など色々行っていたのにも関わらず、【器用貧乏】と仲間に評価され、パーティを追放されてしまう。自分の努力を否定され辺境のギルドで酒を飲むだけの日々を過ごしていたレドだったが、気まぐれに新人冒険者を弟子にしたことで一変。冒険者としてのノウハウや剣術、魔術を教えていくうちに自分の天職が講師であることに気が付く――。これは後に魔王討伐を為す伝説の冒険者達を鍛え上げた、剣魔両刀の万能講師とその弟子達の物語「小説家になろう」発、万能講師とその弟子たちの冒険ファンタジー開幕！
発行・株式会社　双葉社